警視庁ゼロ係 小早川冬彦Ⅱ

スカイフライヤーズ

富樫倫太郎

祥伝社文庫

目次

プロローグ

西園寺公麻呂の独白。

平成一二年（二〇〇〇）二月一二日（土曜日）

物心ついた頃から、ぼくにはふたつのコンプレックスがある。

名前と誕生日だ。

西園寺公麻呂。

これが、ぼくの名前である。

仰々しくて、何となく古臭い感じがしないだろうか？

中学で『万葉集』を学ぶと、柿本人麻呂とか高橋虫麻呂、丈部真麻呂というような「麻呂」のついた歌人がたくさん出てくる。そういう歌人が授業に出てくるたびに、クラスメートの視線がぼくに集まり、くすくす笑いが教室に広がった。それでも、有名な歌人になぞらえられるのであれば、ちょっと粋な感じもしないではない。

だが、中学生というのは、それほど甘くはない。優しくないのである。名前のせいで、西園寺は古臭い奴だ、というレッテルが貼られると、粋ではなく、悪意に満ちたあだ名をつけようとする。

歴史の授業で縄文(じょうもん)時代について学んだとき、教科書に遮光器土偶(しゃこうきどぐう)の写真が載っていた。顔にゴーグルのようなものをつけ、宇宙服のようなものを着たように見える、ずんぐりした体つきの土偶である。誰かが、

「西園寺に似てるな」

と口にした瞬間、ぼくのあだ名は「土偶」と決まった。

今現在、ぼくの身長は一六三センチ、体重は一〇五キロある。中学生の頃は、もう少し背が低かったし、体重も少なかったが、全体のバランスは今とあまり変わらなかったから、チビでデブだったのは確かだし、どことなく、その土偶に体型が似ていたのも否定しようがない。

とは言え、「粗大ゴミ」とか「団子虫」、「ゴッキー」というあだ名をつけられていた同級生もいたから、それらに比べれば、「土偶」というのは、ましな方だったかもしれない。

そう自分を慰(なぐさ)めたものの、決して嬉(うれ)しくはなかったし、違う名前だったらよかったな、あまり目立たない地味な名前だったらよかったな、と思わずにはいられなかった。

うちは、戦前の華族(かぞく)の流れを汲(く)むような名家というわけではなく、資産家でもない。父は中学の国語教師である。ごく平凡な家庭に過ぎない。

父の名前は正勝(まさかつ)という。ぼくもそんなありふれた名前がよかった。

ぼくの名前をつけたのは祖父だと聞いている。

では、祖父が仰々しい名前なのかと言えば、そんなことはない。祖父の名前は正二郎(しょうじろう)である。

祖父が正二郎で、父が正勝、で、ぼくが公麻呂。

どう考えてもおかしいではないか。

何でも、祖父が若い頃、大きな恩義を受けた人がいて、その人の家柄は江戸時代は京都のお公家(くげ)さん、明治になってからは爵位(しゃくい)を持つ華族だったそうだ。その人をとても尊敬していたので、わが子に同じ名前をつけたかったものの、父は一九四三年、すなわち、戦中の生まれで、庶民の子が華族のような名前を勝手につけることが許されない空気があったらしく、実際、祖父は公麻呂という名前を父につけようとして役所に出向き、役人に一喝(いっかつ)されたという。

ぼくが生まれたのは一九七〇年である。その頃には華族制度もなくなり、どんな名前でも好きなようにつけられる時代になっていたから、祖父は大威張りで、ぼくを公麻呂と名づけた。

祖父の気持ちはわからないでもないが、どうして反対してくれなかったのか、と両親を恨(うら)めしく思うことはある。

これまでの三〇年間、ぼくはこの名前を背負ってきた。この名前で得をしたことは一度もない。

いや、そうではない。一度だけある。就職したときだ。

ぼくは都内の二流私立大学の工学部土木工学科を卒業している。特に目的があって、その大学のその学部学科を選んだわけではない。自分の成績で合格できそうな大学で、なおかつ自宅から通うことのできる大学という条件で絞り込んだら、首都圏の大学では、その大学の工学部しかなかったのだ。

父は国公立大学への進学を望んでいたが、ぼくの成績で首都圏の国公立大学に進学するのは不可能だった。地方に行けば何とかなりそうな大学はいくつかあったものの、それだと一人暮らしをすることになる。自宅から都内の私大に通うか、一人暮らしをして地方の国公立大に通うか、学費と生活費の負担を検討して、結局、都内の私立大を受験することになった。自分の意思で選んだというより、父の意向に従ったというのが正しいだろう。

何となく入った大学で、何となく三年間を過ごし、四年生になって、ふと気が付いたら、周りの同級生たちが就職活動に励んでいた。焦りを感じて、ぼくも就職活動をすることにした。何かやりたい仕事がある、というわけではなかったから、どんな会社を選べばいいのかわからなかった。

「今からでも遅くない。教師か役人になれ」

と、父は言ったが、ぼくは気が進まなかった。

公務員が嫌なのではなく、試験勉強が嫌だったのだ。前々から準備を進めていれば、そういう気持ちにはならなかったかもしれないが、卒業まで一年もないという段階で慌(あわ)てて試験勉強しても合格できるとは思えなかったし、そもそも、就職したいという熱意が欠けていた。まして浪人してまで合格を目指そうなどとは考えもしなかった。

困ったな、どうしようかな……あれこれ思案しているとき、ふと、同級生の会話が耳に入った。工学部で、測量に関する科目の単位を取っていれば、卒業した後、測量士補の資格をもらえるという。何て、ラッキーなんだ、と喜んだ。

測量に興味があったわけではなく、その担当教授の成績の付け方が緩(ゆる)く、普通に講義を受けてレポートを提出すれば、いい評価をもらえるという噂(うわさ)を耳にして受講しただけなのだ。実際には、それほど甘くもなかったが、何とか最後まで受講を続け、単位も取った。そのおかげで労せずして測量士補の資格がもらえるわけである。さらに、卒業後一年以上の実務経験を積めば、測量士にもなれるという。測量士も測量士補も立派な国家資格である。これを生かさない手はない、とぼくは考えた。

それで、就職活動の方向が定まった。測量の技能を生かすことのできる建設会社に的を絞ったのだ。

世間知らずだったから、東証一部上場の大企業、すなわち、大手ゼネコンにもアタックしたが、あえなく撃沈した。当たり前だが、一流企業には一流の学生が集まる。工学部土木工学科を卒業する学生もたくさんいるし、測量士補の資格を持つ学生も少なくない。それでも採用の担当者は会ってくれたし、一次面接はいくつも受けた。

しかし、そこから先に進むことができなかった。大企業になると、一次面接、二次面接、三次面接、最終面接という感じで、徐々に学生を絞り込んでいく。最終面接に進むのは、実に狭き門なのである。

さすがに、これは無理だ、と諦め、会社のランクを下げることにした。それでも手応えがなく、ついには上場企業どころか、個人経営の設計事務所のようなところにまで問い合わせをせざるを得ない羽目になった。その頃には五十社以上しくじっていた。

大学四年の秋、下手をすれば就職浪人になるのではないかという不安に押し潰されそうになりながら、都内の小さな設計事務所の面接に臨んだ。社員が二〇人くらいの、鍋島設計事務所という小さな会社だ。

普通、新卒社員の採用というのは人事課の若手や中堅社員、つまり、採用する学生とそれほど年齢差のない社員が仕切ることが多いが、その会社はそうではなかった。総務担当の真田伸介という中年課長が担当していた。

毎年、新卒社員を採用するわけではなく、定年退職とか中途退職とか、何らかの理由で職場に欠員が出たときだけ新規に社員を募集するという会社だった。ぼくが応募する以前、それまでの三年は新卒採用がなかったくらいなのだ。

応募者も少なかったのか、一次面接の後がすぐに役員面接だった。応募してきた学生は五人で、役員面接には二人残った。そのうちの一人が、ぼくだ。採用されるのは一人だけだったが、二人に一人なら、可能性はあるのではないか、と期待した。

　ところが、もう一人の学生というのが、慶應の理工学部の学生だと知って、ぼくは愕然とした。

（何で、そんなすごい奴がこんな会社に……）

　ああ、もう駄目だ、他を探さなければ、と役員面接の前に白旗を揚げざるを得なかった。役員面接は会社の会議室で行われた。正面に三人坐っており、真ん中が鍋島辰夫社長、狸のような顔をした太ったおじさんだ。その右隣に神経質そうなおばさんがいた。社長の奥さんの幸子さんで、経理担当の役員という肩書きだった。左隣が真田課長である。三人とも四〇代くらいに見えた。

「西園寺君だね？」

「はい」

　履歴書に視線を落としながら、鍋島社長が口を開いた。

「君、成績がよくないな。あまり勉強しなかった口か？　遊びか、バイトか」

「あ……別に遊んでもいませんし、バイトもそんなには……」

「ただ勉強が苦手だったということか？」

「得意だとは言えません」

「ふんっ、正直だな。何で、うちに応募したの？」

「え……そ、それは御社の業績が……」

「業績はよくないぞ。毎年、大晦日には、来年は、どうなるかな……と心配しながら除夜の鐘を聞いているくらいだからな。実際、去年の決算も赤字だったしね。で、いくつくらい落ちたの？」

「え」

「他が駄目で、仕方なく、うちみたいな小さなところに応募したわけだろう？　いくつ落ちた」

「は、はあ、五二……いや、五三です」

「それは、いいな。一〇社や二〇社落ちる奴はいくらでもいるが、五〇社以上落ちる奴は、そうはいない。それも立派な勲章だよ。挫折の勲章だがね」

おい、どうだ、西園寺君はなかなかの豪傑じゃないか、と鍋島社長が幸子さんに顔を向けた。

奥さんは、社長とは対照的に痩せている。目尻が吊り上がった典型的な狐目である。そのせいか、社内では狸と狐の夫婦と揶揄されているらしい。それは今も変わらない。

「あなた、実家は？」

「東京ですが」

「そうじゃなくて、本家ということよ。それとも、お宅が本家なの？」

「えっと……」

「大津に親戚はいない？」

「大津ですか？」

「わたしの母方の伯父が今でも大津にいるんだけど、その家が西園寺というのよ。よくある名字でもないし、もしかしたら同じ土地の出身なのかと思って」

「そう言えば、曾祖父の代までは関西にいたと聞いたことがあります。戦争で被災して何もかも失ったので、戦後、祖父が東京に出てきたそうです。それ以来、うちは東京に住んでいます」

「ああ、やっぱりね。元々は関西の人だと思った。それにね、あなた、公麻呂という名前なのよね？」

「はい」

「伯父の息子も公麻呂という名前だったのよ。出征して死んでしまったんですけどね」

「はあ、そうですか」

「何だか、不思議な縁を感じるわ」

　奥さんがにこっと笑いかけてくれた。神経質で怖そうな人という第一印象だったが、意外にも、その笑顔は優しかった。

その翌日、真田課長から電話があり、採用が決まったと伝えてくれた。

後から知ったが、鍋島社長と真田課長は慶應ボーイを採用したかったそうだ。

しかし、奥さんがぼくを強く推してくれたのだという。西園寺という姓で関西出身なら、きっと、どこかで血の繋がりがあるだろうから、あの人はわたしの遠い親戚に違いない、しかも、伯父の息子と同じ名前というのは、普通ではあり得ない偶然だ、こういう縁は大切にしなければならない、と鍋島社長を説き伏せてくれたらしい。

そういう事情で、ぼくは鍋島設計事務所に入社した。それから八年、今もそこで仕事をしている。

自分の名前があまり好きではないが、そのときだけは自分の名前に感謝した。他の名前だったら、就職浪人になり、ぼくの人生は今とは違ったものになっていたかもしれない。

とは言え、名前のおかげで得をしたと思ったのは、そのときくらいである。

ぼくのもうひとつのコンプレックスは誕生日だ。

二月一四日。

すなわち、バレンタインデーなのである。

小さい頃から自分の誕生日が嫌いで、その日を迎えるのが苦痛だった。

正直に言うが、ぼくはまったくモテない。

今まで誰かと付き合ったことは一度もない。告白されたこともないし、こちらから告白したこともない。女の子を好きになったことはあるし、付き合いたいと思ったことも、告白したいと思ったこともあるが、どうせ無駄だろうし、下手なことをすれば、笑いものにされるだけだと諦めた。

小学校、中学校、高校……誕生日に登校すると、顔のいい奴、成績のいい奴、スポーツで活躍している奴、そんな奴らがチョコレートをもらってにやけていた。

気にしなければいいだけの話だが、そうはいかなかった。小学生のとき、確か三年生か四年生のときだったが、学級担任の先生がうっかり、ぼくの誕生日が二月一四日だとばらしてしまった。そのせいで、誕生日が近付くと、

「バレンタイン君、いくつくらいチョコをもらうのかな？」

と同級生に冷やかされるようになった。

その程度なら大して害はないが、中学生にもなると、かなり毒が混じってくる。公立だから、同じ小学校から同じ中学校に進む者がかなりいた。そのせいで、ぼくの誕生日は最初からばれていた。もはや、バレンタイン君などと、かわいく呼んでくれる者はおらず、デブで不細工なくせにバレンタインデーが誕生日だなんてふざけてやがる、と嘲笑されていた。土偶というあだ名をつけられてからは、バレンタインデーの当日には、

「チョコ、もらったか？　どうせ自分で買うんだろう。土偶がチョコを食うと、もっと太るなあ」

と笑われ、翌日になると、

「どうだった、もらったのかよ。本当のことを言えよ」

と小突かれ、

「もらってない」

と答えると、誰もがどっと笑った。

本当は、ひとつもらった。

毎年、母がくれるのである。

だけど、そんなことを言えば、もっと笑われるとわかっているので、ひとつももらっていない、と答えることにしていた。

彼女がいないというのは、他人が想像するほど淋しいことではない。そういう生活に慣れてしまうからだ。一度でも誰かと付き合ったことがあれば、一人きりでいることに淋しさを感じたりするのかもしれないが、一度も彼女がいた経験がないのだから、一人でいるのが当たり前で、淋しさを感じようもないのである。

とは言え、三〇にもなると周りが喧しい。

父や母は、

「見合いでもしたらどうだ?」

と言うし、鍋島社長は、

「彼女がいないのなら、誰か紹介してやるぞ。但し、あまり贅沢は言うなよ。なあに、ちょっとくらいブスだって、一緒に暮らしているうちに慣れるもんだ。結婚生活で大切なのは見た目じゃないからな」

などと言い出す始末だ。

ぼく自身、チャンスがあれば、誰かと付き合ってみたいという気持ちはあるし、その関係が発展すれば、結婚したいとも思っている。決して女嫌いというわけではない。

でも、何が何でも、という気持ちはない。

両親には言えないが、正直、一生、独身でも構わないという気持ちなのである。

ひとつには、今の生活にこれといって大きな不満がないせいでもある。生き甲斐を感じるというほどの仕事ではないが、退屈ではないし、嫌いでもない。給料も人並みで、あまり贅沢はできないが、無駄遣いしなければ、貯金もできるし、休日に好きなことをするくらいの余裕はある。

趣味は旅行である。月に一度は必ず旅に出る。週末の休みを利用した一泊二日の旅行だが、うまく祝日がくっつくと二泊三日になったり、三泊四日になったりする。贅沢な旅行ではない。ケチケチ旅行である。

旅行好きといっても、人によって好みがある。鉄道や船で旅をするのが好きな人もいるだろうし、オートバイや車、自転車で旅をするのが好きな人もいるだろう。

ぼくの場合は飛行機である。鉄道や車より、飛行機が好きなのだ。

他の乗り物に比べると、交通費が高いのが悩みの種だ。少しでも旅費を節約するために金券ショップやネットのオークションを利用して、安いチケットや航空会社の株主優待券を買ったり、格安航空会社を使ったりして、できるだけ安く飛行機に乗るように努力している。

飛行機に乗って、空の上から地上を見下ろすのが、とても好きだ。

それに飛行機は速い。乗り物に乗ること自体を楽しむのであれば、移動時間の長短などどうでもいいのだろうが、ぼくの場合、目的地に着いてからやりたいことがあるから、短時間で移動できた方がいいのだ。

旅行の目的は水族館だ。水族館のある土地まで飛行機で行き、水族館をゆっくり見学して、その土地のおいしいものを食べるのが楽しみだ。宿泊先は、できるだけ安い民宿か旅館と決めている。食事は外で済ませるから、素泊まりで五千円くらいまでが目安になる。どれほど建物が老朽化していても、部屋が狭くても汚くても、とにかく部屋代が安ければ、それで構わない。

その土地によっては、水族館だけでなく温泉があるところもある。至福の喜びである。安い民宿だと、温泉地なのに普通の風呂しかなかったりすることもあるが、そういうときは外部の温泉に行く。温泉地には、地元民を相手にする銭湯がある。温泉の出る銭湯を安く利用することができる。

　ぼくの人生を一変させる出来事が起こったのも、やはり、旅に関係がある。

二月一二日、土曜日の朝のことである。

　バレンタインデーの二日前、つまり、誕生日の二日前だが、バレンタインデーも誕生日も、ぼくには何の楽しい思い出もない。できればなくしてしまいたい日である。

　それ故(ゆえ)、例年、バレンタインデーの当日は旅に出るようにしている。それが週末なら何も問題ないが、平日の場合は有休を取る。

　今回も、そうするつもりだったが、月曜日にどうしても出社して片付けなければならない仕事が入ってしまったため、土日に旅行に行って、バレンタインデー当日に出社するという間抜けなことになった。

　更に間抜けなことに土曜日の朝、寝坊した。

　目的地は石川県の能登(のと)島だ。七尾(ななお)市には、ぼくの大好きなのとじま水族館がある。大好きなので何度も行っている。イルカの水槽の中に設置された水中トンネルがあったり、カラフルにライトアップされたクラゲの円柱水槽が並んでいたり、来場者を楽しませてくれる仕掛けがたくさんある。

　何より気に入っているのは生き物と直(じか)に触れ合うことができることだ。「ふれあいプール」ではイルカと握手できるし、「アザラシプール」では先着順でゴマフアザラシに触ることもできる。

大の大人が、しかも、見るからにオタクっぽいデブがイルカやアザラシと触れ合って大喜びしている姿は、傍(はた)から見れば、かなり滑稽(こっけい)だろうし、気色悪いだろうが、そんなことは気にしない。自分が楽しむことが大切なのだ。他人の思惑(おもわく)など、どうでもいい。

金券ショップかネットオークションで安いチケットを手に入れることができれば、羽田(はねだ)空港から能登空港まで、片道一万円ほどで行くことができる。正規の料金だと二万円はするから、この差は大きい。一時間くらいのフライトなので、サービスのコーヒーかスープを飲みながら外の景色を眺めていれば、あっという間に着いてしまう。

ただ難点もある。雪国なので、冬場は天候次第でよく欠航することと、便数が少ないことである。午前と午後に一便ずつしかない。午前の便に乗り遅れれば、午後の便まで待たなければならないし、それも運良く空席があればの話である。それに午後の便で行ったのでは、その日は何もしないうちに夜になってしまうから、一日無駄にすることになる。

だから、のとじま水族館に行くときは、当然、午前の便で行かなければならない。

にもかかわらず、ぼくは寝坊した。阿呆(あほう)である。

それでも急げば間に合う時間だったが、運の悪いことは重なるもので、電車が遅れた。

羽田空港の駅に着くと、ぼくは走った。走るのは好きではないが、そんなことを言っている場合ではない。決して大袈裟(おおげさ)ではなく、一分一秒を争うのだ。

大きな荷物を持っていたら、急ぐこともできなかっただろうが、わずか一泊二日の旅だし、旅慣れていることもあって、荷物は背中のリュックひとつだけである。常に身軽であることを心懸けているのだ。少しでも早く手続きをしようと、ポケットからチケットを出し、それを握り締めて、ちらちらと腕時計を眺めて時間を確認しながら走った。

当然ながら前方への注意は疎かになってしまう。

それがよくなかった。

いや、そうではない。それがよかった。

だから、あの人に巡り会うことができた。

あの人とは、すなわち、白鳥玲佳さんだ。

ろくに前も見ずに慌てて走っていたから、誰かとぶつかって床に転がったとき、何が起こったのかわからなかった。

「あ、すみません」

「こちらこそ」

「……」

床に落としたものを拾って慌てて立ち上がり、それから、前を見た。そのときまで、誰にぶつかったのかわからなかった。一瞬で凍りついてしまった。そんな経験は、そのとき一度だけだ。

（美しい……）

ぼくは息もできなかった。

一目惚れという言葉の意味を身を以て理解した一瞬だった。できることなら、そのまま、その場で死んでしまいたかった。そうすれば、この世で最も幸せな瞬間を胸に抱いて死ぬことができたであろう。

それほどの衝撃だった。

が……。

ぼくには時間がなかった。

何て、馬鹿なんだ、と今にして後悔する。

のとじま水族館がなくなるわけではない。仮に予約した飛行機に乗り遅れたとしても、午後の飛行機がある。玲佳さんとの出会いの方が大切に決まっているではないか。

にもかかわらず、そのときのぼくは、

「すみませんでした。急ぐので失礼します」

と、その場に玲佳さんを置き去りにして走り去ったのだ。

何たる間抜け。愚か者よ。

確かに、そのおかげで飛行機には何とか間に合ったが、それが何だというのだ。あの場に残って、玲佳さんと少しでも話をした方がずっとよかったではないか……しかし、そんなことを考えたときには、もう能登行きの飛行機に乗っていた。

そのときになって、ようやくポケットから一枚の名刺を取り出した。玲佳さんにぶつかって、お互いいろいろ床に落としたが、自分のチケットと共に玲佳さんの名刺を拾っていたのである。

これだけは自分を誉(ほ)めてやりたい。もちろん意識してやったわけではないが、そのおかげで、その後のぼくの人生は大きく色合いが変わったのだ。俗っぽい言い方だが、人生が薔薇(ばら)色になった。

白鳥玲佳。

その名前を、ぼくは心に刻んだ。名刺から辿(たど)って、玲佳さんのホームページを発見した。玲佳さんは旅行好きで、頻繁(ひんぱん)に旅のエッセイを更新していた。写真入りである。旅行の予定も公表していたから、ぼくは玲佳さんの予定に合わせて旅をするようになった。

同じ飛行機で旅をするから、たまにすれ違うこともある。

言葉を交(か)わすことはないが、別に構わない。玲佳さんと、同じ時間に、同じ場所にいるだけで、ぼくは満足なのだ。

何て幸せなのだろう。

こんな幸せがあっていいのだろうか？

第一部　再捜査

一

　平成二二年（二〇一〇）五月一〇日（月曜日）

警察庁。刑事局の局長室。

刑事局長の島本雅之(しまもとまさゆき)警視監と島本の部下・胡桃沢大介(くるみざわだいすけ)警視正がソファに向かい合って坐(すわ)っている。

「なあ、大丈夫なのか？　また小早川(こばやかわ)が活躍したそうじゃないか。しかも、テレビ絡(がら)みの事件だと聞いたぞ。できるだけ小早川を目立たせないように、暇な部署に閉じ込めたはずなのに藪蛇(やぶへび)じゃないか」

　島本が不満そうな顔をする。

「ご心配には及びません。大食い選手権というテレビ番組内で不正行為が行われていたらしく、その犯人を見付け出したそうです。しかし、刑事事件にならなかったので、芸能ニュースで軽く取り上げられた程度で、大したインパクトはありません」

「そうだといいがな」

「しかも、本来、特命捜査対策室が扱うべき事件ではないのに小早川は勝手に首を突っ込みました。小早川が賞賛されることはありません。むしろ、叱責（しっせき）されるべきなのです」

「小早川の手綱（たづな）をもっと引き締めるように、山花（やまはな）君に注意しておかないといかんな」

「伝えておきます」

「あちこちに出張しているという話も耳にした。そっちの方は大丈夫なのか？　まさか古い事件を解決したりはしていないだろうな」

「二〇年以上前に奈良で起こった未解決の殺人事件の捜査をしたそうです。かなり熱心に取り組んで、事件の真相を暴いたようですが、容疑者はすでに死亡していたらしく、犯人だと断定できる明確な証拠も手に入れられなかったので、事件が解決したかどうかは微妙なところでしょうね……」

　それが小早川冬彦（ふゆひこ）のミスとまでは言えないものの、冬彦のアピール材料にはならないことも確かだと胡桃沢は強調する。今のところ、杉並（すぎなみ）中央署時代と比べてもまったく目立っていないし、地味である、と付け加える。

「それならありがたいが……」

「その後は雑用に追われているそうです」

「このまま、あの部署に埋もれてくれればいいが」

「そうなるのではないでしょうか」

「そうか?」

「はい」

二人は顔を見合わせて笑い声を上げる。

二

六月一日(火曜日)

短い朝礼が終わると、冬彦、寺田寅三(てらだとらみ)、安智理沙子(あんちりさこ)、樋村勇作(ひむらゆうさく)の四人はそれぞれの机に向かい、事務処理をこなし始める。時折、電話が鳴って、それに応対した者が席を立つのは、他の係から依頼された資料を、倉庫に探しにいくためである。この特命捜査対策室第五係は、未解決事件の継続捜査をする第一係から第四係までの補助をするのが本来の仕事なのだ。

四人の机の上には古い捜査資料が積み上げられている。それをパソコンに打ち込む作業もしなければならない。単調でつまらない仕事だ。

事務仕事の苦手な寅三は、

「ああ、つまんない。退屈だ、退屈だ」

と、ぼやいている。

寅三は四二歳の巡査長だ。杉並中央署の生活安全課で冬彦がコンビを組んでいた寺田高虎の従姉でもある。

理沙子と樋村も楽しそうではない。

樋村は二五歳の巡査で、色白のデブだ。理沙子は二六歳の巡査部長、すらりとしたモデル体型で趣味は格闘術。二人とも杉並中央署で同僚だった。

楽しそうに仕事をしているのは冬彦だけである。キーボードを打つ手を止めては、つい捜査資料を読み耽ってしまい、自分なら、ああするかな、こうするかな、それとも、もっと違うやり方があるかな、とぶつぶつと独り言を口にしている。冬彦は白いTシャツにくたびれたジーンズ、薄手のウインドブレーカーという格好だ。二八歳の警部で、東大出のキャリアだ。

電話が鳴る。さっと冬彦が受話器に手を伸ばす。

「特命捜査対策室第五係です……」

はい、わかりました、すぐに探して持参します、と答えて電話を切る。立ち上がって、

「第一係からの依頼で、捜査資料を探してきます。地下に行くかもしれません」

「よろしく」

書類から顔を上げずに、第五係の責任者、山花係長が答える。

冬彦が部屋から出て行く。まず同じ六階にある倉庫を調べる。頼まれた捜査資料は見付からなかった。地下の倉庫に行くことにする。普段、地下まで降りることは滅多にない。きっと難しい事件なのだろうな、捜査資料を見付けるのも簡単ではなさそうだぞ、とわくわくする。

しかし、意外とあっさり捜査資料は見付かった。すぐに引き揚げてもよかったが、所狭しと倉庫に積み上げられている、未整理の捜査資料が入ったプラスチックケースや段ボールを眺めているうちに、つい古い捜査資料に手を伸ばしてしまう。

倉庫には折り畳み式の椅子とテーブルが置かれている。椅子に腰を下ろして、捜査資料を読み始める。ハッと気が付いたときには、二時間が経っている。いけない、いけない、まさか二時間も経っていたなんて……慌てて捜査資料を片付けて倉庫から出て行く。エレベーターがすぐには来そうにないので、階段を駆け上がる。一階に上がり、そこからエレベーターに乗ろうとしたとき、ロビーを歩いて行く山花係長の姿が目に留まる。二時間も席を外していたことを謝っておこう、と山花係長の後を追う。

外に出ると、山花係長は携帯を取り出して、誰かと話し始める。かなり緊張した面持ちだな、と冬彦は訝しく思う。その表情、その仕草、その態度から、自分より上位にいる者と話しているのだな、と察する。わざわざ警視庁本部庁舎の外に出てから電話するのは、余人に聞かれてはまずい話をしているせいに違いない。

そんな山花係長の様子を眺めながら、冬彦は頭の中で様々な推理を組み立てる。特命捜査対策室の第五係というのは、普通に考えれば閑職である。他の係の補助をするのが主な業務で、言ってしまえば、雑用係なのだ。もうすぐ五〇歳になる山花係長が異動させられたのは、肩叩き(かたたた)と言っていい。もはや明るい未来はなく、この部署でおとなしく定年を待つだけの身の上のはずである。自分より上位に位置する者と秘密の会話をして、何かを期待するような表情を浮かべることなどあり得ない。

冬彦の頭脳がめまぐるしく回転する。

自分が杉並中央署から本庁に異動になったこと。

山花係長が上司になったこと。

ごく簡単に出張も認められるし、冬彦がやりたいと望むことを何でも承知してくれること。寅三は、おかしい、こんなことはあり得ない、と首を捻(ひね)っていたが、冬彦は、ごく真っ当な申し出が認められているだけなのだから、何もおかしいことなどない、山花係長の懐(ふところ)が深いだけなのだろう、と思い込んでいた。

しかし、それほど単純な話ではないようだ。何か裏があるのだ、と気が付く。

三

六月二日（水曜日）

警察庁の廊下を胡桃沢大介警視正が慌てた様子で小走りに急いでいる。行き交う者たちは怪訝な顔で振り返る。沈着冷静な切れ者として知られており、出世街道の王道を歩んでいる胡桃沢が慌てる様子など滅多に目にすることがないからだ。

刑事局の局長室、すなわち、島本雅之警視監の部屋をノックすると、中から、

「入れ」

という島本の声がする。

ドアを開けながら、

「どうなさったんですか？　何をおいても、すぐに飛んでこいなどとおっしゃるから、いったい、何が起こったのかと……」

部屋の中を覗いて、胡桃沢がぎょっとする。

「あ、どうも～、お元気ですか、胡桃沢さん。お久し振りで～す」

冬彦がにこやかに手を振る。

冬彦の向かい側のソファに不機嫌そうな顔の島本が坐っている。

「小早川、ここで何をしている？」

「お二人にお話ししたいことがあるのです。いや、お願いがあると言うべきかな」

「お願いだと？」

島本が舌打ちする。小早川と胡桃沢の会話が廊下に洩れているのだ。

「胡桃沢君、ドアを閉めて、ここに坐りなさい」

「はい」

胡桃沢はドアを閉めると、ソファに坐る。

「で、話とは何かね？」

島本が冬彦に訊く。

「本庁に異動となり、特命捜査対策室に配属されたことを喜んでいます。とてもやり甲斐のある仕事だと思っています。特命捜査対策室が扱うのは過去の未解決事件です。被害者のご遺族は長い間、苦しんでおられます。しかも、扱う事件は日本全国に散らばっています。そういう方たちにお力添えできるというのは警察官としての大きな喜びです」

「それで？」

「新たな仕事に取り組むことができることを喜びすぎて、なぜ、本庁に異動になったのか、ということを今まで冷静に考えませんでした。ぼく一人であれば、それほど不自然ではありません。これでも、キャリアですから。しかし、安智さんと樋村君まで同じ部署に異動するのは普通ではあり得ません。何かしら不自然な政治力が働いたと考えなければ納得できないことです」

「……」

島本と胡桃沢がちらりと視線を交わす。

冬彦は、それを見逃さない。

（なるほど、図星だったか。どうやら、ぼくの推理に間違いはなさそうだ）

と、ほくそ笑む。

「不自然なことは他にもあります。山花係長です。山花係長は、島本局長のスパイですよね？　ぼくの動きを監視している。違いますか？」

「何のことか、わからんな」

「そうですか。でも、ぼく、わかってしまったんです。確信しています。そう考えると、すべて辻褄が合いますからね」

「おい、いい加減にしろ。妙な因縁をつけるのはよせ。誰に口を利いているつもりだ。局長に失礼ではないか」

胡桃沢が声を荒らげて冬彦を睨む。

「ぼくは、かつてレポートを作成しました。警察の上層部が関与していると思われる、ある深刻な事件を想像力を駆使して解決しようとした試みです。小早川レポートとでも呼びましょうか。公(おおやけ)になっている事実を拾い上げて組み立て、うまく繋がらないところを想像力で補ったものですが、自分としては、かなり事件の核心に迫っているのではないかと自負しています。もっとも、具体的な証拠に基づいているわけではありませんから、そのレポートで事件が解決するわけではありません。しかし、レポートを公表すれば、恐らく、マスコミ関係者が証拠を見付け出すのではないかと期待できます。なぜなら、その事件の関係者は、いまだに警察にいるからです。つまり、風化した事件ではないということです。警察庁と警視庁、それに首都圏の県警本部の幹部、何人が責任を取らされることになるのでしょうね？　ひょっとすると、島本局長も火の粉(こ)を浴びるかもしれませんね」

　冬彦は、にこにこしながら話を進める。

　レポートとは、警察内部の裏金問題を考察したものだ。そのレポートを公にしないという約束と引き換えに、冬彦は杉並中央署から警視庁に戻ってきた。

「おまえ、局長を脅(おど)すつもりか？」

　胡桃沢が肩を怒(いか)らせて身を乗り出す。

　それを島本が右手を挙げて制し、

「何が望みだ？」

　じっと冬彦の目を見つめながら、島本が訊く。

「さすがに話が早いですね……」

冬彦は自分の希望を口にする。

それを聞いて、

「おい、ふざけるな。そんなことができるはずがないだろうが」

胡桃沢がまた怒る。

「そうは思いません。保身のためなら、どんなことでも可能なはずです。違いますか？」

「わかった。何とかしよう」

島本がうなずく。

「そう言ってもらえると思ってました。ありがとうございます」

冬彦が立ち上がる。ドアノブに手をかけてから振り返り、よろしくお願いします、と丁寧に頭を下げる。にこやかに部屋から出て行く。

「いいんですか、あんな約束をして？」

「仕方ないだろう。あのレポートが公にされたら、わたしだけではない、君もただでは済まないんだぞ。クビになりたいのか？　いや、下手をすると、塀の中だぞ」

「それは困ります」

「ならば、何とかするしかない。小早川が頼んできたことは別に犯罪行為でも何でもない。警察内部で処理できることだしな」

「簡単ではありませんよ」

「簡単ではないだろうが、不可能ではない。違うかね？」

「異例ではありますが、確かに……不可能とまでは言えませんね」

胡桃沢がうなずく。

「ならば、すぐに根回しを始めたまえ」

苦虫を噛み潰したような顔で、島本が命ずる。

四

六月七日（月曜日）

寅三、理沙子、樋村の三人が顔を突き合わせ、

「どうしたんだろう、何の連絡もないし、おかしくないか？」

と首を捻っている。

朝礼の時間を過ぎても、山花係長が出勤してこないのである。何の連絡もない。

冬彦だけは平然と、いつもと変わらぬ様子で古い捜査資料を読み耽っている。

そこに、

「おはよ〜！」

大きな声がする。

寅三たち三人が顔を向ける。

「え」

樋村が大きな声を発する。

「何で？」

理沙子が目を丸くする。

戸口に三浦靖子が立っている。

「皆さん、お久し振り〜。ドラえもん君と寅三ちゃんには先月会ったけどね。ふうん……」

靖子が部屋に入ってきて、ぐるりと周囲を見回し、

「やっぱり、まだ何も用意されてないか。警察も所詮はお役所だからなあ。仕事が遅いわ。だけど、机もないんじゃ、どうにもならない。樋村！」

「は、はい」

思わず樋村が立ち上がる。

「装備課に掛け合って、机を調達するぞ。電話やパソコンも、とにかく、仕事するのに必要なもの一式だ。わたしが装備課に電話するから、倉庫からここに運んできなさい」

「あの……ちょっと待って下さい。これは、どういうことなんですか？」

理沙子が訊く。

そこに、

「あ～、朝っぱらから胃の調子が悪い」

お腹を押さえ、青い顔をした亀山係長が部屋に入ってくる。

「え」

「どういうこと？」

樋村と理沙子が顔を見合わせる。

寅三もわけがわからず、ぽかんとしている。

鼈甲眼鏡をかけたおかっぱ頭の靖子は、三八歳の事務方の主任だ。仕事はできるが毒舌で、杉並中央署では、陰で「鉄の女」と呼ばれていた。亀山係長の妻と靖子は同期で、亀山係長とも古い付き合いだ。さっき呼んだドラえもんとは冬彦のことだ。トレードマークでもある赤いリュックの中からドラえもんのポケットのように何でも出てくることから、そう呼ぶようになった。

「係長、三浦主任、おはようございます」

冬彦がにこやかに挨拶する。

「係長の席は、そこですよ」

「あ、ああ、じゃあ、坐ろうかな。腰に力が入らなくてさ」

山花係長の席に亀山係長が坐る。

「これ、どうしようかな……」

机の上に山花係長のプレートがある。

「もういらないでしょう」

冬彦が近付き、山花係長のプレートをゴミ箱に捨てる。

「い、いいのかな、そんなことをして……」

戸惑い顔で、亀山係長が、うふふふっ、と笑う。

「ほら、樋村、そこをどけ。女性に席を譲るもんだよ」

靖子が樋村を押し退け、樋村の椅子に坐る。

「あの、本当に、どういうことなのか説明してもらえませんか？」

寅三が訊く。

「説明も何も、異動に決まってるじゃないのさ」

靖子が答える。

「異動って、今は六月ですよ。こんな時期に異動なんてあり得ないでしょう」

「あり得るからここにいるのよ」

「異動の時期は別として、亀山係長が本庁に異動するのはいいとしても、事務職の三浦さんが本庁に異動するというのは、それこそ、あり得ないと思うんですけど」

「ちゃんと辞令が出たのよ。まあ、杉並中央署から本庁に異動するなんて変だとは思ったけどね」

　靖子が肩をすくめる。

「どういう事情でこうなったのか、係長はご存じなんですか？」

　理沙子が亀山係長に訊く。

「いやあ、全然わからない。杉並中央署で警察官人生を終えると思っていたからね。まさか本庁に異動だなんて……。どういうことなんだろうね？」

　亀山係長が首を捻る。

「あ」

　寅三が声を発する。

「どうしたんですか？」

　樋村が訊く。

「どうなってるのかわからないけど、杉並中央署の『何でも相談室』がここに移ってきたということよね？　だって、元のメンバーがみんなここにいるんだから」

「一人足りませんよ。寺田高虎さんが」

「当然、高虎も異動なんですよね？　高虎もここに来て、代わりにわたしは他に異動。そういうことなんですよね？」

　寅三が興奮気味に身を乗り出す。目に期待の色が満ちている。

「高虎？　断ったわよ。どうしてもというなら辞めるとまで息巻いたらしいわ」

靖子が言う。

「は？　何で断ったの？　高虎が本庁に異動できる機会なんて、一生に一度だろうに」

「自分までいなくなったら杉並中央署の『何でも相談室』が立ち行かなくなるとか言ってたわね。今は古河主任もいるし、高虎が抜けても困らないと思うんだけど、何しろ、高虎は頑固だから」

「異動の辞令を拒否することなんかできないでしょう？」

「普通はそうだろうけど、高虎は拒否しちゃったし」

「三浦さんは、どうして拒否しなかったんですか？　ずっと杉並中央署にいるのに」

樋村が訊く。

「そう言えば、警部殿が異動して、三浦さんはすごく淋しがっていたと聞きましたけど、そのせいですか？」

理沙子が訊く。

「ううん、それはない」

靖子が首を振る。

「離れていると懐かしいんだけど、そばにいると、どうってことないのよね。もしかして、顔を見れば胸がときめくかと思ったんだけど、何も感じないの。不思議よねえ」

「じゃあ、何で？」

「だって、お給料が上がるっていうから。金額そのものは微々たるものだけど、基本給がアップすると、ボーナスとか将来の退職金とか年金受取額とか、いろいろ変わってくるのよね。杉並中央署への愛着より、老後の安定の方が大事だもん。ね、係長？」

「う、うん、まあね」

「係長も給料アップに釣られて異動を承知したんですか？」

　理沙子が訊く。

「わたしは、慣れ親しんだ杉並中央署の方が居心地がよかったんだけど、うちの妻がねえ……」

　ちらりと靖子を見て、うふふふっ、と笑う。

「あ、そうか。亀山係長の奥さん、三浦さんと同期でしたよね？　異動すると給料が上がって老後が安定すると吹き込んだわけですか？」

「吹き込んだなんて、人聞きの悪いことを言うな、樋村。正確な情報を伝えただけなんだからね」

　樋村が言う。

「しかし、不思議ですね。三人の中で最もお金に苦労している高虎さんが異動を拒否するとは……」

理沙子が首を捻る。

「三浦主任のように金銭感覚が優れていれば、あんなにお金に苦労してないだろうし、負けるとわかっている競馬に大金を注ぎ込んだりもしませんよ。高虎さんは、そういう人なんです。お金に無頓着なのではなく、経済観念がないんです」

冬彦が言う。

「警部殿、淋しくないんですか？　相棒だった高虎さんだけがこっちに来ないなんて」

樋村が訊く。

「高虎さんの言うように杉並中央署の『何でも相談室』も大事です。高虎さんには、向こうでがんばってもらいましょう。今のぼくには寅三先輩という相棒がいるから不満はありません。ね、寅三先輩？」

「……」

「どうしたんですか、顔色が悪いですよ」

「何だか、すごく頭が痛いんですよね」

寅三が深い溜息をつく。

五

仕事に夢中になると、昼休みになっても冬彦は机から離れようとしない。古い捜査資料を読み耽っていると、時間が経つのも忘れてしまうらしい。リュックから野菜ジュースとサンドイッチを取り出し、仕事をしながら食事を済ませる。

寅三は外に出て食事をする。

理沙子と樋村は日によってまちまちで、庁舎内のカフェテリアで食事することもあるし、外に出ることもある。

亀山係長と靖子は弁当持参である。

今日は寅三、理沙子、樋村の三人が揃って外に出たので、部屋に残っているのは、冬彦、靖子、亀山係長の三人である。

「ドラえもん君さあ、若いんだから、栄養のあるものをたくさん食べないと駄目だよ。わたしの弁当、分けてあげようか？　栄養もりもりだよ」

靖子が声をかける。

「ありがとうございます。お気持ちだけで結構です。貧弱な食事に見えるかもしれませんが、必要なカロリーはきちんと摂れているし、栄養のバランスもいいんですよ」

「頭がいいから、いろいろ計算してやってるんだろうけど、わたしが親だったら心配だね。朝からずっと机にへばりついてさあ。それを食べたら、散歩でもしてきなさいよ。まるでガリ勉してる受験生みたいだよ」

「ずっと机にへばりついてるのは、三浦主任も亀山係長も同じじゃないですか」

冬彦が笑う。

「係長は三〇分ごとにトイレに行くじゃないの。それが案外、いい運動になってるのよ。ねえ、そうですよね、係長？」

「う、うん、まあね……」

「わたしだって適当に息抜きしてるのよ。あんただけだよ、そんなにクソ真面目に仕事してるのは。少しは寅三ちゃんを見習いなさいよ。ほとんど仕事らしい仕事してないからね。寺田一族の特徴だね。高虎とよく似てるわ。怠け者の一族」

「口が悪いなあ」

「あんたには負けるよ」

ふんっ、と靖子が鼻を鳴らす。

弁当を食べ終わって、靖子がお茶を淹れているところに寅三たち三人が戻ってくる。

「あ～っ、食べた、食べた、お腹がはち切れそうだ～」

寅三がどっかりと椅子に坐る。

「いくら何でも食べ過ぎですよ、あれは。ねえ？」

　樋村が理沙子に顔を向ける。

「特上ロースにメンチカツ、エビフライ、北海道コロッケだものねえ」

「ごはんは大盛りだし、味噌汁やサラダはお代わりするし。寅三さんが食べるのを見てるだけで、ぼくはお腹がいっぱいになりました」

　樋村が首を振る。

「うるせえなあ。放っておいてくれ。スタンプカードが溜まってて、セットメニューを頼むと、単品三品まで追加で無料トッピングできたんだよ。頼まないともったいないじゃないのさ。味噌汁とサラダはお代わり無料だしね」

　寅三が椅子に仰け反って、膨れ上がった大きなお腹をぽんぽんと軽く叩く。

「警部殿、何か、言いたいことでもありますか？」

　寅三がじろりと横目で冬彦を睨む。冬彦が笑いを嚙み殺しているのに気が付いたのだ。

「え、ぼくですか？　何もありません」

　冬彦が慌てて手を振る。

「それならいいんですけどね」

「寅三先輩がメタボで、いずれ生活習慣病で苦しむことが確実だとしても、それは自業自得です。ぼくがとやかく言うことではありません」

「いちいち癇に障る言い方しないでほしいんですよね。せめて黙っててもらいたいんですけど」

「もちろんです、何も言いません」

「ドラえもん君、電話だよ」

保留ボタンを押して、靖子が声をかける。

「誰からですか？」

「西園寺さんという女性」

「西園寺？　聞き覚えがないなあ」

「出ればわかるじゃん。小早川警部さまをお願いしますってさ」

「そうですね」

冬彦は受話器を取り上げ、保留を解除する。

「はい、小早川です……」

そのまま、しばらく黙って相手の話に耳を傾けていたが、やがて、

「わかりました。こちらの方で少し調べてから連絡させていただきます。連絡先を伺ってもよろしいでしょうか」

はい、はい、とうなずきながらメモを取る。

電話を切ると、

「係長、ちょっと地下の倉庫に行ってきます」

「どうぞ」

亀山係長が返事をすると、冬彦が部屋から出て行く。

二時間ほどして、冬彦は小脇にファイルを抱えて戻って来た。

「随分ゆっくりでしたね。探しものが見付からなかったんですか?」

寅三が訊く。

「大変でした。地下の倉庫もきちんと整理しないと駄目ですね。まだ段ボールが山積みにされている状態ですから。力仕事が苦手なので、段ボールを移動させながら、古い捜査資料を探すのは大変でした」

冬彦が答える。

「そういうときは、すぐに樋村を呼べばいいんですよ」

「樋村君にも仕事がありますからね」

「そうです。ぼくにも仕事があるんです」

樋村が胸を張る。

「客観的に見ると、寅三ちゃんがダントツで仕事をしてないような気がするけどねえ」

いひひひっ、と靖子が笑う。

「失礼な。係長、どう思いますか?　わたし、仕事をしてませんかね」

寅三が亀山係長に顔を向ける。

「え」

亀山係長がビクッとする。

「い、いや、どうだろう、してるんじゃないかな、たぶん……」

「たぶんって、どういう意味ですか？」

「深い意味はないんだけどさ」

うふふふっ、と薄ら笑いを浮かべる。

「どういう事件を調べに地下の倉庫に行ったんですか？　さっきの電話が関係あるんですよね」

理沙子が冬彦に訊く。

「電話してきたのは西園寺希久子さんという女性なんだけどね。日比野芙美子さんの紹介だった」

「え、日比野さんの？」

冬彦たちが特命捜査対策室の第五係に異動して、最初に扱った未解決事件が日比野芙美子の夫・茂夫が奈良県の斑鳩ため池近くで殺害された事件だった。茂夫が殺害されるに至った経緯は明らかにできたものの、犯人を特定して起訴するところまでは行き着かなかった。すでに犯人が死亡していたからである。すっきりしない決着ではあったものの、芙美子は冬彦や寅三の尽力に感謝した。

「どういうお知り合いなんですか？」

　寅三が訊く。

「病院で知り合ったらしいです」

「病院というと……日比野さんは癌で闘病中でしたよね？」

「西園寺さんは、日比野さんほど重い癌ではないみたいですけど、年齢も近いし、同じように癌を患っていることもあって親しくしているらしいんです。つい先日、ぼくたちが茂夫さんの事件の解決に尽力したという話を聞いたようです。心の重荷がなくなった、いつでも安らかに死んでいける……そんな話を日比野さんから聞かされて羨ましくなったと話していました」

「その方も犯罪被害者のご遺族ということなんですか？」

「その点がちょっと微妙なんですよね。倉庫でざっと捜査資料を斜め読みしただけなので、まだ何とも言えないのですが……」

　冬彦が歯切れの悪い言い方をする。

「どういうことですか？　わかりやすく説明して下さいよ」

「ぼくがあれこれ言うより、捜査資料を読んでもらうのがいいと思います。四人分、コピーします」

「そうですか。樋村、コピー」

寅三が冬彦の手から捜査資料を奪い取って、樋村に差し出す。

「ぼくですか？」

「いちいち不満そうな顔をするんじゃないよ。黙ってやれ」

「そんなに怖い顔をしなくてもやりますよ」

樋村が口を尖らせながら立ち上がる。

四人分のコピーを取ると、原本は傷まないように脇に置き、寅三、理沙子、冬彦にコピーを配る。コピーされた捜査資料を四人が読み始める。

六

一時間ほどして……。

「これ、駄目じゃないですか」

寅三が大きな声を出し、捜査資料のコピーを机の上に放り出す。

「ですよねえ……」

理沙子と樋村がうなずく。二人も読み終わったようだ。

冬彦はとっくに読み終えていたが、他の三人をおとなしく待っていた。

「警部殿に電話してきたのは、西園寺希久子さんという女性なんですよね？」

寅三が訊く。

「ええ、そうです」

「つまり、西園寺公麻呂の母親ということですよね？」

「はい」

冬彦がうなずく。

「意味がわからないわ」

寅三が大きく首を振る。

「確かに、不可解ですよね」

「何が目的なのか……」

樋村と理沙子が顔を見合わせる。

一〇年前、沖縄県南部にある鍾乳洞(しょうにゅうどう)、すなわち、玉泉洞(ぎょくせんどう)の近くで白鳥玲佳という女性が他殺体で発見された。その直後、容疑者である西園寺公麻呂も遺体で見付かった。警察は公麻呂の死を自殺と断定した。被疑者死亡により、検察は公麻呂の起訴を見送った。公判を維持するには証拠が不足していると判断したのである。

「西園寺さんは何を望んでおられるんですか？」

寅三が訊く。

「息子さんの身の潔白を証明してほしいそうです。その上で、白鳥さんを殺した犯人を見付けてほしい、と話してました」

「西園寺公麻呂は被疑者ですよ。再捜査する意味があるんですかね？」

樋村が首を捻る。

「自殺しなければ、たとえ状況証拠しかなくても起訴されていたでしょうに」

理沙子が言う。

「迷宮入り事件とも言えないじゃないですか。被疑者死亡という形で事件そのものは決着しているわけですし」

寅三が肩をすくめる。

「……」

冬彦は腕組みして、じっと捜査資料を見つめている。

「まさか変なことを考えてませんよね？」

寅三が警戒するような眼差(まなざ)しを冬彦に向ける。

「何ですか、変なことって？」

「この事件を再捜査しようと考えてませんか？」

「それはないです」

冬彦が首を振る。

「寅三先輩が言うように、これは未解決事件とは言えないと思います」

「それなら、なぜ、そんなに熱心に捜査資料を読み続けてるんですか？」

「日比野さんの事件もそうでしたが、未解決事件というのは、普通は被害者のご遺族が犯人を見付けてほしいと懇願してくるものだと思うんです。事件から何年経とうが、ご遺族の心の傷は癒えないということなのでしょう。起訴されなかったから、西園寺公麻呂が犯人かどうか、ぼくには判断できませんが、少なくとも、西園寺希久子さんは被害者のご遺族ではありません。にもかかわらず、被害者のご遺族と同じように、今でも辛い思いを引きずっておられるのだなあ、と思い知らされました」

「そう言えば、最近は被害者のご遺族のケアだけでなく、加害者の家族のケアも必要ではないか、という議論もされるようになっているみたいです。もしかすると、西園寺さんも嫌な目に遭ったのかもしれませんね。新聞やテレビが犯人を匿名で報道しても、すぐに実名や顔写真、住所、勤務先までがネットで暴露されてしまいますから。住所や電話番号がわかれば、同居している家族まで誹謗中傷されるみたいですし」

　寅三が言う。

「あ、聞いたことあります。お父さんが逮捕されると子供が学校に行けなくなったり、逆に子供が逮捕されると親が会社にいられなくなったりするんですよね」

　樋村がうなずく。

「ひどい話だわねえ。まるで江戸時代の連座制みたいじゃないの。ねえ、係長？」

靖子が亀山係長に顔を向ける。

「う、うん、そうだね、ひどいよねえ」

ろくに話を聞いていなかったらしく、取って付けたようにいい加減な相槌を打つ。

「かわいそうな気もしますが、やはり、うちが扱うべき事件ではなさそうですね」

そう言いながら、寅三が冬彦をじっと見る。

「ええ、その通りですね。明日、お宅に伺って、再捜査は無理だとお断りしてきます」

「わざわざ出向くんですか？　電話でいいじゃないですか」

「そうはいきません。電話で簡単に済ませていいとは思えません。そんな対応をすれば、ますます西園寺さんの心の傷を深めることになってしまいます」

「何なんだ、この馬鹿丁寧な生真面目さは……。普段はやりたい放題で、同僚には暴言を吐きまくってるのに……」

寅三が唖然としながらつぶやく。独り言にしては声が大きすぎるので、みんなに聞こえるが、冬彦は気にしていないようだ。

「まだまだ、ドラえもん君のことがわかってないわね」

靖子がにやりと笑う。

「別にわかりたくもないんですけど」

寅三が肩をすくめる。

「ところで、歓迎会、どうしますか？　亀山係長と三浦主任が異動してきたわけですから、やはり、歓迎会をやらないと……」

樋村が言う。

「あら、随分と気が利くじゃないの」

理沙子が顔を向ける。

「だって、さっきから三浦さんがぼくの足を蹴ってるから……」

「あら〜、嫌だわ。この人、何を言ってるのかしら。誰もそんなことしてないわよ」

靖子が椅子から立ち上がって、樋村の尻を蹴飛ばす。

「歓迎会、いいじゃないの。やりましょうよ」

寅三が賛成する。

「さすがに寺田一族ですね。お酒を飲む機会は決して逃さない」

冬彦が笑う。

「善は急げ。今夜、どうですか、係長？」

寅三が訊く。

「うん、そうだね。いいね。だけどねえ……」

亀山係長が曖昧な返事をする。

「ご都合が悪いですか？」

「悪いと言えば悪いかねえ。いろいろ買い物しなければならなくて……」

「何の買い物ですか？」

「まあ、いいじゃないですか。係長を追い詰めないで下さい。係長は、いつも仕事帰りに、奥さんに命じられた買い物をしなければならないんですよ。奥さんの許可がなければ、飲み会になんか参加できません」

冬彦が言う。

「そうなんですか、びっくり」

寅三が驚く。

「ええ、完璧（かんぺき）に尻に敷かれてますから。歓迎会は週末にしましょう。金曜までに奥さんを説得してもらうんです。さて、仕事だ、仕事……」

話を切り上げると、冬彦はパソコンのキーボードを叩き始める。

七

六月八日（火曜日）

朝礼の後、少しばかり事務処理をしてから、冬彦と寅三は警視庁を出る。西園寺希久子を訪ねるためだ。希久子の家は江東区富岡にある。富岡八幡宮の近くだという。最寄り駅は東西線の門前仲町駅である。日比谷線で霞ケ関から茅場町に行き、茅場町で東西線に乗り換えれば、二〇分弱で着く。

駅を出ると、

「西園寺さんのお宅は駅から遠いんですか？」

寅三が訊く。

「地図で調べましたが、割と近くですよ。たぶん、一〇分もかからないと思います」

「それなら近いですね。だけど、今から行くと、ちょうどお昼どきですが、構わないんですか？」

「大丈夫です。ちゃんと計算してあるんです」

冬彦がにんまりと笑う。

「何を計算したんですか？」

「寅三先輩がお昼ごはんを食べる時間を計算したという意味です。それを計算した上で、アポを取りました」

「え、じゃあ、お昼を食べてから西園寺さんを訪ねるんですか？」

「そうです。ぼくがお昼をごちそうします」

「マジですか？」

「いつもお世話になっていますし、今日は捜査でもないのに付き合ってもらいましたから、そのお礼です」

「嬉しいなあ。何だか期待してしまうじゃないですか」

寅三の目がキラキラと輝く。

「喜んで下さい、深川めしですよ。ちゃんとお店も予約しました。お昼どきは混み合って、いきなり行っても、なかなか入れないと聞きましたので」

「素晴らしい、深川めし！　大好きです」

「本場の深川で深川めしを食べるのは初めてなので、ぼくも大いに期待しています」

「あ〜っ、想像するだけで口の中に唾が溢れる。早く食べたい。行きましょうよ。どこですか、そのお店？」

「富岡八幡宮の近くです」

冬彦が言うと、寅三が足取りも軽く歩き出す。警視庁を出てから、やる気のなさそうな重い足取りだったのが嘘のようだ。

「あそこですね。やっぱり、もう並んでる人がいますよ。人気があるんですねえ」

入口に、歴史と伝統を感じさせる古びた木製の看板が掲げられ、その下には、深川めし、と染め抜かれた紺色の暖簾が風に揺らいでいる。

店先に何人かの客が行儀良く並んでいる。年配の客が多いようだ。

「富岡八幡宮にお参りして、行きか帰りに深川めしをいただく。何だか、粋だわ」

「それに日本酒があれば、寅三先輩は言うことなしなんでしょうね」

「勤務時間中でなければ間違いなく飲みますよ」

当然ではないか、という顔で寅三がうなずく。

予約しておいたので、二人はすぐ席に案内される。

「あれこれ迷う必要もありませんね。深川めしを頼むだけですから」

「そう簡単でもなさそうですよ」

メニューを見ながら、寅三が言う。

あさりと長ネギを炊き込むのが深川めしの基本だが、味付けや炊き方によって、様々なバリエーションがあるのだという。

「迷うなあ……」

「とりあえず、二種類の深川めしが付いたセットを頼んだらどうですか？　それで足りなければ追加すればいいでしょうし」

冬彦が言う。

「いいんですか？」

寅三が冬彦に明るい笑顔を向ける。

「ええ、お酒がなければ、それほどの金額にはならないでしょうから、遠慮なくどうぞ」

「お言葉に甘えさせていただきます」

寅三は二種類の深川めしが付いたセットを、冬彦も同じものを注文する。

すぐに運ばれてくる。

ふたつの茶碗に、あさりと長ネギをシンプルに炊き込んだ深川めしと、あさりと長ネギを自家製の味噌で煮込んだものを飯にかけた深川めしがそれぞれ盛られている。セットメニューなので、すまし汁、お新香、野菜の煮物もついている。

「いただきます」

寅三が早速、食べ始める。

「……」

冬彦がお盆をじっと見たのは、ひとつひとつはどれもおいしそうだが、あまりにも上品に盛り付けられていて、全体の量が少なく感じられたからである。冬彦には十分だが、寅三には足りないだろうと予想できる。どれくらい追加すれば、寅三は満腹になるだろうと考えると空恐ろしくなる。

「食べないんですか?」

口いっぱいに深川めしを頬張りながら、寅三が訊く。

「食べます」

冬彦が箸を取り、茶碗を手にして食べ始める。まず普通の深川めしから食べる。それを

半分ほど食べたところで、

「ああ、おいしかった」

寅三が食べ終わる。

「全然足りなかったようですね」

「ええ、まったく」

寅三がメニューを見て、今度は、あさりと長ネギを飯と一緒に蒸籠蒸しにしたものを頼む。これもセットメニューである。

運ばれてきたものを、すぐに食べ始める。

「うわあ、おいしい。同じあさりなのに風味も食感もまったく違う。あさりって、蒸すと、こんなにプリプリなんですね。青のりもいい感じのアクセントになってるわ」

「グルメリポーターみたいですね」

ふふふっ、と冬彦が笑う。

「何とでも好きなように言って下さい。わたし、怒りませんから」

箸を止めることなく、寅三が言う。

冬彦がシンプルな深川めしを食べ終え、次に味噌味の深川めしを食べ始める頃には、すでに寅三の蒸籠蒸しのセットはなくなっている。

すかさず、寅三は最初のセットをもう一度注文する。

「すごいな。白樺(しらかば)さんみたいじゃないですか」

大食いチャンピオン・白樺圭一(けいいち)の名前を冬彦が口にする。

去年と今年の二月、彼に依頼され、大食い選手権の不正を暴いたのだ。

「あら、嫌だ。白樺さんだったら、このお店の深川めしを食べ尽くしてしまいますよ。わたしは、それほどじゃありません」

「はあ……」

結局、寅三は、それぞれのセットをふたつずつ食べた。冬彦は一人前がやっとだった。

「お酒も飲んでないのに、どうして支払いが一万円を超えてしまうんだろう」

店員が持ってきた伝票を見て、冬彦が溜息をつく。

「高給取りなんだから、ケチ臭いことを言わないで下さい。ああ、おいしかった。ごちそうさまでした」

「行きますか。もうすぐ約束の時間です。とりあえず、うまく時間調整できましたね」

その点だけは冬彦の計画通りである。

八

西園寺家は、富岡八幡宮から、わずか数分の距離にある。賑(にぎ)やかな大通りから、ほんの一筋奥に入っただけなのに、驚くほど静かな場所だ。ただ間口は狭く、庭もない。猫の額(ひたい)のような狭い土地に立つ、こぢんまりとした二階建ての家である。

冬彦が玄関のチャイムを鳴らすと、ドアが静かに開けられ、顔色が悪く、ひどく痩せた女性が顔を出す。西園寺希久子である。六三歳。

「警視庁の小早川です」

「寺田です」

「西園寺でございます。わざわざお越しいただいてありがとうございます。汚いところですが、お上がりになって下さい」

どうぞ、どうぞ、と希久子が二人を家の中に招じ入れる。二人が同時に入ることができないほど靴脱ぎ場が狭いので、まず寅三が、次に冬彦が入る。

（ふうむ、ご主人は足が悪いのかな……）

廊下に折り畳み式の車椅子が置いてあるのを見て、冬彦が推測する。

捜査資料には、西園寺公麻呂だけでなく、公麻呂の家族のことも書いてあった。

公麻呂には兄弟姉妹がいない。一人っ子である。

事件発生当時、この家には三人で暮らしており、今も公麻呂の両親が二人で住んでいるとすれば、希久子の足腰は丈夫そうだから、車椅子が必要なのは父親の正勝であろう。希久子とは四つ違いだから、六七歳である。

短い廊下の先にリビングがある。台所と一緒になった八畳ほどの部屋である。一階には、この一部屋しかなく、あとはトイレと風呂があるだけだ。二階には、恐らく、八畳間がひとつか、四畳間がふたつしかないだろうから、外観通り、かなり狭い家だな、と冬彦は感じる。

リビングに入ると、テーブルの周りにソファが並べてある。これだけでリビングの半分以上を占めている。

窓際のソファに正勝が坐っている。ゴマ塩頭で、きつそうな顔をしている。希久子と同じように瘦せている。希久子の瘦身は病気のせいだろうと察せられるが、正勝の瘦身は、どういう理由なのだろう、体質的なものだろうか、と冬彦は考える。瘦せているせいで希久子は気弱に見えるが、正勝は神経質そうに見える。視線も険しい。冬彦と寅三の来訪を喜んでいないことが、はっきりとわかる。喜んでいないどころか、敵意すら抱いているようだ。

「お茶を出しますね。おかけになって下さい」

「お構いなく」

「そろそろ、いらっしゃる頃だと思って用意してたんですよ」

希久子が台所に立ち、手際よくお茶の用意をする。

その間、正勝は不機嫌そうに押し黙ったままだ。

冬彦と寅三が名乗っても、まるで聞こえていないかのように、そっぽを向いている。

希久子がお茶とお茶菓子をテーブルに並べ、自分もソファに坐る。

「昨日は電話をありがとうございました。あの後、当時の捜査資料を読み返しました」

冬彦が言う。

「お手数をおかけします」

希久子が丁寧に頭を下げる。

「日比野さんのお話を聞いて、古い事件でも警察は熱心に調べて下さるのだなあと驚きました。それで公麻呂の日記、これですが……」

希久子が古ぼけた日記帳を冬彦に差し出す。

冬彦が受け取り、興味深そうに眺める。

「久し振りに日記を読み返して、やはり、わたしには、どうしても公麻呂が白鳥さんを手にかけたとは思えなくなりまして……」

「真実を知りたい、濡（ぬ）れ衣（ぎぬ）を晴らしてほしい……そう電話でおっしゃってましたね」

「当時は誰もわたしの言うことに耳を貸してくれませんでしたが、もしかしたらと期待してしまいまして……」

希久子が遠慮がちに言う。

「なるほど、お気持ちはよくわかります」

「ただですね……」

寅三が口を挟む。再捜査はできませんと言えばいいだけなのに、冬彦が物分かりのよさそうな顔でいつまでも希久子の話を聞いているので、これはまずいぞと判断したのだ。何かの拍子に、再捜査をします、などと言い出しかねないから、今のうちに釘を刺しておこうと考えたのである。

「わたしも捜査資料を読み返しましたが……」

「馬鹿者が！」

突然、正勝が大声で希久子を怒鳴る。

希久子がびくっと体を震わせ、怯えたような目を正勝に向ける。その姿を見れば、いつもこんな風に怒鳴られているのだな、と寅三にも冬彦にも想像がつく。

「なぜ、おまえは余計なことばかりするのだ」

「だって、あなた……」

「あいつは生きているときも役立たずだったが、死んでからも、さんざん親に迷惑をかけた。あいつのせいで、どれだけ肩身の狭い思いをしたか忘れてしまったのか？」

「もちろん、忘れてはいませんけど、それは公麻呂のせいでは……」

「あいつのせいだろう！」

正勝が顔を真っ赤にして怒鳴る。

「そのせいで、おれは定年前に退職する羽目になったんだぞ」

「でも、あのとき、あなたは休職中で……」

「息子が殺人事件を起こしたのに、いったい、どんな顔で学校に戻れるというんだ？　あいつのせいで、おれの人生までおかしくなった。息子がやったことで、親まで責められる。息子といっても、三〇にもなった大人だぞ。何の関係もない連中がこれでもかとばかりに嫌がらせをしてくる。あれから一〇年経って、ようやく、ほとぼりが冷めたと思ったら、また、こんなことをしおって。なぜ、寝た子を起こすような真似をするのか」

「だって、あの子は……公麻呂は人を殺すような子ではありませんよ。優しい子だったんですから」

「何でもかんでも息子の肩を持てばいいと思っている。おまえがそういう態度だから、あいつもおかしくなった。おまえがあいつを人殺しにしたようなものだ」

「何てことを言うんですか」

　希久子が泣き始める。

「母親も馬鹿なら息子も馬鹿だ。あんな馬鹿は生まれない方がよかった。そうすれば、他人様の命を奪うこともなかったし、おれだって平穏な人生を送っていただろうさ。何もかも、あの馬鹿のせいだ」

　正勝は、公麻呂と希久子を執拗に罵倒する。あまりの語気の激しさに、冬彦も寅三も口を挟むことができない。

（あれ？）

寅三が怪訝な顔になったのは、冬彦の表情が強張り、どことなく顔色も悪いように見えたからだ。気分でも悪いのかもしれないと心配になり、

「警部殿、そろそろ……」

と、冬彦を促す。

「あ、ああ、そうですね」

「また改めてご連絡しますので」

寅三が希久子に言う。

正勝は、そっぽを向いている。

「見苦しいところをお見せして申し訳ありません」

希久子が涙を拭いながら詫びる。

「この日記ですが、お借りしても構いませんか？」

冬彦が訊くと、ええ、もちろんです、どうぞ、と希久子がうなずく。

冬彦と寅三が家の外に出ると、また家の中から、この馬鹿者が、という正勝の怒鳴り声が聞こえた。

「警部殿」

「……」

「警部殿？」

「え」

冬彦がハッと顔を上げる。心ここにあらずという感じである。こういう冬彦も珍しい。

「具合でも悪いんですか？」

「あ……いいえ、別に」

「でも、顔色がよくないですよ」

「大丈夫ですから」

「そこの公園でちょっと休みましょう」

「いや、本当に……」

「いいから」

寅三は冬彦の腕をつかむと、引きずるように公園に連れて行く。小さな公園である。滑り台、砂場、ブランコくらいしかない。ベンチがないので、寅三は冬彦をブランコに坐らせる。隣のブランコに寅三も坐る。

「どうかしたんですか。何だか、いつもの警部殿らしくありませんよ」

「すみません」

冬彦が溜息をつく。

「あのご夫婦の姿を見ていたら、昔を思い出してしまって……」

「昔って、警部殿の昔のことという意味ですか?」

「そうです。ぼくは中学生のときに不登校になり、高校には通っていません。大検を受けて東大に進学したんです。ぼくのことで、両親はいつも喧嘩ばかりしていました。父はぼくを責め、母がぼくを庇う……西園寺さんの家と同じです」

冬彦がぽつりぽつりと言う。

「おかしなご家庭でしたね。特にあのお父さん、自分のことばかり言ってましたね。何かというと、おれが、おれが、って。自分だけが被害者みたいな言い方でした」

「それだけじゃありませんよ。最初から最後まで、息子さんをあいつと言ってましたよね。お母さんは、ちゃんと公麻呂という名前で呼んでいたのに、あのお父さんは一度も名前を呼びませんでした」

「そう言われると、そうですね。何となく寒々としてきます」

「悪気はないんですよ。息子さんに対する正直な感情がそういうところに表れているだけのことです。父親が罵倒し、母親が泣く……。昔、何度も目にした光景です。つい息子さんと自分の姿が重なってしまったというか、仕事に個人的な感情を持ち込んではいけないとわかっているのですが、自分でもどうしようもなくなって気持ちが乱れてしまいました。恥ずかしいです」

冬彦がうなだれる。

「別に恥ずかしいことじゃありませんよ。人間なんだから当たり前じゃないですか。わたしたちは機械じゃないんですよ。感情があるんだから、時に心が乱れるのは当然のことです」

「そうでしょうか」

「ええ、そうです。やりましょうよ、この事件」

「え？」

「やった方がいいですよ。再捜査するんです。この部署の仕事には似つかわしくないかもしれませんが、警察全般の仕事として広く考えれば何の問題もありませんよ」

「なぜ、今日に限って、そんなに優しいんですか？」

「わたしは弱い者の味方なんです」

「でも、それだと、世の中ほとんどすべての人の味方ということじゃないですか。だって、寅三先輩より強い人なんか滅多にいないでしょうから」

「いきなり、そうくるか。人が優しくしてやれば……」

「やりましょう！」

冬彦が元気に立ち上がる。

「よし、再捜査だ。がんばるぞ」

えいえい、お〜っ、と右腕を高く上げる。

「余計なことを言ってしまったかも……」

寅三が溜息をつく。

九

警視庁に戻る電車に乗ると、早速、冬彦は公麻呂の日記を読み出す。寅三が何を話しかけても、ろくに返事もしない。ついに寅三も諦め、スマホのメールチェックを始める。

第五係の部屋に戻っても、自分の席に着くなり、また日記を読み続ける。誰が話しかけても、ろくに返事もしない。

「どうしちゃったんですか、警部殿？」

理沙子が寅三に訊く。

「変なスイッチが入ってしまったみたいなのよ」

「でも、再捜査をしないって断りに行っただけなんですよね？」

「そのつもりだったんだけど……」

寅三が横目でちらりと冬彦の顔を見る。

「完全に自分の世界に没頭してますよね」

樋村が笑う。

「笑い事じゃないわよ、まったく」

寅三が溜息をつく。

一〇

六月九日（水曜日）

寅三は、いつも始業時間ギリギリに出勤してくる。

今日もそうだ。遅刻寸前なのに、慌てることもなく、大欠伸（おおあくび）をしながら平然と部屋に入ってくる。

席に着くと、疲れた様子で頰杖をつき、

「誰か、おいしくて熱いコーヒーを淹れてくれる優しい人はいないかなあ……」

と、じっと樋村を見つめる。

「はいはい、了解です」

樋村が寅三用の大きなマグカップにコーヒーを注いで机に運ぶ。

「サンキュー、今日は素早いじゃないの。いつもは、ぐだぐだ愚痴（ぐち）をこぼしてから、ようやく持ってくるのに」

「警部殿がおかしいんですよ」

寅三の耳許(みみもと)で樋村が囁(ささや)く。

「え？　何が？」

寅三がちらりと横目で冬彦を見る。

冬彦は捜査資料を読み耽っている。心なしか目が血走っているように見えるが、それ以外は、普段と変わった様子にも見えない。

「おかしいのは今日に限ったことじゃないわよ」

「三浦主任が出勤してきたときには、もうあんな感じだったらしいんですよ」

「それは早いわね」

靖子は始業の一時間くらい前には出勤し、てきぱきと掃除や片付けを済ませ、他の者たちがやって来る頃には、のんびりお茶を飲んでいる。杉並中央署にいた頃からの習慣だ。

「まさか泊まり込み？」

「それはないと思いますけど……」

「いつも同じ格好してるから、家に帰ったかどうかわからないわよね。でも、別に臭うわけじゃないから、家でお風呂には入ったんじゃないかな」

「髪は、ぼさぼさですが」

「それもいつものことよ」

「いつも以上に、という意味です」

「何かに夢中になると身なりに構わない感じだものねえ」

「今は、この事件にすっかり夢中ですね。寺田さんが来る前には、あちこちに電話をかけまくってたんですよ。で、その後は、また捜査資料に……」

「うう〜む」

突然、冬彦がおかしな声を発する。

「どうしたんですか、警部殿？」

寅三が訊く。

「これです！」

冬彦が一枚の写真を高く掲げる。

「何ですか、それ？　アルファベットのRに見えますけど」

「ええ、ぼくにもRに見えます。しかし、ただのRではないんです」

「何がです？」

「これは血文字なんですよ」

「血？　人間の血ということですか」

「そうなんです。人間の血で書かれたアルファベットです。実は、ふたつあります」

冬彦が二枚の写真を寅三に見せる。

「こんな写真、昨日は見てませんよ」

「改めて倉庫を調べ直したら、他にも捜査資料があったんです。主に写真です」

「そうなんだ」

ふうん、とうなずきながら、寅三が写真を見つめる。

「これは……」

「一枚は被害者の白鳥さんの遺体の傍(かたわ)らにあった、白っぽい石に書かれていたものです」

「ということは……」

「白鳥さんの血で書かれた文字です」

「気持ち悪い」

「もう一枚は西園寺公麻呂さんの遺体のそばの木に書かれていました。刃物で樹皮をはがし、むき出しになった白い幹の部分に。近くに手頃な石がなかったから、木の幹を使ったのだと思います。白鳥さんと西園寺さんの遺体がかなり離れた場所で発見されたことはご存じですよね?」

「それは読みました。自殺する前に、西園寺が自分の血で書いたんですか?」

「それが違うんです」

冬彦が首を振る。

「このRも、やはり、白鳥さんの血だったんです」

「え」

寅三だけでなく、樋村や理沙子も驚く。

「それって、つまり……」

寅三がごくりと生唾を飲み込む。

「西園寺は白鳥さんを殺してから、彼女の血を抜き取り、それを自分の死に場所に持って行って、わざわざ血文字を書き残したということですか？」

「当時の捜査陣は、そう考えたようです」

「うわあ、マジで気持ち悪いなあ」

寅三が顔を顰める。

「昨日、捜査資料をざっと読んだ感じだと、白鳥さんに付きまとっていた男が自分の愛情を受け入れてもらえないことを悲観して……いや、腹を立ててだったかな、とにかく、自分勝手な理由で白鳥さんを殺害したという、ひどい話ではあるけれど、そう珍しくもない事件だったのに、今の話を聞いたら、かなり猟奇的な犯罪じゃないですか」

「こんなことをしでかした息子の無実を証明してほしいだなんて、ちょっと図々しくないですか」

理沙子も呆れたように言う。

「なぜ、Rなんですかね？」

樋村が訊く。

「被害者の名前が玲佳だからじゃない？　頭文字(かしら)がRでしょう」

理沙子が言う。

「そうなんですか？」

寅三が冬彦に訊く。

「そうかもしれないし、そうでないかもしれません」

「どっちなんですか」

「わからないということです。当時の捜査陣は、そのことについて、あまり熱心には調べなかったようですね。何も記載がありませんから」

「気持ちの悪い事件ですけど、犯人が死んでしまえば、普通、そこで捜査はストップしますからね。その血文字が殺人の重要な証拠だというのなら話は別ですが、被害者の殺害に使われた凶器は見付かっているわけですから、それが決定的な証拠になりますよね」

「だから、それ以外の些細(ささい)なことは、熱心に調べられなかったということなのでしょう」

冬彦が言う。

「ちょっと、あんたたち」

靖子が声をかける。

「さっきから係長が待ってるわよ。何度も呼んでるじゃないの」

「何をですか？」

　寅三が亀山係長を見る。

「朝礼に決まってるでしょう。とっくに時間が過ぎてるんだから」

「もっと大きな声で言ってくれないと聞こえませんよ、係長」

「あ……すまない」

　亀山係長が気弱な顔で謝る。

「何で、係長が謝るんですか。ほら、始めるよ、朝礼。整列！　もたもたしない！」

　靖子が号令をかけると、メンバーたちが素早く立ち上がる。

「では、朝礼を始めます……」

　亀山係長からの訓示と連絡事項の伝達、靖子からの業務連絡など、いつものように淡々と朝礼が進む。取り立てて変わったことは何もない。

「これで朝礼を……」

　亀山係長が朝礼を終えようとすると、

「待って下さい」

　冬彦が右手をさっと挙げる。

「何かな、小早川君？」

「お願いがあるんです……」

白鳥玲佳さんが殺害された事件を再捜査したいのですが、許可をいただけませんか、と冬彦が言う。

「あ、ああ……再捜査ね、なるほど、再捜査か……。ただねえ、わたしの知る限り、未解決事件の再捜査をするのは第一係から第四係までで、この第五係は、四つの係の補助をするのが本来的な業務ではないかと思うんだよね。資料を揃えたり、会議の準備をしたり、関係部署との連絡や調整をしたり、それ以外にも様々な雑用を……」

「もちろん、承知しています！」

冬彦が亀山係長に一歩近付く。その迫力に圧倒され、亀山係長が一歩後退る。

「小早川君、そう大きな声を出さなくても……」

「言うまでもなく、それらの業務はきちんとこなします。その上で、未解決事件の捜査に当たりたいということなのです！」

「しかし、ちらりと耳にした話では、その事件は犯人もわかっていて、もう解決済みだと……」

「それは違います！」

「ひ」

冬彦がまたもや一歩近づき、亀山係長も一歩後退る。

「被疑者死亡により起訴されませんでしたが、捜査をし尽くしたとは言えず、犯人だと断定することはできません。すなわち、厳密に言えば、犯人は不明なのです」

「そ、そうかもしれないけどねえ……」

亀山係長の額に汗が滲む。

「前任の山花係長にはいろいろお願いして、奈良や長野に出張させてもらいました。おかげで、二〇年以上、未解決のままだった事件の犯人がわかったんです。被害者のご遺族は、とても満足して下さいました。ぼくたちがやったことには大きな意義があったと自負しています。違いますか？」

「いや、あの……」

亀山係長はよろよろと後退り、壁に背をつける。これ以上、後退ることはできない。

「どうなんですか！」

「はい。違いありません」

「そうですか。ありがとうございます。今日から再捜査を始めさせていただきます」

冬彦がにこっと笑う。自分の席に坐ると、どこかに電話をかけ始める。

メンバーたちも自分の席に着く。

亀山係長は疲れ切った様子で、崩れるように椅子に坐り込む。

寅三は靖子の机の隣に立ったまま、

「ひどいよね。いったい、どっちが上司なの？　山花係長のときも好き勝手に振る舞っていたけど、亀山係長になっても同じなのね。いや、もっとひどいかも……。結局、自分のやりたいことを強引に推し進めるだけじゃないの」

遠慮なく冬彦を批判する。

当の冬彦は電話中だから、寅三の批判など聞いていない。もっとも、たとえ聞いたところで何も気にしないであろう。

「ドラえもん君が陰の実力者ってことなのよ。キャリアだし、階級も上だし、頭もいいから、当然と言えば当然なんだけどね」

靖子が肩をすくめる。

「寅三先輩、出かけますよ」

冬彦が寅三に声をかける。

「え、どこにですか？」

「被害者・白鳥玲佳さんのご遺族に話を聞きに行くのです」

「ご遺族……嫌な予感……また、いきなりの出張じゃないですよね？　白鳥さんは鹿児島県の出身だったはずですが、ご遺族も鹿児島にいらっしゃるんですか？　これから鹿児島に出張なんてことはありませんよね？」

寅三の表情が強張る。

「残念ながら、鹿児島ではありません。白鳥さんの妹さんは川崎（かわさき）にいらっしゃいます」

「少しも残念じゃないし……。あ、いや、川崎なら近くていいですね」

安堵（あんど）の吐息を洩らしながら、寅三が言う。

二

再捜査することを亀山係長に強引に納得させると、冬彦は、早速、寅三と共に出かけることにした。被害者である白鳥玲佳の妹・玉井佳澄（たまいかすみ）が川崎に住んでいるので、会いに行くことにしたのだ。すでにアポは取ってある。

出かけようとした間際に、

「そうだ、西園寺さんにも知らせておこう」

と気が付き、冬彦は希久子に電話をかける。きっと喜んでくれると思ったのだ。

「どういう結果になるかわかりませんが、再捜査することになりました」

冬彦が告げると、希久子は、

「え」

ひと言、大きな声を発すると、そのまま黙り込んでしまう。

「どうかなさいましたか？」

冬彦が訊くと、電話の向こうから噎（むせ）び泣きが聞こえる。嬉しくて泣いているようだ。

ところが、その直後、今度は正勝の怒鳴り声が聞こえる。あまりにも大きな怒鳴り声なので、思わず冬彦が受話器から耳を離したほどだ。よほど興奮しているのか、いつまでも怒声が響く。

「申し訳ありません。どうか、よろしくお願いします」

希久子の方から電話を切る。

「……」

冬彦が沈んだ表情で受話器を戻す。

電話の内容を察したのか、

「再捜査することで新たな事実がわかれば、例えば、息子さんが犯人でなかったことが明らかになれば、きっと、お父さまの考えや態度も変わるはずですよ」

と、寅三が慰(なぐさ)める。

「そうだといいのですが……」

珍しく冬彦は浮かない顔である。

一二

冬彦と寅三は、電車を乗り継いで川崎に向かう。霞ケ関から四〇分弱で着く。すでに朝のラッシュ時間を過ぎているので電車は空いており、二人は坐ることができる。

「一〇年前、妹さんはまだ鹿児島にいらしたんですよね？」

寅三が捜査資料にあった内容を思い出しながら訊く。

「高校を卒業して銀行に就職し、三年ほど勤めて職場結婚なさったようです。結婚して一年くらいで事件が起こったことになります」

「新婚気分も消えてしまったでしょうね」

「そうですね。その後、ご主人の転勤で鹿児島を離れ、あちこちに赴任したようですが、今は川崎で暮らしているというわけです」

「住所は簡単にわかったんですか？」

「ご主人の勤務先がわかってましたからね。転職でもしていれば違ったでしょうが、そんなこともありませんでした。鹿児島の支店に連絡して、ご主人が今、どこにいるか教えてもらったんです。それから、現在の勤務先に連絡を入れ、ご主人の了解を得た上で、妹さんと電話で話しました」

「ふうん、相手によっては丁寧なやり方をするんですね」

「どういう意味ですか？」

「職場の同僚や上司に対しても、その丁寧さがほしいなと思っただけです」

「面白いことを言いますね」

ははは っ、と冬彦が笑う。

「別に面白いことを言ってるつもりはないんですよ」

寅三が真顔で言う。

やがて、二人が川崎に着く。

「駅からは、どう行くんですか?」

改札を出ると、寅三が訊く。

「バスでも行けますが、そう遠くないので歩きでいいと思います。足で捜査するのが刑事の基本ですからね」

「ちょっと意味が違うような気がしますけど」

「まあ、いいじゃないですか。たくさん運動すれば、その後、ごはんもおいしく食べられますよ。健康維持には運動が一番ですからね。特に寅三先輩のように暴飲暴食を繰り返す人は積極的に運動するべきです」

「毒舌復活か。立ち直りが早いなあ」

「事実を口にしているだけです」

「嫌味も復活か。しばらく落ち込んだままにしておきたいなあ」

寅三の顔が紅潮する。怒りがこみ上げてきたのであろう。

「さあ、行きますよ」

　冬彦が先になって、すたすた歩き出す。

　川崎駅を出て、市役所通りを川崎球場の方に向かって歩く。第一京浜を渡ると宮前町である。玉井佳澄が暮らすマンションは、お寺の近くにある。そのせいか、車もあまり通らない静かな一角だ。駅からも近く、周辺には病院や小学校、スーパーマーケットもあるので、子供がいる家族には暮らしやすそうなところだな、と冬彦は考える。

　マンションのエントランスで部屋番号を押し、インターホンを鳴らすと、すぐに応答がある。モニター画面に向かって警察手帳を提示しながら冬彦が名乗ると、どうぞ、という声と共にロックが解除され、ドアが自動で開く。二人が敷地内に入る。

「最近のマンションは、セキュリティが厳重ですね。メインエントランスにロックがあり、住戸ごとのドアにもロックがある。二重ロックですからね」

　寅三が感心する。

「厳密に言えば、三重ロックでしょう」

「他にも鍵があるんですか？」

「管理人さんの目です」

　冬彦が指差す。ベージュ色の制服を着て、同じ色の帽子を被った管理人が敷地内を巡回している。

「あれでは不審者がマンションに入り込むのは、なかなか難しいでしょうからね」

「なるほど、あれなら安心ですね」

「考えようによっては、そこまで徹底したセキュリティ対策を講じないと住人の安全を確保できないということでもあります」

「昔に比べて治安が悪化しているということでしょうか？」

「一概に、そうとも言えませんが、一般の方たちの安全意識が高まっているのは間違いありませんね。当然、警察の役割も変わらざるを得ません。様々な要望に応じたきめ細かいサービスが必要になります」

「そうですね。『何でも相談室』なんて、昔の警察では考えられなかったでしょうから」

二人はエレベーターに乗り込んで五階に上がる。

チャイムを鳴らすと、すぐにドアが開けられる。

「小早川です」

「寺田です」

二人が挨拶すると、

「玉井です」

佳澄も会釈を返し、どうぞ、お上がりになって下さい、と二人をリビングに招き入れる。佳澄は三二歳で、やや小太り、地味で平凡な顔立ちである。

「失礼します」

八畳ほどのリビングで、ダイニングテーブルには、すでにお茶の支度がされている。

「何がよろしいですか？　コーヒー、紅茶、日本茶、そんなありきたりのものしかありませんけど」

「ありがとうございます。日本茶をいただきます」

冬彦が言うと、わたしも同じものをお願いします、と寅三が言う。

佳澄がお茶を淹れている間に、

「女のお子さんですか？」

と、寅三が訊く。

リビングの隅に女の子が好きそうな玩具がいくつか置いてある。人形やぬいぐるみも目に付く。キャビネットの上には写真立てがいくつも飾られているが、小さな女の子を中心に家族三人で写っているものが多い。

「はい。今は幼稚園に行ってます」

「ちょうど、かわいい盛りですね」

「年の割にませたことを言います」

にこりと笑いながら、どうぞ、と佳澄が二人にお茶を勧める。

が、すぐに笑みを消し、

「亡くなった姉のことで訊きたいことがあるということでしたが？」

真剣な顔で訊く。

「わたしたちの特命捜査対策室は、過去の未解決事件を中心に調べ直しています。お姉さまの玲佳さんが殺害された事件も、犯人は検挙されていません」

冬彦が説明する。

「でも、犯人はわかってますよ。姉を殺した後に自殺したんです。あの西園寺という男が……」

西園寺という名前を口にするとき、佳澄の表情が微かに歪む。名前も口にしたくないというのが本音なのであろう。

「今になって、何を調べるというんですか？」

「……」

冬彦と寅三がちらりと視線を交わす。さすがに「犯人」の遺族からの依頼で調べているとは言いにくい。

「西園寺を憎んでおられるのですね？」

寅三が訊く。

「いいえ、別に」

佳澄が首を振る。

「もう忘れたいと思っています。忘れてしまえば、犯人を憎むこともなくなります。憎しみが続けば、悲しみもいつまでも続きますから」

「そうですね」

うなずきながら、冬彦が思案顔をしているのは、どうすれば佳澄から話を聞かせてもらえるだろうかと考えているからであろう。もう事件のことは忘れたい、思い出したくもない、と口にしている相手から話を聞き出すのは容易ではないからだ。

ふと、寅三がキャビネットの上にある写真の中に、女性二人で写っているものがあることに気が付く。一人は佳澄だが、かなり若い。まだ童顔だ。制服姿だから、中学生か高校生のときに撮ったものであろう。もう一人は、佳澄より年上のようだが、顔立ちが佳澄によく似ている。やはり、制服姿である。佳澄には似ているが、玲佳には似ていないので、

「玲佳さんの他にも、ご姉妹がいらっしゃるんですか?」

「いいえ、姉と二人だけです」

「あ、そうなんですか。あの写真を見て、お二人ともよく似ておられるので、てっきり
……」

「あれは姉です。玲佳です」

「そうなんですか、玲佳さんですか」

驚きを隠しながら、寅三が言う。

「ええ」

佳澄が腰を上げ、キャビネットの上からその写真立てを持ってくる。テーブルの上に置くと、

「姉が高校を卒業したときに二人で撮った写真なんです。わたしはまだ中学生でした」

「ということは……」

「亡くなる八年前の写真ですね」

「ほう……」

冬彦が興味深げに写真を見つめる。

「すみません。わたしが拝見した写真とはかなり印象が違っていたものですから、てっきり他にもお姉さまがいらっしゃるのかと思って。わたしが見たのは、玲佳さんが会社勤めなさっている頃の写真ですから、高校生のときとは印象が違っていて当たり前ですよね」

寅三が言う。

佳澄は、ふっと口許を歪めて笑うと、

「それだけじゃありません」

「え」

「姉が鹿児島にいたのは高校を出るまでで、その後は、ずっと東京暮らしです。東京の大学に進み、東京の会社に就職しました。滅多に会えなくなりましたが、たまに会うたびに姉はきれいになってました。きれいになって、昔の面影(おもかげ)がどんどん消えていったんです」

「それは、どういう……」

「美容整形手術を受けていたんです。一度に大きく変えるのではなく、少しずつ気に入らないところを整形したみたいです。顔だけでなく、生活も派手になったようでした。都心の、交通の便のいいマンションに住んでいたし、着ているものとか持ち歩くものとかもブランド物ばかりで、田舎暮らしのわたしは驚かされてばかりでした。洋服やバッグを気前よくプレゼントしてもくれました。でも……」

佳澄が写真立てを手に取る。

「わたしは鹿児島にいた頃の姉が一番好きなんです。だから、この写真をずっと飾っています」

「なぜ、玲佳さんは何度も美容整形手術を受けたのでしょうか？　わたしは男だからちょっとわからないのですが、失礼ながら、写真に写っている玲佳さんはとてもかわいらしいと思います。わざわざ手術する必要があったのかな、と不思議な気がします」

冬彦が言う。

「たぶん、姉は変わりたかったんです。見かけが変われば、違う人間になって、嫌な思い出を忘れることもできると考えたのではないかと思います」

「嫌な思い出というのは？」

寅三が訊く。

「鹿児島時代のことです」

「何か嫌なことがあったんですか?」

「小さい頃は幸せだったと思います。姉が中学生になった頃に父の会社の経営が傾いたのですが、それから大学に入るまで、姉はかなり苦労したはずです。わたしに愚痴をこぼしたことはありませんが、何となく察せられました。姉が高校三年になったときに父の会社が倒産して、家も車も何もかも失って三人で小さなアパートに引っ越しました。わたしは中学生でしたが、新聞配達のバイトをするようになりました。姉も掛け持ちでバイトをしてました。成績がよかったから受験勉強に専念したかったでしょうが、父は失業中だったし、借金もあったので、そうせざるを得なかったんです。姉は高校の学費を自分で払ってましたから」

「三人とおっしゃいましたが、お母さまは……」

「父と母は離婚したので、その頃は父と姉との三人暮らしでした」

「ああ、そうなんですか」

「ひどい話ですよね」

佳澄が自嘲気味に笑う。

「何がですか?」

「姉は被害者ですけど、美容整形を繰り返していた変な人だし、家庭は、父親の会社の倒産や両親の離婚で崩壊していた……。今なら、ネットで誹謗中傷されそうじゃないですか？　殺された方にも落ち度があるとか、殺されて当然だとか、面白おかしく好き放題に書かれて……」

「そんなことはありませんよ。確かに、インターネットで無責任なことを言う人は多いようですけど」

　寅三は言い、ねえ、警部殿、と冬彦に話を振る。

「ネット上で悪意のある書き込みをする人が多いのは事実です。わたしからも質問していいですか？」

　冬彦が訊く。

「どうぞ」

「佳澄さんは大学には進学なさらなかったんですよね？」

「はい」

「なぜですか？」

「なぜって……お金もなかったし、それほど成績がいいわけでもなかったから、就職する方がいいのかなと考えました。姉の高校は進学校でしたけど、わたしの通っていた高校は、それほど優秀ではなく、就職と進学が半々くらいの学校でしたから、就職することに、さほど抵抗感はありませんでした。それで銀行に就職したんです」

「玲佳さんは東京の大学に進学なさった。とてもお金がかかったと思います。そのお金はどうなさったのでしょうか」

「わたし、よく知らないんです」

佳澄が首を振る。

「お父さまが出したんですか？」

「それは絶対に無理です。父に、そんな余裕はありませんでした」

「では、奨学金とか？」

「どうなんでしょう、姉から聞いたことはありませんが」

「お母さまの援助とか？」

「父と離婚した後、母は博多でスナックを開いたそうです。ずっと音信不通で、わたしもまったく会っていません。姉の葬儀にも来ませんでしたから」

「え、お葬式にもですか？」

寅三が驚く。

「葬儀には母の知り合いの方が代理で来て下さったと記憶しています。その人から、母は体調を崩して鹿児島に来られないと聞きました。あ、そう言えば……」

「何ですか？」

「高校三年の夏休み、姉は父に内緒で博多に行きました。大学に進むために、どうしてもお金が必要だから母に頼んでみる、と」

「援助してもらえたのでしょうか？」

「わたしには何も言いませんでしたが、博多から帰ってきても浮かない顔をしていましたし、その後もお金のことで悩んでいたから、たぶん、うまくいかなかったんだろうと思います。他の人たちが受験勉強に専念しているのに、姉はずっとバイトを続けていました」

「受験料や東京までの交通費など、かなりのお金が必要だったはずですよね？」

「お金のことは、わからないんです。高校の学費もバイトで賄っていたくらいだから、最後まで自分で何とかしたんじゃないでしょうか」

「お姉さまは大学を出て、都内の不動産会社に就職なさったんですよね？」

「そうです」

「業界では名前の通った会社ですが、お姉さまはごく普通の事務社員として就職なさってますよね？」

「はい」

「亡くなったとき二六歳でしたから、会社員としての生活は四年くらいだったと思います。その四年で昇進し、給料が増えたのでしょうか？」

「さあ、よく知りません」

「先程、玲佳さんは東京に出てから、見かけも生活も派手になったとおっしゃいましたよね。東京は家賃が高いです。交通の便のいいマンションに住むのは大変だと思います。もちろん、不動産会社に勤務なさっていたわけですから、安くていい物件を会社が紹介してくれたのかもしれませんし、家賃補助があったのかもしれません。しかし、美容整形手術の費用やブランド品の購入費用は自分で払ったはずです。失礼ですが、給料で賄うことができたのでしょうか？　人によっては実家からの援助でやりくりするのかもしれませんが、玲佳さんの場合、それは難しかったのではないでしょうか」

冬彦が、そうですよね、と念押しするように佳澄に訊く。

「そう思います」

暗い表情で佳澄がうなずく。余計なことをしゃべりすぎてしまった、と後悔しているような顔である。

「玲佳さんは、どういう性格の方だったのでしょうか？　東京に出てから、見かけや生活が変わったということですが、性格も変わったのでしょうか？」

寅三が訊く。冬彦一人に任せておくと、相手をどんどん萎縮させてしまい、終いには何も話してもらえなくなるのではないか、と危惧したからだ。

「わたしは昔から根暗なんですが、わたしほどではないにしろ、姉も決して明るい性格ではなかったと思います。どちらかと言えば、暗い方だったんじゃないでしょうか。生活が苦しくなってからは、いろいろ悩むことも多かったでしょうし」

「親しくしていた男性は、いらっしゃいましたか？」

「ああ……」

佳澄が口許を歪める。

「そういう質問、事件の後、ものすごくしつこくされましたよ。だけど、わたし、何も知らないんです。隠してるとかではなく、本当に何も知らないんですよ。鹿児島にいた頃、姉には特に親しくしていた男性はいなかったと思います。東京に出てからのことは、わたし、何も知らないし」

「そういう話を聞いたこともなかったということですか？」

「何も聞かされていません」

「女性の友達は、どうでしょう？　鹿児島時代でも東京に出てからでも、親しくしていた友達はいませんでしたか？」

「うちが貧しくなってから、姉は意識的にそれまで親しかった友達と距離を置いた気がします。高校生の頃はバイトに追われて友達と遊ぶ暇もなかったでしょうし。親友と呼べるような友達は鹿児島にはいなかったと思います。さっきも言いましたけど、東京に出てからのことはよくわかりません。ただ……」

「はい？」

「姉の葬儀は鹿児島で行ったのですが、東京から会葬して下さった女性がいらっしゃいました。普通の死に方ではなかったから葬儀もバタバタしていたし、その方もすぐに帰ってしまわれたので、簡単なご挨拶をしただけで、ろくにお話もできなかったのですが、わざわざ東京から来て下さるくらいですから、よほど姉と親しかったのだろうと思いました」

「名前を覚えておられますか?」

「いいえ、覚えていません」

佳澄が首を振る。

「会葬者名簿はありませんか?」

「ああ、それならあるかもしれません」

「お手許にありますか?」

「あるとすれば実家ですが、どうなっているか……」

「そうですか」

寅三がちらりと冬彦を見る。自分からはもう質問はないが、警部殿はどうですか、という意味を込めた視線である。

「もうひとつ伺いたいことがあります」

冬彦が口を開く。

「何でしょうか?」

佳澄が冬彦に顔を向ける。

「西園寺公麻呂について、どう思っているか教えてほしいのです」

「西園寺……」

　佳澄の表情が険しくなる。

「変態じゃないですか。変態のストーカー男ですよ。あんな男のせいで姉が死んだのかと思うと、悔しくてたまりません。できることなら、この手で殺してやりたいほど憎いです。だけど、それは無理ですよね。あの男も死んでしまったから。正直、すごく空しいです。怒りの遣り場がないというか……。だから、何も思い出さないようにしていました」

「西園寺について、玲佳さんから何か聞いたことはありますか？」

「困った人がいる、気持ち悪い、迷惑だけど、何か言って逆恨みされるのも怖いから無視するしかない……そう話していました」

「西園寺は、玲佳さんに付きまとっていたわけですね？」

「はい。姉の代わりに、もう姉に付きまとわないでほしいと言いにいったこともあります」

　佳澄が不快そうに言う。

「わたしは西園寺の日記……日記というか、詳しいメモといった程度のものですが、それを読むと、西園寺は玲佳さんに憧れていたようなんです。何と言えばいいのか……大好きなアイドルを遠くから見守っている熱心なファン、そんな感じなのです。玲佳さんに対する殺意を匂わせるような文章はどこにも見当たらず、ひたすら、玲佳さんを崇拝し、玲佳さんを傷つけようとするのではなく、それどころか必死になって玲佳さんを守ろうとしているという感じがしました。そんな西園寺が、なぜ、玲佳さんを殺したと思いますか？」

「なぜ？」

佳澄の表情が更に険しくなる。

「そんなこと、わたしにだって、わかりませんよ！　どうして、変態男の頭の中がわたしにわかるんですか？　西園寺が何を考えていたか知りませんが、姉は西園寺を疎ましく思っていました。迷惑だったんです」

「……」

寅三の両目が大きく見開かれる。佳澄の剣幕に驚いたのだ。冬彦のストレートすぎる質問が、ついに佳澄の怒りを爆発させてしまったのであろう。

「警部殿……」

寅三が冬彦の袖を引く。

「そろそろ失礼しませんか。今日は、これで」

「え？　ああ、そうですね。了解です」

「不愉快な質問をしてしまったかもしれません。申し訳ありません」

寅三が詫びる。

「刑事さんたちが一生懸命にお仕事をなさっていることは承知していますが、今更、何を調べたところで姉が戻ってくるわけでもありませんし……」

右の人差し指で涙を拭いながら、佳澄が小さな溜息をつく。

一三

マンションを出ると、

「すぐに本庁に戻りますか？」

「せっかく川崎まで来たんですから、ここで何か食べていきましょう。食べたいものはありませんか？」

「そう言われても……。門前仲町に行ったときは、深川めしがおいしかったけど、川崎だと何があるのかしら？」

寅三が首を捻る。

「川崎でしか食べられないというものは思い当たりませんが、おいしいものはたくさんあるようです。ということで、地元で人気のあるお店を選んでみました」

「もう決めてるんじゃないですか。で、何です？」

「炭火焼き牛タンの専門店が駅の近くにあるみたいなのですが、どうですか？」

「おおっ、牛タン！　ぜひ、食べたいです」

「牛タンと言えば、仙台の牛タンが有名ですが、生憎、今のところ仙台に出張する予定はないので、川崎の牛タンを味わうことにしましょう。ちなみに、そのお店、仙台に本店があって、その支店ですから、まあ、事実上、仙台の牛タンなのです」

「面倒臭い説明だなあ。仙台の牛タンが食べられるお店と言えばいいだけなのに……。いつ調べたんですか？」

「大して手間はかかりませんでした。寅三先輩が出勤するまでにいくつか仕事を終わらせましたが、その合間に調べました」

「何だか、わたしがものすごく怠け者のような気がするんですけど」

「当たらずといえども遠からずです」

「は？」

「さあ、行きましょう。牛タンにレッツゴーです」

店はそれほど混み合ってはおらず、一〇分ほど待っただけで席に案内される。半個室タイプの席である。これなら、食事しながら周りを気にせず事件の話をすることもできる。

「うわあ、すごい」

牛タンのランチ定食が運ばれてくると、寅三が思わず声を上げる。こんがりと焼かれた肉厚の牛タンが豪華に盛り付けられている。お代わり無料のごはんとスープ、それに漬物もセットになっている。

「いただきます」

早速、寅三が食べ始める。おいしい、おいしい、と笑顔で食べ続け、すぐにごはんをお代わりする。

「よかったら、ぼくの牛タン、半分差し上げます」

「え、いいんですか？」

「ぼくは、こんなに食べられませんから」

「じゃあ、遠慮なく。警部殿は小食ですねえ」

寅三は冬彦の皿から三切れの牛タンを自分の皿に移す。すぐさま猛烈に食べ始める。

対照的に、冬彦の箸は一向に進まない。

「どうしたんですか、さっきから何か考え込んでますよね？」

「玉井さんが話してくれたことですが、当時の捜査報告書には書いてなかったことがたくさんありましたよね。ほとんど書かれていなかったと言う方がいいのかな」

「捜査報告書には、被害者の年齢や住所、勤務先……そんな当たり前のことしか書いてありませんでしたからね。でも、普通じゃないですか？　当時の捜査陣が手抜きしたとは思いませんが」

「それは、わかります」

冬彦がうなずく。

「遺体が発見された後、犯人が誰なのかわからなければ、被害者について一通り調べ上げ、被害者の交友関係から洗っていくというのが捜査の基本ですからね。だけど、この事件は違います」

「ええ、そうですね」

寅三がうなずく。

「白鳥さんの遺体が発見された直後、西園寺の遺体も発見されたわけですからね。白鳥さんの殺害に使われた凶器も西園寺の遺体のそばで見付かり、凶器には西園寺の指紋が付着していた。白鳥さんの血で書かれた血文字まで残っていた。妹さんも話してましたが、西園寺が白鳥さんに付きまとっていたのは事実ですし、捜査陣が西園寺を犯人と断定したのは当然だと思います。だから、被害者である白鳥さんについては、あまり深く調べる必要もなかったんじゃないですか？」

「その通りです。捜査員が被害者について調べるのは犯人を捕まえるためですから、犯人を捕まえてしまえば、あるいは、この事件のように犯人と思われる人物がすぐに亡くなってしまえば、それ以上、被害者について念入りに調べることはありません。しかし、だからこそ、なぜ、熱烈に憧れていた白鳥さんを西園寺が殺したのかという根本的な謎が解明されずに残ってしまったわけです」

「なぜって……」

　寅三が首を捻る。

「ストーカーだったから殺したんじゃないんですか？」

「最近は、ストーカーという言葉が一人歩きしてしまい、ストーカーと言えば、殺人もやりかねない凶悪な人間を想像しがちですが、実際には、様々なタイプのストーカーが存在します。ストーカーする相手を殺すどころか、ボディガードにでもなったつもりで、その相手を守ろうとするストーカーもいますし、直接的な接触を避け、遠くから見守るだけで満足するストーカーもいます」

「そう言われても、気持ち悪いのは、どれも一緒ですけどねえ」

　寅三が顔を顰める。

「西園寺の日記ですが……」

「白鳥さんのことばかり書いてあるんですか？」

「白鳥さんと出会う以前から書いていたようです。主に旅の記録ですね。たぶん、旅先で思いついたことや感じたことをメモに取り、帰宅してから、そのメモを元にパソコンでまとめていたのではないかと思います」

「ホームページでも開いてたんですかね？」

「どうなんでしょう。たとえ、ネット上でホームページを公開していたとしても、今はなくなっているでしょう」

「それだけ熱心にメモを取っていたのなら、写真なんかもあるかもしれませんね」

「そうですね。パソコンが残っていれば確認できるでしょう。もう少し調べが進んだら、また西園寺さんのお宅に伺うつもりです。今すぐ必要というわけではありませんから。で、ぼくが言いたいのは、彼のメモを読んだ限りでは、白鳥さんに危害を加えるような感じはしないということです。二人の距離を縮めて、もっと親しくなりたいと思っていた様子もありませんし、遠くから見守っているだけで満足だったという感じがするんですよ」

「何かの拍子に、自分でも考えていなかったことをしてしまうというのは、よくありますけどね」

「それは否定できません。衝動殺人というのは、計画性のある殺人より、ずっと多いですからね」

　冬彦がうなずく。

「西園寺が白鳥さんを殺したのだとすれば、いったい、何が原因で、憧れの気持ちが殺人衝動に変化したのか、とても興味があります。その謎が明らかになれば、この事件もすっきり決着するはずです」

「いろいろ調べて、結果として、やっぱり西園寺が犯人で間違いないということになりそうな気がしますけどね。そうなったとき、あのご夫婦、大丈夫なんでしょうか？　旦那(だんな)さんは更に横暴になり、奥さんは更に萎縮する……心配になりませんか？」

「そうなるかもしれませんが、真実というのは、時として非常に厳しいものです。それに……」

「はい？」

「あれだけ旦那さんに怒鳴られても、それでも奥さんは執拗に息子さんの無実を証明してほしいと訴えていました。もしかすると、癌はかなり進行しているのではないでしょうか」

「え？」

「だって、入院なんかできそうにないじゃないですか。旦那さんは体が不自由な上に、あんな意固地な性格だから、きっとヘルパーさんともうまくやっていけないだろうし、奥さんが無理してでも一緒に暮らしてあげないといけない。そのせいで癌の進行が速くなっているのではないか、と思うんです」

「奥さんは死を覚悟していると？」

「だからこそ、生きているうちに真実を知りたい、たとえ、旦那さんにどれだけ反対されようと……そういう気持ちで、うちに電話してきたのではないでしょうか」

「そう言われると、何かしてあげたくなりますけどね」

「寅三先輩、ごはんやスープのお代わりはいいんですか？」

「もう十分です。さすがにお腹いっぱいですよ」

「では、白鳥さんが勤めていた会社に行ってみませんか？」

「わたしは構いませんよ。急いで本庁に戻らなければいけないわけでもありませんから。どこにある会社なんですか？」

「本社は新宿だったはずです。電話してアポを取ります。ついでにトイレにも行ってきますので」

「ごゆっくりどうぞ。わたしもすぐには動けそうにありませんから」

緑茶を飲みながら、寅三がふーっと大きく息を吐く。満腹すぎて、すぐには動くことができない、ということらしい。

一五分ほどで冬彦が席に戻ってくる。

「すみません、遅くなって」

「いいえ、全然構いません」

寅三の目がとろんとしている。

「ひょっとして寝てました？」

「ほんの少しだけですよ。このまま寝てもいいと言われれば、一秒で寝てしまいそうですけど。で、どうでした？」

「アポが取れました。総務部長さんが会って下さるそうです」

「じゃあ、行きましょうか」

　寅三がだるそうな様子で腰を上げる。

一四

　玲佳が勤務していたサンライズ不動産の本社は西新宿にある。

　冬彦と寅三は、東海道本線で川崎から品川に移動し、品川から山手線に乗ることにした。移動中に冬彦は携帯でサンライズ不動産について調べ、それを寅三にも教えた。

「資本金が一〇〇億円というのは、不動産会社としては大きい方なんですか？」

「大手とは言えないでしょうね。首都圏でのマンションの分譲販売が専門の会社で、従業員は一〇〇人前後いるようです。平均給与は五〇〇万円くらいですが、これは男女を問わず、すべての従業員の平均でしょうから、高いのか安いのか、よくわかりませんね」

「そんなことまで、よく調べましたね」

　寅三が感心する。

「これは『会社四季報』に載ってる情報ですから、誰でも簡単に調べることができます」

「何だ」

「コロンブスの卵です」

「また人を煙に巻こうとして」

「種明かしされると、他人がやったことは簡単に見えるということです。この場合、四季報を調べるという発想が出てくるかどうかがポイントです」

「はいはい、もうわかりましたから」

うんざりしたように寅三が顔を顰める。


サンライズ不動産は、新宿駅から徒歩で一五分くらいの場所にある。さすがに不動産会社の本社だけあって、洒落て小綺麗な建物である。

受付で名乗り、警察手帳を提示すると、すぐに応接室に通された。

「飲み物は何になさいますか？」

案内してくれた女性にメニューを差し出される。アルコールはないが、ソフトドリンクが豊富に揃っている。コーヒーと紅茶だけで一〇種類以上ある。フルーツ系のジュースも七種類ある。

「では、緑茶をお願いします」

「わたしはアイスティーを」

「お待ち下さいませ」

その女性が応接室から出て行くと、

「すごいですね。高級なカフェに来たみたいじゃないですか」

寅三が小声で言う。

「世の中、いろいろな職場があるんですね。ぜひ、三浦主任にも見習ってほしいです」

「そんなことを言うと、殴られますよ。あの人、かなり気が強そうだから」

「それは承知してます。すでに何度も殴られたことがありますから」

「マジですか」

「とは言え、樋村君ほどには殴られても蹴られてもいません」

「あり得ない……」

寅三が絶句したとき、ドアが開いて、恰幅のいい中年男性が入ってくる。

「いやあ、お待たせして申し訳ありません。取引先との電話が長引いてしまいましてね。総務部長の中西と申します」

名刺を差し出す。

「警視庁の小早川です」

「寺田です」

挨拶が終わったとき、ドアが開き、先程の女性が飲み物を運んでくる。

「おれにもくれよ。アイスコーヒーでいいや。シロップとミルクを入れてな。たっぷり入れてくれ」

「承知しました」

女性が出て行く。

「で、何ですか、お電話では白鳥さんについて訊きたいのだとか。もう一〇年も前の話ですよ。犯人も捕まったんじゃなかったですかね」

「いいえ、捕まってはいないんです」

「はあ、そうですか。警察も大変ですね。一〇年経っても犯人を捜さなければならないなんて」

「当時も総務部長をなさっていたのですか?」

冬彦が訊く。

「その頃は、まだ課長でした。でも、白鳥さんのことは覚えていますよ。採用の際、一次面接を担当したのは、わたしですし」

アイスコーヒーが運ばれてくる。

中西は喉が渇いているのか、ストローも使わずに、ごくごくと飲む。

「どんな印象でしたか?」

「就職活動にやって来る大学生なんて、判で捺したように、みんな同じです。同じようなリクルートスーツを着て、型通りの受け答えをして、おとなしくて真面目な印象を相手に与えようとします。そういう指導をされているのでしょうね」

「では、この会社で働き始めてからの印象はどうですか？」

「部署が違うから、何とも言えませんが……。男女を問わず、新入社員は最初の一年は営業をすることになってます。うちはマンションを売るのが仕事ですから、営業でこの商売の難しさや大変さを身を以て知ってもらうわけです。その間に本人の適性を見極めて、配置換えを行います。営業が不向きな人間もいますからね。白鳥さんは引き続き、営業部に配属されました。かなり評価が高かったと記憶しています。総務や会計を任せるより、営業の方がよさそうだという判断だったのでしょう」

「それは、よくあることなんですか？」

「男性社員の場合は珍しくないですね。うちは営業部に所属する社員が最も多いので、採用の段階で営業に向いていそうな体育会系の男を優先的に選びますからね。ただ、女性は、採用人数も少ないですし、営業職に向いているかどうかではなく、出身大学や学生時代の成績を重視します」

「白鳥さんは学生時代に優秀だったわけですか？」

寅三が訊く。

「もちろん、コネ入社も少しはありますが、彼女はそうではありませんでした。成績がよかったから採用されたはずです」

「営業部で白鳥さんの上司だった方や同僚だった方は今でもいらっしゃるでしょうか？」

「一〇年前に営業部で部長だった者も課長だった者も今は会社におりません。退職してしまいました」

「転職ですか？」

「部長は病気で仕事ができなくなって退職しました。退職して一年ほどで亡くなりました。胃癌だったそうです。不動産会社の営業というのはストレスの多い仕事ですから」

「課長さんは？」

「ええっと、彼は転職ですね。同業他社に移ったことまでは知っていますが、そこを辞めた後のことは知りません」

「転職した先の会社も退職なさったんですか？」

「そう聞きました」

「同僚の方は、どうですか？」

冬彦が訊く。

「ええっとですね、そうだ、待って下さい……」

中西は携帯を取り出すと、どこかに電話をかけ、ああ、中西だがね、ちょっと応接室に来てくれないか、と言って電話を切る。

すぐにドアがノックされ、さっき飲み物を持ってきてくれた女性が応接室に入ってくる。

「安田君さ、確か、白鳥さんと同期だったよな？」

「はい」

安田知子という名の女性がうなずく。

「親しかったんだろ？」

「いいえ、そうでもありません」

「誰か白鳥さんと親しかった人を覚えていませんか？」

寅三が訊く。

「それなら加藤さんです」

知子が即座に答える。

「休みになると二人で旅行に出かけてましたから。誰に訊いても白鳥さんの親友は加藤さんだと答えると思います。それ以外に白鳥さんと親しかった人は思いつきませんし」

加藤伊都子、という名前を知子が教えてくれる。

「加藤さんに会えますか？」

「残念ですが、彼女も退職しました。何年前だったかな……」

中西が首を捻る。

「六年前です。三〇歳で区切りをつける、他にやりたいことがあるから……送別会でそう話していたのを覚えております」

「連絡先は、ご存じですか？」

「いいえ、存じません」

　知子が首を振る。

「ただ……」

「はい？」

「退職してから、彼女は旅行関係のホームページを開いています。わたしもアクセスして記事を読んだことがあります。最後にアクセスしたのは四月くらいですけど……。掲示板にメッセージを残せば、彼女の方から返信が来るかもしれません」

　知子は、そのホームページを冬彦と寅三に教えてくれた。「ワンちゃんの世界あれこれ珍道中」でＷｅｂ検索すればヒットするはずだという。

　知子が応接室を出て行ってから、更に冬彦と寅三は中西にいくつか質問をした。社員に対する家賃補助や玲佳の給料に関することだ。家賃補助は常識的な範囲内だし、給料もごく当たり前の金額だ。営業職は、他の職種と違って、営業成績に応じた歩合給が支給されるが、それを加えたとしても、高給取りというほどの額ではない。たとえ家賃補助があり、同世代の女性たちよりいい給料をもらっていたとしても、都心の、しかも、駅の近くで広い部屋を玲佳が借りるのは難しそうだった。

　二人は中西に礼を言って、サンライズ不動産を後にする。西新宿駅が近かったので、丸ノ内線で本庁に戻ることにする。移動の間に、冬彦は加藤伊都子のホームページを検索し、名前と身分、白鳥玲佳さんの件で伺いたいことがあるのでご連絡をお願いしますというメッセージ、それに自分の連絡先を掲示板に残した。

一五

「お帰りなさい」

「お疲れさま」

寅三と冬彦が部屋に入ると、理沙子と樋村が声をかける。

「ただいま」

寅三は疲れた様子で自分の席に着く。

冬彦は真っ直ぐ亀山係長のところに行く。

「どうかしたのかね？」

お茶を飲みながら、亀山係長が訊く。

「沖縄に出張させて下さい」

「え」

亀山係長がお茶を噴き出す。

「そ、そんな、いきなり……」

書類に飛び散ったお茶をあたふたとティッシュペーパーで拭き取る。

「犯行現場に行ってみないことには、どうにもなりませんから」

「誰も頼んでないでしょうが」

靖子が横から口を出す。

「君たちが出かけている間に、わたしもこの部署の業務について自分なりに調べてみたんだよ」

「蚤の心臓の係長がわざわざ理事官に会いに行ったんですからね」

靖子が冬彦を睨む。

特命捜査対策室の統括責任者は火野新之助理事官である。捜査一課の課長代理も務めている。四八歳の警視だ。

「それは、ご苦労さまです。で、ぼくとしては……」

「最後まで人の話を聞けって。さあ、係長」

靖子が促す。

「あ、うん、そうだね、あのね……」

うふふっ、と薄ら笑いを浮かべる。面と向かうと冬彦には言いにくいことらしい。

「もう焦れったいわねえ。だからさ、あんたが首を突っ込んでるような未解決事件の専従捜査をするのは第一係から第四係までの捜査員で、うちは第五係だから捜査なんかしなくていいわけよ。専従捜査する係の補助をするのが主な役目で、古い捜査資料を整理したり、関係部署との連絡や調整もする。被害者のご遺族からの相談にも乗るけど、その相談内容に気になることがあれば、他の係に伝えて、そっちで対応してもらう。つまりね、うちは出張なんかしなくていいってことなのよ。この部屋と倉庫の中でおとなしく仕事をしていればいいわけ。わかった？」

靖子が唾を飛ばしながらまくし立てる。亀山係長が言うべきことを代弁しているのだ。

「三浦さんが係長を守ろうとしていることはよくわかります。しかし、別に係長を責めたり攻撃しているわけではないんですよ。ただ出張の許可をお願いしているだけです」

「こいつ、やっぱり、人の話を聞いてないわ」

靖子が大きな溜息をつく。

「あんたは十分すぎるほど係長にプレッシャーをかけてるのよ。そのストレスで係長の体調が悪化するんだよ。胃潰瘍(いかいよう)くらいならいいけど、胃癌になったらどうするのよ？　少しは思い遣りの心を持てっての。こんなんじゃ、ちょっとくらい給料が上がっても割に合わないね。あんたのいない杉並中央署は平和だったよ」

「言いたいことはわかります。で、出張は許していただけますか？」

冬彦がじっと亀山係長を見つめる。

「……」

蛇に睨まれたカエルである。吸い込まれるように、亀山係長がうなずいてしまう。

「ありがとうございます」

冬彦がにこりと笑う。

「仕方ないわね。日帰りなのね？」

舌打ちしながら、靖子が訊く。

「いいえ、泊まりです」

「図々しい、泊まるの？　何泊？」

「とりあえず、一泊です」

「とりあえずって、どういうことさ？」

「予定というのは、あくまでも予定に過ぎません。現地に行ってから予定が変わることもあり得るという意味です」

「そんなのはダメよ。明日、沖縄に飛んで、明後日には帰ってきてちょうだい」

「そういう予定です」

「一泊分の予算しか認めないからね。予算オーバーしたら自腹で払ってもらいますので」

「交渉成立です。三浦主任にはかないません」

「お世辞を言ってもダメ。お土産も忘れないこと。おいしいものを買ってきてちょうだい」

「了解です」

「約束だからね」

「はい」

冬彦は席に戻ると、パソコンのキーボードを叩き始める。まず飛行機のチケットと宿泊先のホテルを予約しなければならない。沖縄県警にも連絡する必要がある。

「楽しそうだよなあ」

寅三が諦めたような顔でつぶやく。

「いいじゃないですか、沖縄だなんて」

樋村が言う。

「本気で言ってる？　遊びに行くわけじゃないのよ」

寅三が大きな溜息をつく。

一六

竜崎誠一郎（りゅうざきせいいちろう）の独白。

平成一二年（二〇〇〇）二月一二日（土曜日）

白鳥玲佳は素晴らしい。

彼女に会うと、わくわくする。

彼女には人間としての深さがある。

つまり、多くの秘密を隠し持っているということだ。秘密が深みを与えるのである。

秘密を持たない人間などつまらないではないか。

単純でわかりやすい人生に何の魅力があるのか？

その人間の中身が、その人間の見た目通りだとしたら、わたしはそんな人間には何の興味もない。近付きたくもないし、話したいとも思わない。時間の無駄である。

多くの秘密を持つ人間と親しくなり、必死に隠そうとしている秘密をひとつずつ探っていく……それこそが人付き合いの醍醐味ではないか。

わたしは美しいものが好きだ。

旅を愛するのも美しいものに出会うためだ。

特に好きなのが洞窟や鍾乳洞、地底湖である。明るい太陽の下に存在する自然美より、暗い地面の奥深くに人知れず息を潜めて存在する自然美に強く惹かれる。

そういう意味では、旅そのものが好きなのではなく、旅先にあるものに出会うのが好きだと言うべきかもしれない。

気に入った場所には何度も足を運ぶ。

世の中には同じような嗜好を持つ人間もいるらしく、時たま、見知った顔に出会すことがある。

こちらが気付けば、相手も気付くものだ。

だからといって、親しくなることは滅多にない。

自然美に触れるために旅をしているのであって、友達がほしくて旅をするわけではないからだ。

せいぜい、目が合ったときに会釈する程度で、言葉を交わすことはほとんどない。

白鳥玲佳に初めて出会ったのは、昨年、山口県の秋芳洞へ行ったときのことである。人目を引く美しい女性で、誰もが振り返らずにいられないほど目立っていた。

もっとも、彼女の美しさに人工的な嫌らしさを感じたのも事実である。確信があったわけではない。ただの直感だったが、わたしの直感は、なかなか鋭いのである。

何万年もの時間をかけて、様々な偶然が作用して、ようやく完成された自然美と、人の手によって安易に造形された美しさは真逆の存在である。

秋芳洞と白鳥玲佳は対極に位置する存在だったと言っていい。その極端なコントラストが面白いと思った。

とはいえ、それだけのことである。

帰京し、また日常生活が始まると、彼女のことは忘れてしまった。

わたしの勤務する大学には、若くて美しい学生がたくさんいるから、美しいというだけでは、わたしの記憶に長くは残らないのだ。

二度目に出会ったのは、岩手県の龍泉洞（りゅうせんどう）である。

秋芳洞で出会ってから二ヶ月ほど経っていた。秋芳洞で出会ったときもそうだったが、やはり、群を抜いて美しい女性だったからだ。

秋芳洞は全国的にも有名な観光地だから、取り立てて鍾乳洞が好きでなくても足を運ぶ観光客はいるだろう。

龍泉洞も有名だが秋芳洞ほどではないし、交通の便もいいとは言えず、周辺には龍泉洞以外に大して見るべきものはない。

そう考えると、彼女は鍾乳洞や洞窟が好きに違いなかった。

わたしは偶然を信じない。世の中で起こるすべてのことは必然だと考える。運命論者というわけではないが、彼女とは出会うべくして出会ったのだ、と思った。こういう出会いも、わたしにとっては旅から得られる大きな喜びである。

初めて彼女と言葉を交わしたのは、龍泉洞から車で二〇分ほどのところにある大洞窟・安家洞（あっかどう）を見学しているときだった。

その日は観光客が少なく、わたしが通りかかったとき、白鳥玲佳は一人でぽつんと立って、天井を見上げていた。両手で自分の肩を抱き、小さく震えていた。さぞ寒かったに違いない。

「寒いですか？」

声をかけると、驚いたように振り返り、はい、とうなずいた。唇が青くなっていた。

「よかったら、どうぞ。風邪を引くといけませんから」

持っていたウインドブレーカーを差し出した。

わたしは厚手の長袖シャツを着ていたので、あまり寒さを感じていなかった。

「ありがとうございます」

恐縮しながら受け取り、すぐ肩に羽織った。

白鳥玲佳という名前を知ったのは、そのときである。快活で話し好きな女性だったので、特に苦労することもなく、わたしは多くのことを知った。

若い男だったらナンパ目的と警戒されたかもしれないが、わたしは四九歳で、彼女は二六歳。親子ほどに年齢が離れていたから、あまり警戒されなかったのかもしれない。

思った通り、彼女は鍾乳洞や洞窟が好きだった。

しかし、積極的に旅をするようになったのは大学を出て、会社勤めをするようになってからなので、まだ、それほど多くの鍾乳洞や洞窟を見ているわけではない、と言った。旅の話題中心のホームページを開設していることも教えてくれた。

岩手から東京に戻る新幹線に乗っているとき、わたしの心は弾んでいた。

白鳥玲佳を間近で見て、その美しさが作り物であることを確信した。やはり、美容整形をして美しさを手に入れたのに違いない。

それ以来、彼女のホームページをチェックし、彼女がどこに旅するつもりなのか推測し、自分でも興味が持てそうな場所には出かけるようになった。

旅を愛する同好の士、しかも、お互いに鍾乳洞や洞窟が好きだという立場を利用することで、旅先で偶然を装って出会っても、あまり警戒されることがなかった。

今年になって、彼女は旅の趣向を大きく変えた。飛行機を利用する旅が中心になった。もちろん、その理由は、ホームページで明らかにされていた。おかげで、彼女がいつどこに旅するのかを推測するのがずっと楽になった。どの航空会社のどの便に乗るのかということまで事細かにわかるようになったのである。

今日、二月一二日に白鳥玲佳が羽田から新千歳に飛ぶことはわかっていた。新千歳にはわずかの時間しか滞在せず、すぐに新千歳から那覇に飛ぶのだ。その日のうちに那覇から羽田に戻る。

わたしからすれば、何と馬鹿馬鹿しいことをするのか、時間とお金を無駄にしているだけではないかと呆れる思いだったが、旅の目的は人それぞれだから、それを批判するつもりはない。

実際、同じようなことをする人間は年々増えているというのだから驚くばかりである。北海道に行きたいという気持ちはなかったが、沖縄にならいってもいいと考えた。沖縄には玉泉洞があるからだ。

早めに羽田空港に行って、彼女の行動を眺めるつもりだった。第三者として離れた場所から観察すると、本人も気付かないような習慣や癖を見付けることがある。その人間の本質に触れる格好の手がかりになることがあるのだ。彼女を見送ったら、わたしはひと足先に那覇に飛ぶ。

思いがけないことが起こった。

リュックを背負ったデブが白鳥玲佳にぶつかったのだ。前方不注意である。

「あ、すみません」

「こちらこそ」

「……」

デブは凍りついたようになって、じっと彼女を見つめた。瞬きもせずに、彼女を見つめたのである。気持ちはわかる。滅多にいないほどの美女なのだから。

やがて、

「すみませんでした。急ぐので失礼します」

と言い残して、デブは立ち去った。

それだけのことである。

まさか、そのデブが白鳥玲佳の人生に、そして、わたしの計画に大きく関わってくるとは、そのときは想像もしていなかった。

第二部　玉泉洞

一

西園寺公麻呂の独白。

平成一二年（二〇〇〇）六月一七日（土曜日）

初めて玲佳さんと出会ってから、もう四ヶ月ほどになる。びっくりだ。今まで、こんなに時間が過ぎるのを早く感じたことはない。あっという間の四ヶ月である。時間がいくらあっても足りないくらいなのだ。

平日は、もちろん、会社に行く。淡々と業務をこなす。それまで以上に集中する。残業したくないからだ。

帰宅したら、玲佳さんのホームページをチェックする。

玲佳さんは、自分の予定をかなりオープンにしていたから、はっきりと行き先を明示していなくても、丹念にホームページの記事を読んで、いくらか推理を働かせれば、次にどこに旅しようとしているのかは、おおよそ見当がつく。実際、その推理が外れたことは滅多にない。慣れてくると、どの航空会社の何時の便に乗るのか、そんなことまでわかってくる。玲佳さんの行き先がわかれば、それに合わせて、こっちも予定を組まなければならない。それがまた楽しいのだ。大変だが楽しいのである。

そんなことを繰り返していれば、玲佳さんに出会うことも増える。空港での一瞬のすれ違い。たとえ言葉を交（か）わすことはなくても、玲佳さんと同じ時間に同じ空間にいるというだけで満足できる。

あるとき、飛行機の座席が隣り合わせになったことがある。

信じられない偶然。何という幸運。

そのとき、初めて玲佳さんと言葉を交わすことができた。

「よくお目にかかりますね」

「そうですね」

九〇分ほどのフライトで、それだけの会話である。

しかし、何の不満もない。

玲佳さんに認識してもらうことができたのだ。

何という幸せ。

国内旅行のとき、玲佳さんは普通席にはあまり乗らないと知ってからは、かなりの出費にはなるもののプレミアム席を予約するようになった。座席数が少ないから、同じ便に乗れば、玲佳さんの近くの席に坐ることのできる確率も増すわけである。

プレミアム席のチケットを持っていると、搭乗するまで航空会社のラウンジで時間を過ごすことができる。早朝のラウンジは客も少ないから、玲佳さんと言葉を交わす機会も増えた。

玲佳さんは女神である。

あれほど美しく、あれほど優しい人はいない。

玲佳さんを知るまで、できるだけ安く旅行し、温泉に浸かったり、水族館を訪ねたりするのが楽しみだったが、今は、そうではない。

玲佳さんに会うことが旅の目的である。

いや、旅の目的というだけではない。

生き甲斐なのである。

玲佳さんの姿をひと目見て、ひと言でも言葉を交わすことができたら、それ以外のことはどうでもいいのだ。その一瞬のために、旅をしているのである。それは間違いのないことだし、自分のしていることに何の迷いもない。

この幸せが少しでも長く続いてほしい……それだけが今の望みである。

二

平成二二年（二〇一〇）六月一〇日（木曜日）

早朝、冬彦と寅三は羽田空港で待ち合わせた。

モノレールの改札を出たあたりを待ち合わせ場所に決めた。

冬彦は待ち合わせた時間より一五分ほど早く着いたが、寅三は一〇分遅刻してきた。

しかも、寝ぼけ眼(まなこ)で……というより、半分眠ったような状態でやって来て、よほどぼんやりしているのか、改札の手前で足許(あしもと)がふらついて転んだ。腰を強く打ち、その痛みでようやく目が覚める。

「寅三先輩、ここですよ」

柱の陰から、冬彦が手を振る。

「警部殿、おはようございます」

腰をさすりながら、寅三が挨拶(あいさつ)する。

「しっかりして下さい。これから沖縄に出張なんですから」

「はいはい、わかってますよ。あっちに行ったり、こっちに行ったり、窓際部署だと聞いていたのに本当に忙しい。そのうち外国に行くなんて言い出すんじゃないんですか？」

「寝不足のせいか、嫌味にもキレがありませんね」

「好きなように言って下さい」

「さあ、行きましょう。搭乗手続きです」

「待って下さいよ。まだ朝ごはんも食べてないんです。コンビニで何か買ってきます」

寅三がコンビニの方に歩き出そうとする。

冬彦は、それを遮るように立つと、

「買い物の必要はありません」

「何か食べないと持ちませんよ」

「大丈夫です。ぼくを信じて下さい」

冬彦が寅三の手を引っ張って出発ロビーに続くエスカレーターに乗る。

「何か買ってきてくれたんですか？」

「お楽しみです」

航空会社のカウンターで搭乗手続きをし、保安検査口に向かう。早朝だが、そこそこ長い列ができている。寅三がその列に並ぼうとすると、

「ぼくたちは、こっちです」

冬彦は、まったく違う方に歩いていく。

「何で、そっちに？」

「いいから来て下さい」

係員だけがいて他には客もいない、がらんとした場所に寅三を連れていくと、

「チケットを見せて、荷物をそのトレイに載せて下さい」

自分はさっさと保安検査を済ませてしまう。

首を捻(ひね)りながら、寅三も同じようにする。

検査が終わって荷物を受け取ると、

「何ですか、ここ？　どうして、あっちに並ばなくていいんですか」

寅三が不思議そうな顔をする。

「今日は、ＶＩＰ待遇ですからね」

「は？　ＶＩＰ？」

「こっちです」

曇(くも)りガラスの自動ドアを通り抜け、エスカレーターに乗る。その先にカウンターがあり、女性スタッフが愛想(あいそ)よく迎えてくれる。

「寅三先輩、チケットを出してください」

「はあ」

女性スタッフにチケットを確認してもらうと、二人は奥のドアを抜けて先に進む。ソファやテーブルが整然と並ぶ、ホテルのロビーのような空間に出る。壁際に飲み物や軽食の

コーナーがある。

「出発まで時間がありますから、ここで少し食べましょう。アルコールもありますが、さすがに控えた方がいいでしょうね」

冬彦は野菜ジュースとドーナツ、寅三はコーヒーとオレンジジュース、ドーナツとクッキーをトレイに載せる。

「お金は、どこで払うんですか？」

「無料です」

「マジですか？　どうして？」

「サービスです」

「ふうん、サービスか。今までこんなサービスを受けたことはなかったけどなあ」

寅三が首を捻る。

「窓際の席にしましょう。飛行機がよく見えますよ」

冬彦は、さっさと窓に近付いていく。席に着くと、

「仕事だとわかっていても、やはり、旅は楽しいですね」

にこにこしながら、野菜ジュースを飲む。

「ええ、今のところは楽しいですけど」

目が覚めてきて、空腹を感じ始めたのか、トレイに載っているものをたちまち食べてし

まう。

「お代わりは自由なんでしょうか？」

「自由です。どれだけ食べても叱られることはありません。でも、食べ過ぎない方がいいですよ」

「なぜですか？」

「この先にまだお楽しみがあるからです」

「ふうん……」

その気になれば、あと五個や六個はドーナツを食べられるが、

（警部殿の言葉を信じてみるか）

と考え、それ以上、ここで食べるのを控えることにする。

それから二〇分ほどして搭乗案内のアナウンスが流れる。

「時間のようです。行きましょう」

冬彦が元気に立ち上がる。

ラウンジを出て搭乗口に向かう。搭乗口の前には長い列ができている。寅三が列に並ぼうとすると、

「ぼくたちは並ばなくていいんですよ」

冬彦がさっさと前に進んでいく。

「え、何で？　ここでも、ＶＩＰ待遇ですか？」

怪訝な顔で寅三がついていく。

冬彦がチケットをスキャンさせ改札を通り抜ける。寅三も真似る。改札を抜けて、ちらりと肩越しに振り返ると、改札の向こうには大勢の人たちが順番待ちをしている。冬彦や寅三と同じように改札を通り抜けたのは、わずかな者たちだけだ。

飛行機に乗り込むと、細身のＣＡ（キャビンアテンダント）がにこやかに出迎えて、

「いらっしゃいませ」

と機首前方の席に誘導する。

相変わらず怪訝な顔で寅三が冬彦についていく。飛行機には何度も乗っているが、国内旅行では普通席、海外旅行ではエコノミークラスにしか坐ったことがない。コックピットのすぐ後ろの席に案内されるのは、初めての経験である。

「うわあ、何だか、すごく豪華なシートですね」

シートは大きくて高級感がある。隣のシートや前後のシートとの間隔にも余裕があり、ゆったりと手足を伸ばして坐ることができる。シートを倒すと、ベッドのように快適だ。

「気持ちいいなあ。このまま眠ってしまいそう」

「申し訳ございませんが、離陸するまでシートを倒さないようにお願い致します」

ＣＡからやんわりと注意される。

「あ、すみません」

慌ててシートを元に戻す。

乗客が全員乗り終え、やがて飛行機が離陸する。水平飛行になり、シートベルト着用サインが消えると、ＣＡがおしぼりを持ってくる。

「あのＣＡさん、ずっとここにいるけど、他のお客さんのことはいいんですかね？」

寅三が小声で冬彦に訊(き)く。寅三と冬彦が乗っているスペースには、シートの数が全部で二〇席ほどしかない。そこに一人のＣＡがずっと張り付いているのだ。

「ここの専属だと思います」

「ふうん、贅沢(ぜいたく)だなあ」

「朝食でございます」

二段重ねになった和食のお弁当だ。味噌汁(みそしる)はお椀(わん)で、デザートの果物は洒落(しゃれ)た小鉢で運ばれてくる。

「お飲み物は、どうなさいますか？」

ＣＡがメニューを差し出す。ソフトドリンクだけでなく、アルコールも揃(そろ)っている。

「ああ、いいなあ。ビール、飲みたい。ハイボール、飲みたい。ワイン、飲みたい。だけど、出張だし、一応、仕事中だから、ここは我慢だな」

そう自分に言い聞かせて、寅三は日本茶を頼む。

早速、蓋を開けて、お弁当を食べ始める。煮物、卵焼き、酢の物、焼き魚、鴨肉、温野菜など、上品に味付けされた料理がきれいに盛り付けられている。

「ああ、おいしいわ。白米ですら、すごくおいしい。いいお米を使ってるんだろうし、炊き方もパーフェクト。ドーナツを食べ過ぎなくて正解でした」

「そうでしょう」

冬彦がうなずく。

ふと、

「今日は出だしから不思議な感じなんですけど、なぜですか？　いろいろなサービスがあって特別扱いされている気分だし、シートも豪華だし、こんなおいしいお弁当まで食べさせてくれる。で、ドリンクが飲み放題……まるで狸に化かされているみたい」

寅三が首を捻る。

「そんなに驚くことはありませんよ。チケットを予約したとき、普通席はすでに満席で、プレミアム席しか空いてなかったのです。ラウンジの利用、スムーズな保安検査、優先搭乗、それにこのお弁当、ドリンクサービス……すべてプレミアム料金に含まれてます。高いお金を払えば、よりよいサービスを受けられるのは資本主義の基本原則です」

「ドキッ！　普通席とプレミアム席の差額分は……」

「当然、自腹です」

「またか……」

寅三が深い溜息をつく。

「ちなみに差額というのは……」

「それがラッキーなんですよ。早朝の飛行機は割安なんです。もう一便後の飛行機だと差額が一万五千円ですが、この飛行機だと一万円で済みます」

「一万円か。わたしは普通席で構わないのに……」

「満席だったのです」

「それなら出張を先延ばしすればいいだけでは……」

「善は急げと言いますからね」

「ああ、何だか、めまいがする。出張のたびに、交通費で自腹を切るなんてあり得ない」

「その代わり、こんなおいしいお弁当が食べられるじゃないですか。ものすごくおいしいですね」

沈んだ表情の寅三と対照的に、冬彦は元気溌剌(はつらつ)である。

三

羽田から那覇まで、およそ二時間三〇分のフライトだ。着陸態勢に入るので、倒したシートを元に戻し、シートベルトの着用をお願いします、というアナウンスが流れる。

「寅三先輩、そろそろ到着です。起きて下さい」

「う〜ん、お腹いっぱい。もう食べられませんってば……」

お弁当を食べ終わると、寅三はいびきをかいて眠り込んでしまった。よほど眠りが深いのか、なかなか起きない。

「お客さま、どうかなさいましたか？」

ＣＡがそばにやって来る。体調でも悪いのかと心配してくれているらしい。

「大丈夫です。熟睡しているだけですから」

普通に呼んでも起きないので、冬彦は寅三の耳許（みみもと）に顔を近づけ、

「寅三先輩！」

と大きな声を出す。

わっ、と寅三が驚いて、顔を横に向ける。

と、そこには冬彦の顔がある。お互いにまったく望んでいないのに、二人の唇が触れ合ってしまう。

そこで、寅三は、ハッと目が覚め、

「何で、わたしが警部殿とこんなことを」

「たまたま触れてしまいましたが、何の意味もない出来事ですから、ご心配には及びませ

ん」

「そっちはよくても、こっちがご心配に及ぶんだよ」

ぶつくさ言いながら、寅三がシートを起こし、シートベルトを着用する。

やがて、飛行機が着陸する。プレミアム席にいる乗客たちは普通席の乗客よりも早く、優先的に機外に出ることができる。

「自腹は嫌ですが、何かと優遇されるのは嬉しいですよね」

「預け荷物があると、更にお得感がありますよ。プレミアム席の荷物が最初に出てきますから」

「それは残念です。今日は手荷物だけですからね」

到着ロビーに出ると、スーツ姿の男二人が近付いてくる。

「失礼ですが、小早川警部殿ですか?」

「あ……」

冬彦が口を開こうとするが、

「与那原署刑事課の渡嘉敷と申します」

「同じく、比嘉です」

二人が寅三に向かって挨拶する。

渡嘉敷政夫は刑事課に所属する巡査長で四一歳、比嘉光喜は巡査部長で三一歳だ。

「小早川警部殿」

「いいえ、わたしは……」

　寅三が慌てて否定しようとするが、

「県警から連絡があり、署長の指示でお迎えに上がりました。沖縄におられる間は、わたしたち二人がサポートさせていただきます。寺田巡査長ですね。失礼ながら、随分、お若いんですね」

　渡嘉敷が冬彦に向かって軽く会釈する。

　沖縄県警から与那原署に連絡がいく過程で、何らかの混乱があったのか、渡嘉敷と比嘉は冬彦と寅三を取り違えているらしい。

「どうなさいますか？　県警に行くか、与那原署に行くか、あるいは、他に……」

「もちろん、犯行現場に直行です。まずは白鳥玲佳さんの遺体発見場所、次が西園寺公麻呂の……」

　冬彦が横から口を挟む。

「警部殿、どうなさいますか？」

　渡嘉敷は冬彦を無視して寅三に訊く。

「わたしじゃないんですよ」

「は？」

「わたしは寺田です。寺田巡査長です」

「え」

「こちらが」

と、寅三は冬彦に顔を向け、

「小早川警部殿です」

「……」

渡嘉敷と比嘉が顔を見合わせる。

「そ、そうなのですか？」

「はい。何か誤解があったようですね」

「東京から小早川警部殿と寺田巡査長がやって来ると聞かされただけでして、どちらが男性でどちらが女性とも聞かされておりませんで……。なあ、比嘉？」

「県警からの連絡では、体格のいい猛獣のような女性と知的な優男だと……」

比嘉がメモを確認しながら言う。

「警部殿、いったい、県警にどんな捜査協力依頼をしたんですか？」

寅三が呆れたように冬彦を見る。

「空港に迎えに来てくれるというので、こっちの特徴をできるだけ正確に伝えただけです。寅三先輩は、貫禄があり過ぎるから間違えられてしまうんですね。その貫禄だけは警部にふさわしいです」

冬彦がにこやかに答える。

「失礼しました。どうか、お許し下さい」

渡嘉敷が恐縮して詫びる。

「気にしなくていいんですよ。誰だって勘違いしますよね。観光旅行に来た大学生みたいな格好をしていれば、とても警部には見えませんから。警部殿、出張するときはスーツを着た方がいいんじゃないですか？」

寅三が言う。

「スーツは嫌いなんです」

「そんなわがままを言ってどうするんですか。子供じゃないんですよ」

「着ているもので、仕事のできるできないに差が出るわけじゃありませんよ」

「そういう問題じゃないでしょう」

「その若さで警部殿とは、正直、驚きました」

渡嘉敷が口を挟む。

「キャリアですからね。仕事ができるから警部に昇進したのではなく、国家試験に通ったから警部になっただけなんですよ」

寅三が精一杯の皮肉を込める。

しかし、冬彦にはまったく通じないようだ。

「キャリアの警部殿も現場に出られるのですね」

比嘉が感心する。

「では、行きましょうか」

冬彦がにこやかに促す。

四

駐車場で四人が車に乗り込む。

運転するのは比嘉である。助手席に渡嘉敷が坐り、冬彦と寅三は後部座席だ。

「まず犯行現場を見たいということでしたら、真っ直ぐ『王国村』に行きますか？」

渡嘉敷が訊く。

「え、『王国村』って何ですか？　わたしたちが行きたいのは玉泉洞なのですが」

冬彦が首を捻る。

「渡嘉敷さん、あそこの名前が変わったのは、だいぶ前ですよ」

比嘉が言う。

「あれ、そうだったかな」

「もう『おきなわワールド』ですから」

玉泉洞は「おきなわワールド」という観光施設内にあり、以前は「玉泉洞王国村」という名称だったのだ、と比嘉が冬彦に説明する。

「玉泉洞って、かなり大きいんですよね？　玉泉洞がその施設の中にあるんですか」

寅三が訊く。

「それなら、わたしも調べました」

冬彦が口を挟む。

「玉泉洞は南城市にある天然記念物で全長が五キロもあるんですよ。公開されているのは、全体の五分の一くらいらしいです。『おきなわワールド』は東京ドーム四個分の敷地面積がありますから、公開部分は施設内に収まるわけです」

「蘊蓄を述べるときは嬉しそうですね」

「ええ、まあ」

冬彦がうなずく。

「せっかくですから、景色のいい所を通って行きましょうか？」

渡嘉敷が言う。

「どういう道ですか？」

冬彦が訊く。

「海岸沿いの道です」

「遠回りになりませんか？」

「多少は遠回りになりますが、それでも一時間もかかりません。内陸の道で行けば……そうですね。一〇分くらいは早く着けるでしょうが、殺風景な道ですよ」

「それなら少しでも早い方が……」

「海沿いでお願いします」

寅三が冬彦の口を押さえる。

その手をどけながら、

「しかし、寅三先輩、一〇分も違うのなら……」

「たかが一〇分です。せっかく沖縄に来たんですから、ちょっとくらい美しい景色を見ても、罰(ばち)は当たらないでしょう？」

寅三が冬彦を睨(にら)む。

「ま、まあ、確かに……」

「海沿いで、よろしくお願いします」

寅三が言うと、比嘉が車を発進させる。

しばらく走ると、右手に青々とした海原が広がっているのが目に入ってくる。

「うわ～っ、すごい。何て、きれいなの。よく青い海とか青い空なんて言い方をしますけど、本当にきれいな海や空は、なかなかありませんよね。だけど、ここは違う。本当にきれいだわ」

寅三が歓声を上げる。

ねえ、警部殿、見て下さいよ、と寅三は興奮気味に冬彦の肩を叩くが、冬彦はリュックから取り出した当時の捜査報告書に目を落としている。景色には何の興味もなさそうだ。

「渡嘉敷さん」

冬彦が声をかける。

「はい」

「当時の捜査報告書ですが、これですべてということはありませんよね？　他にもあるんですよね」

「あります」

渡嘉敷がうなずく。

「正直に申し上げていいのかどうか、自分には判断しかねる部分もあるのですが……」

「遠慮なく言って下さい。どこかの部署からクレームが出たら、わたしが対処します。約束します」

「この言葉は信じてもらって大丈夫ですよ。警部殿は、そういうことに関しては律儀ですから」

寅三が付け加える。

「では、申し上げますが、そもそも、なぜ、あの事件の捜査資料が東京に送られたのか、よくわからないのです。わたしだけではなく、県警の担当者も腑に落ちないという感じでした」

「送られるはずのない捜査資料が送られてしまったということですか？」

寅三が訊く。

「未解決事件を専門的に扱う新たな部署が警視庁に設置されたことも、全国の県警本部に対して未解決事件の捜査資料を警視庁に送るようにという通達が出たことも存じております。その通達に従って、沖縄県警も捜査資料を送ったわけですが、その中に、あの事件の捜査資料の一部が紛れ込んだようなのです」

「つまり、本来であれば、未解決事件ではないから東京に送られることもなかったということですね？」

「その通りです」

「なるほど」

冬彦が両手をパンッと打ち合わせる。

「それでわかったぞ。他の事件の捜査資料に比べて、あの事件の捜査資料はやけに少ないなあと思っていたのです。そうか、資料の一部だけが送られたのであれば、捜査報告書が少ないことも納得できます」

ひと口に捜査報告書といっても、その内容は様々である。決まった書式があるわけでもない。必要に応じて、その事件を担当する捜査員が資料を作成して上司に提出する……そういう書類全般が捜査報告書と呼ばれるのである。

例えば、何らかの事件が発生すれば、その事件が発生した日時や場所に関する報告書が作られるし、それが殺人事件であれば、死体を発見して一一〇番通報した、その通報者に関する報告書が作成される。通報者の名前や住所、死体を発見するに至った経緯などをまとめた報告書である。捜査が進めば、どういう捜査をしているかという報告書が、死体が解剖されれば、死体解剖に関する報告書が作られる。

すなわち、事件が発生し、捜査が始まったときから、必要に応じて次々と報告書が作成されていくわけである。それ故、捜査報告書というのは、難しい事件であればあるほど膨大な量になる。

しかも、単なる上司への報告文書という位置付けではなく、犯人を特定した場合、裁判所に逮捕状を請求する根拠にもなるし、起訴するためにも必要となり、実際に裁判が行われるときには、被疑者の有罪を立証する証拠にもなる。

当然、検察官だけでなく、裁判官も捜査報告書に拠って公判を進めることになる。

この事件の場合、白鳥玲佳の死体が発見された直後、西園寺公麻呂の死体も発見され、公麻呂が犯人だと見做しうる証拠も見付かったので、それほど時間がかからずに解決した。だから、捜査報告書が少ないのは当然だが、それにしても少な過ぎるのではないかという疑問を冬彦は抱いていたのである。

その疑問が解決した。すべての捜査資料が東京に送られたわけではないという、ごく単純な理由だったのである。

「お二人も事件の捜査に関わったのですか？」

冬彦が訊く。

捜査報告書は、その事件を担当した捜査員が作成することになっている。二人が担当捜査員だったとすれば、捜査報告書には書かれていない当時の様子など、いろいろなことが聞けると思ったからだ。

「わたしは捜査に関わりました」

年長の渡嘉敷がうなずく。

「自分はその頃はまだ交番勤務でした」

運転しながら比嘉が言う。

「そうですか。渡嘉敷さんは、あの事件について何か覚えておられますか？」

「大急ぎで捜査報告書を読み返しました。殺人のような大きな事件は、そうはありませんから、もちろん、強く印象に残ってはいますが、それでも一〇年も前のことですから、細かいところは記憶が曖昧ですし、忘れてしまったこともありますので」

　渡嘉敷がうなずく。

「すべての捜査報告書を読ませていただけますか？」

　冬彦が訊く。

「もちろんです。署の方に用意してあります。お持ちすればよかったのですが、捜査資料を外部に持ち出すには、なかなか面倒な手続きがありまして」

　と渡嘉敷が申し訳なさそうに言う。

「当然です。後ほど、署に伺ったときに読ませていただきます。量が多いようだと、滞在中に全部読むのは無理かもしれませんが」

「東京にも送った方がよろしいですよね？」

「そうしていただけるとありがたいです」

「では、書類や現場写真を明日にでもコピーして送るようにいたします」

「よろしくお願いします」

「ひとつ伺ってもよろしいですか？」

「何でしょうか？」

「飛行機が着くのを待っているとき、比嘉とも話したのですが、この事件を再捜査するというのは、何か理由があるのでしょうか？」

「理由？」

「つまり、一〇年も前の事件で、犯人も特定されており、いわゆる未解決事件とは違うような気がしたものですから」

「そういう疑問を持つのは当然ですよね」

寅三がちらりと冬彦の顔を見る。それは寅三自身が最初から抱いていた疑問でもある。

「この事件では西園寺公麻呂が犯人だと思われていますよね？」

冬彦が訊く。

「はい」

渡嘉敷がうなずく。

「そのことに疑問を持つ人はいなかったのでしょうか？」

「え」

「他に真犯人がいるかもしれない、と」

「他に真犯人ですか？　それは……」

渡嘉敷が首を捻る。

「いなかったと思います」

「当時、大変な騒ぎになったことを覚えています。先程、渡嘉敷も言ったように、うちの署では、あまり大きな事件は起こりませんから。わたしは交番勤務でしたが、地域課には毎日顔を出していました。署全体がピリピリしていたことを記憶しています」

運転しながら比嘉が言う。

「施設の敷地内ではありませんでしたが、沖縄を代表する観光スポットのすぐそばで若い女性の刺殺体が発見されたことで、比嘉の言うように、うちの署は大騒ぎになりました。すぐに県警本部から幹部が駆けつけてきたくらいです。そんなことは滅多(めった)にないんです。その日のうちに、つまり、女性の刺殺体が発見された数時間後に西園寺の遺体が見付かり、現場に残っていた証拠品などから西園寺が女性を刺殺した犯人らしいということになりました。その後、ふたつの現場に残っていた証拠を分析した結果、女性を刺殺したのは西園寺だと断定され、西園寺は自殺したものと考えられました」

「西園寺が白鳥さんを刺殺した動機については、どのように？」

「ストーカーですね。女性のご家族や友人の話から、西園寺が被害者につきまとっていたことがわかりました。西園寺が自殺したのは、一種の無理心中(しんじゅう)ではないか、と分析する報道もあったようです」

渡嘉敷がメモを確認しながら答える。捜査資料を読み返したときに、メモを取ったのであろう。

「白鳥さんを刺殺した刃物で西園寺も自殺したわけですよね？」

寅三が訊く。

「はい。凶器の刃物には被害者と西園寺の血痕が付着しており、西園寺の指紋（しもん）も残っていました。二人の傷痕（きずあと）もその凶器と一致しましたし、凶器は西園寺の遺体のそばで見付かりました」

「動かしようのない証拠ですね」

「そう思います」

「犯行の目撃者はいなかったのでしょうか？」

冬彦が訊く。

「目撃者は見付かりませんでした」

渡嘉敷が首を振る。

「たとえ目撃者がいなくても、それだけ確実な証拠があれば、西園寺が犯人だと断定するのは当然じゃないですか」

寅三が冬彦のしつこさに呆れる。

「ふたつの現場には『R』という血文字が残っていたはずですが、それについては、どういう見方をされたのでしょうか？」

寅三の言葉を無視して、冬彦が渡嘉敷に質問を続ける。

「ああ、あれですか。西園寺の倒錯（とうさく）した心理を裏付ける証拠だと考えられたようです。『R』は、確か、被害者の女性の名前を意味しているとか」

「白鳥玲佳のイニシャルは、Ｒ・Ｓですからね」

「はい」

「ふうむ、そこなんですよねえ。どうにも腑に落ちないのです。少なくとも、わたしが読んだ捜査報告書には、わたしが知りたいことは何も書いてなかった。まさか、何も調べなかったということはないでしょうから、まだ読んでいない捜査報告書に書いてあるのかなあ……」

冬彦が首を捻る。

「どんなことですか？」

寅三が訊く。

「被害者の当日の足取りについては調べましたか？」

「また無視かよ」

寅三が、ちっと舌打ちする。

「……」

冬彦と寅三のやり取り、いくら若いとはいえ、キャリアの警部に対する寅三の物言いに渡嘉敷が啞然(あぜん)とする。

「渡嘉敷さん？」

「あ、すみません。ええっとですね……」

　渡嘉敷が慌ててメモを調べる。

「事件があった日に、被害者は一二時三〇分着の飛行機で新千歳空港から那覇空港に到着していますか。死亡推定時刻が午後二時三〇分から午後三時までの間と推定されていますから、那覇空港に到着した、およそ二時間後に死亡したと考えられます」

「え。ちょっと待って下さい。新千歳空港とおっしゃいましたけど、羽田空港の間違いですよね？」

　寅三が確認する。

「いいえ、新千歳空港です」

「それは、おかしくないですか。白鳥さんは東京にお住まいだったのですから、羽田から来たと思うんですけど……。それとも、北海道旅行をしてから、自宅に帰らずその足で沖縄旅行ですか？」

「いや、そう言われましても……。捜査報告書には、そう記載されておりましたので」

　渡嘉敷が汗をかく。

「まあまあ、寅三先輩、それが正しいかどうかは捜査報告書を読めば確認できますよ」

「そうですけど」

「白鳥さんの宿泊先は、どこですか？」

「宿泊せずに日帰りの予定だったようです。那覇から羽田に向かう夜の便を予約しておられました」

「北海道から沖縄に来て、その日のうちに東京に帰るなんて、すごく慌ただしい感じがしますね」

「わたしに、そう言われましても……」

「北海道からわざわざ沖縄に来て、のんびり観光することもなく、わずか数時間の滞在で東京に戻るつもりだったわけですよね。なぜ、そんなに慌ただしい旅行をしたんですかね？」

冬彦が寅三に顔を向ける。

「え？　わたしの意見を聞きたいんですか」

「どう思います？」

「そうですね……」

寅三が首を捻る。

「正直、全然見当もつきません」

「……」

冬彦は一瞬、驚いたような顔をするが、すぐに気を取り直して、

「西園寺の足取りは調べたのでしょうか？」

渡嘉敷に訊く。

「実は、西園寺も被害者と同じ便で北海道から沖縄に来ているのです」

「マジですか？」

寅三が驚く。

「はい」

「偶然ということはないでしょうから、完全なストーカーですね。そこまでつきまとうなんて……。まさかと思いますが、帰りの便まで同じですか？」

「西園寺もその夜の羽田行きの便を予約していました。被害者の便とは違うようです」

「違うのか……。そこまで徹底していたら怖い。そもそも、白鳥さんの行動をどうやって知っていたのかしら？　どの飛行機に乗るか、どうすれば調べられるんですか」

寅三が疑問を呈する。

「新千歳空港から那覇空港への直行便は大手の航空会社でも一日に二便しかないんです。沖縄から東京へ日帰りするつもりなら、二便のうち、早い時間の便にするでしょうし、ストーカーであれば、被害者がよく利用する航空会社を知っていたかもしれません……」

渡嘉敷が日本の大手航空会社の名前を口にする。冬彦と寅三も利用した航空会社だ。

「そのあたりの事情は、また改めて調べる必要がありそうですね」

冬彦がうなずき、

「別の質問をしていいですか？」

「何なりと」

「西園寺が白鳥さんを殺害したのは一種の無理心中ではないか、そういう報道があったとおっしゃいましたよね？」

「えぇっとですね、犯罪心理学の専門家のコメントが新聞に掲載されたようです。捜査員の中にも、そうかもしれないと考えた者がいました。実は、わたしもその一人です」

「無理心中なら同じ場所でするのが普通ではないですかね？　死に損なった場合は違うかもしれませんが……。西園寺の解剖に関する報告書も読みましたか？」

「ざっとですが……」

「ためらい傷について、何か書いてありましたか？」

「ためらい傷？　いいえ、記憶にありません」

「白鳥さんは心臓をひと突きされて殺害されましたよね？」

「はい」

「西園寺がどうやって死んだか覚えていますか？」

「確か、喉を刺したのだと……。頸動脈が切れて、あたりは血の海だったようです」

「そうなんですよ」

冬彦がぽんと自分の膝を叩く。

「自分の首を切るなんて想像するだけで恐ろしいですよね。手首を切って自殺しようとする人もいますが、なかなかスパッとやれないらしく、手首にいくつもためらい傷が残るのが普通みたいです。首だと違うんですかね、寅三先輩?」

「同じじゃないですか。そう思い切りよくはできないと思いますよ。すごく痛そうだし」

寅三の顔が引き攣る。

「西園寺の首にためらい傷が残っていたかどうかは解剖の報告書を読めばわかることです。やはり、わたしが疑問に思うのは、なぜ、同じ場所で自殺しなかったのか、ということです。それとも、死のうとしたが死ぬことができなかったのか……。白鳥さんが殺害された現場から西園寺の血液は採取されたのでしょうか?」

「すみません。それも記憶にありません」

渡嘉敷が首を振る。

「もちろん、血液が採取されたとすれば、それも現場検証に関する報告書に記載されているでしょう。後から確かめられますね。もし血液が残っていれば、白鳥さんと同じ場所で死のうとしたが、死ぬことができなかった状況証拠になります。逆に血液が残っていなかったとすれば、その場で死のうとしなかった可能性が高くなります」

冬彦が言う。

「二人が死んだ場所ですが、そんなに離れてるんですか?」

寅三が訊く。

「近くはありませんね。およそ一キロ離れていますから」

「一キロですか。かなりありますね。わたしが普通に歩いても一〇分以上はかかりそうだし、ゆっくり歩けば二〇分くらいかかるかもしれない。西園寺が死んだ場所は、何か意味のある場所だったんでしょうか？」

「いいえ、国道の手前の雑木林の中でした。近くには観光名所もありませんし、特に意味はなさそうに思いますが」

なあ、比嘉、そうだよな、と渡嘉敷が訊く。

「何もないですよねえ」

比嘉がうなずき、あ、もうすぐ着きますよ、と言う。

五

「路駐でいいですかね？」

比嘉が渡嘉敷に訊く。

「駐車場からだと遠いのか？」

「そうでもないですけど、大して車が通る場所でもないですから」

「それなら現場の近くに路駐して、警察の車両証明書を出しておけばいいだろう」

「そうですね」

白鳥玲佳の殺害現場は、おきなわワールドのすぐ近くだが、施設内ではない。コインパーキングがある場所ではないから、車をどこに停めるか、二人で話し合ったわけである。

「待って下さい」

冬彦が口を挟む。

「そういうことなら、施設内の駐車場に車を停めましょう」

「え。なぜですか？」

渡嘉敷が訊く。

「北海道から沖縄に来た白鳥さんが、半日も滞在しないのに、ここに来たのは、なぜでしょう？　捜査報告書に書いてありましたか」

「いいえ、記憶にありません」

渡嘉敷が首を捻る。

「恐らく、玉泉洞を見学したかったのです。有名な観光名所ですし、空港からも、そんなに遠くありませんからね」

「完全な推測じゃないですか」

寅三が呆れる。

「白鳥さんの所持品の中には、入園チケットの半券があったはずです。そうですよね、渡嘉敷さん？」

「はい、それは間違いありません」

「一枚の入園券で玉泉洞と王国村に入ることができるのです。ということは、白鳥さんは玉泉洞と王国村の両方、もしくは、どちらかひとつを見学したと思われます。しかし、那覇空港に到着した二時間後に死亡しているわけですし、その二時間から、空港からここまでの所要時間を差し引くと、施設内で過ごすことのできた時間は一時間くらいだったでしょう。大急ぎで見学したのなら話は別ですが、普通に見学したのであれば、たぶん、玉泉洞を見学しただろうと思うんです。玉泉洞だけなら三〇分もあれば見学できるようですが、王国村にある様々な建物を見て回るには、三〇分どころか一時間でも難しいでしょうから」

「随分と念入りに下調べをしたようですね」

寅三が感心する。

「白鳥さんは玉泉洞を見学した後、何らかの理由で施設の外に出ることになり、そこで命を奪われたのだと考えられます。だから、玉泉洞を見学するのは、白鳥さんの足取りを辿ることになると思うのですが、寅三先輩は反対ですか」

「とんでもない。大賛成ですよ。玉泉洞、ぜひ見たいです。できることなら、王国村も見学したいくらいですね」

寅三が力強く賛成する。犯行現場に行くより、観光名所に行く方がいいという思いが如実に表れている。

「珍しく意見が一致しましたね。王国村まで見学するのは無理そうですが、玉泉洞には行ってみましょう。その後で犯行現場に行くのがいいと思います」

「賛成です」

「ということなので、渡嘉敷さん、比嘉さん、よろしくお願いします」

「……」

渡嘉敷と比嘉は、冬彦と寅三の会話を呆れたような顔で聞いていたが、ハッと表情を引き締め、

「了解です。おい、比嘉。駐車場だ。玉泉洞を見学してから犯行現場に行くことになったからな」

「はい」

比嘉が車を駐車場の方に走らせる。

六

「うわ～っ」

地下に続く階段を下り、目の前に鍾乳洞の光景が広がった瞬間、寅三の口から感嘆の声が洩れる。

そこは槍天井と呼ばれる場所で、その名の通り、槍のような鍾乳石が天井から無数に垂れ下がっている。足許には透明で真っ青な水が満ちている。

「何だか、いきなり違う世界に迷い込んだみたいですね」

「確かに神秘的な光景です。三〇万年もかけて自然が作り上げた芸術品と言っていいでしょう」

冬彦が無表情に周囲を見回す。

「何だか感動が薄いですよね」

「感動するのは、寅三先輩にお任せします」

さあ、行きましょう、と冬彦が先に進む。

うっとりした表情の寅三がついていく。

その後に、渡嘉敷と比嘉が生真面目な顔で続く。

玉泉洞の全長は五キロあるが、一般公開されているのは八九〇メートルで、それ以外の部分は研究用に保存されている。つまり、公開されているのは全体の五分の一に満たないわけだが、そこには様々な見所が凝縮されている。

「こんな美しいものを見た後に殺されてしまうなんて、白鳥さん、どんな気持ちだったでしょうね？」

「わかりません」

冬彦は素っ気ない。

「当然、西園寺もここに入って、白鳥さんをつけていたわけですよね？　信じられない。この光景を見てから、どうして、そんな邪悪なことができるのか」

「まだ断定はでき……」

「うわっ、うわっ、うわっ」

冬彦の言葉は寅三の叫び声にかき消される。

青の泉と呼ばれる場所に来たのだ。

玉泉洞の中でも特に人気の高い場所である。いくつもの真っ青な泉が足許に広がっている。このあたりが、公開されている部分のちょうど中間地点くらいだ。

冬彦はちらりと腕時計を見ると、

「入ってから、もう二〇分以上経ってるなあ。寅三先輩、足を止めすぎですよ」

「誰だって足を止めますよ。たぶん、白鳥さんだって立ち止まったはずです」

「こんなにのんびりしてたら殺害時間に間に合わないじゃないですか」

「何だか、それって、おかしな言い方ですね」

「いいから先を急ぎましょう」

冬彦が足を速める。

「もったいないなあ。じっくり時間をかけて、ゆっくり見学したいのに」

寅三が舌打ちする。背後で、えっ、という声がしたので肩越しに振り返ると、渡嘉敷と比嘉が困惑した表情を浮かべている。階級が上である冬彦に対する寅三の態度に驚いているのであろう。

「何か？」

「い、いいえ、別に」

二人が大慌て（おおあわ）てで首を振る。

「じゃあ、わたしたちも急ぎましょうか」

溜息をつきながら、寅三が足を速める。

玉泉洞の後半部分にも、絞り（しぼ）幕（まく）や白銀（はくぎん）のオーロラと呼ばれる名所があるのだが、寅三は口惜（くや）しそうに素通りせざるを得ない。冬彦がどんどん先に行ってしまうからだ。

ようやく出口に達すると、冬彦が腕時計を見ながら待っている。寅三が出てくると、

「よし、これでちょうど三〇分くらいだな」

「何も、そんなに強引に帳尻（ちょうじり）を合わせなくてもいいじゃないですか。こんなにせかせかと見学する人なんかいませんよ」

「そう言われても、これくらいの速さで見学しないと、殺害時間にズレが生じてしまいま

すからね」

「また、それか……」

寅三はうんざり顔である。

「さあ、いよいよ殺害現場に行きますよ」

冬彦が張り切って歩き出す。

玉泉洞の入口は施設の西側にあり、出口は東側にある。

白鳥玲佳の遺体は雄樋(ゆうひ)川の河原で見付かったが、雄樋川は施設の西側を海に向かって流れている。

つまり、冬彦たちは玉泉洞の中を歩いてきたのと同じくらいの距離を、園内を東から西に戻らなければならないわけである。

冬彦は、それほど急いでいる様子はない。やや足早に歩いているという程度だ。

しかし、普段から運動不足気味の寅三には辛(つら)い。施設の西の外れに着く頃には息が上がっている。

「渡嘉敷さん」

冬彦が振り返って声をかける。

「ここから現場まで案内をお願いできますか？」

「承知しました」

渡嘉敷が冬彦に追いつき、並んで歩く。

施設を出て、しばらく歩くと雄樋川に行き当たる。

このあたりは、まだそれほど大きな川ではない。小川と呼ぶのがふさわしそうな川だ。海に近付くに従って川幅が広がり、大きな川になっていく。

川に沿って、八〇メートルほど下ったところで渡嘉敷は足を止め、

「遺体が見付かったのは、そのあたりです」

と河原を指差す。

そこに比嘉と寅三が追いついてくる。

「おきなわワールドのすぐ近くなのに、何となく淋(さび)しい場所ですね」

寅三が言う。

「ここから川沿いに海まで行けますが、途中に観光名所があるわけでもありませんから、観光客はほとんど来ないようです」

渡嘉敷が答える。

「散歩するにはよさそうな場所ですし、まったく人通りがないというわけでもなさそうですよね」

冬彦が言う。すぐ横を観光客らしい二人組の女性たちが通り過ぎていく。離れたところにも人の姿が見える。

「人の姿がないときを狙って殺害したとしても、この河原に死体を遺棄すれば、すぐに見付かってしまいそうですけどね」

寅三が言う。

「川の近くに遺棄されていればそうでしょうが、実は、そうではないのです」

渡嘉敷が河原に降りる。

「そこの土手の下に遺棄されていました」

「ああ、なるほど」

冬彦がうなずく。

「道路を歩いていると、ちょうど死角になってしまうわけですね。こうして河原に降りないと見付けることは難しそうだ」

「そうなんです。遺体の発見者も川に近付こうとして、遺体に気が付いたようです」

「血文字が書かれた石も遺体のそばにあったんですよね？」

寅三が訊く。

「そうです。見ての通り、河原には石がごろごろしています。その中から白っぽい石を選んだのではないでしょうか」

渡嘉敷が答える。

「血文字を書くのに手頃な石をすぐに見付けられるかどうかわかりませんから、事前に石を手に入れていたとも考えられますね」

寅三が言う。

「その可能性はありますね。しかし、そうだとすると、ひとつ疑問が湧いてきます」

「何ですか？」

寅三が冬彦を見る。

「この殺人が一種の無理心中だとして、同じ場所で死ぬつもりだったら、血文字を残す必要はなかったと思うんです。ぼくは、最初、こう考えました。白鳥さんを殺して、自分も同じ場所で死ぬつもりだったが、それができなくなった、例えば、人が近付いてくるのに気付いたとか、そんな事情でという意味ですが……。それで大急ぎで血文字を残し、慌ててこの場から逃げ出し、別の場所で自殺することにした。別々の場所で死ぬのは淋しいから、ふたつの場所に同じ血文字を残すことで玲佳さんと繋がりを持とうとした」

「うわあ、何だか、ものすごく異常な発想ですね。頭がおかしいとしか思えませんよ」

寅三が顔を歪める。

「犯人になったつもりで考えただけです。ぼくの頭がおかしいわけではありません」

「それは、わかってますけどね……」

「犯人が事前に血文字を書く石を用意していたとなれば、まったく話は違ってきます」

「それだと最初から同じ場所で死ぬつもりはなかったということになりそうですね」

寅三がうなずく。

「白鳥さんを愛するが故(ゆえ)の犯行だとしたら、一緒に同じ場所で死にたいと思うはずなのに、なぜ、敢(あ)えて自分は違う場所で死ぬことにしたのか……」

「なぜです？」

「わかりません」

冬彦は首を振り、土手から道に上がる。

「次に行きましょう。ここから西園寺の自殺した場所に移動です。西園寺になったつもりで歩いてみましょう。渡嘉敷さん、西園寺がどんな姿だったか改めて教えて下さい」

「自殺した場所で発見されたとき、西園寺がどんな姿をしていたかということですか？」

「そうではありません。西園寺は喉を突いて死んだわけですから、遺体は血まみれだったはずです。それは自分の血で、白鳥さんの血ではなかったんですよね？」

「でも、白鳥さんを殺害したときに、返り血を浴びたんじゃないですか？」

寅三が訊く。

「それが違うんです。もちろん、いくらかは浴びたと思います。西園寺の着衣からは、西園寺の血液だけでなく、白鳥さんの血液も検出されていますから。ただし微量です」

「微量なんですか？　心臓を刺したのに……」

「捜査報告書を読み落としたようですね。確かに白鳥さんは心臓を刺されています。寅三先輩もご存じのように、実際には心臓を刺すというのは、そう簡単ではありませんよね？」

「ええ、心臓は肋骨に守られているから、刃物で刺そうとしても肋骨に跳ね返されてしまいます」

「結果的に何度も刺すことになるし、相手にも騒がれるし、返り血も浴びることになる。だから、心臓をひと突きするというのは口で言うほど簡単ではない。ところが、白鳥さんは一撃で絶命しています」

「あ……何となく読んだような記憶が……」

「そうです。肋骨の下、臍の上あたりを刺して、そこから心臓を目がけて抉り上げれば、ひと突きで心臓に到達します。骨がないところを刺すわけですからね。その場合、ほとんど返り血を浴びることはありません」

「ヤクザのヒットマンがよくやる手口ですよね。素人にできるとは思えませんが……」

「意図的にやったのか、たまたま、そういう風に刺したのか判断できませんが、とにかく、それがほとんど返り血を浴びなかった理由だと思います」

「なるほど」

　四人が川沿いの道を歩き始める。

「西園寺は、凶器の刃物を手に持ったまま歩いたんですか？」

寅三が渡嘉敷に顔を向ける。

「さっきの犯行現場から、西園寺が自殺した場所まで、西園寺がどのように移動したのか、実は、よくわからないんです。目撃者もいませんし」

渡嘉敷が答える。

しばらく進むと、右手に何かの工場が見えてくる。

雄樋川は、その工場の敷地内を流れていくようだ。

「勝手に入るのは、まずいんじゃないんですか?」

寅三が言う。

「迂回(うかい)しましょう」

「西園寺も工場には近付かなかったでしょうね。人目を避けるために」

冬彦がうなずく。

工場を迂回して雄樋川沿いに戻り、しばらく歩き続けると、前方に長毛橋(ながもう)が見えてくる。このあたりまで来ると、川幅はかなり広くなり、もう小川という感じではない。

「そのあたりのはずです。そうだったよな、比嘉?」

「はい、そうですね……」

用意してきた地図で確認しながら、長毛橋の手前の雑木林を比嘉が指差す。

「ええっと、確か……」

渡嘉敷が雑木林に近付き、周囲をきょろきょろ見回す。

「あっ、ここですよ。ほら、見て下さい。この木です。ここで西園寺は死んでたんです」

「ん？」

冬彦がしゃがみ込む。

「この部分に血文字を書いたということですか？」

「はい。証拠として、鑑識係が血文字の部分を切り取っていますが、その痕ですね」

木のその部分が不自然にへこんでいる。放置すれば、雨風で消えてしまう怖れがあるから、当時の鑑識係がその部分を切除して持ち去ったのであろう。

「寅三先輩、ここに書かれていた血文字の写真を覚えてますか？」

「ええ、気持ちの悪い写真でした」

「Rという血文字、かなり鮮明でしたよね」

「はい」

「どうやって書いたんでしょうね？」

冬彦が首を捻る。

「白鳥さんの血を使って……」

「そうではなく、ここに鮮明な血文字を残すには、かなりの血液が必要だったと思うんです。さっきの現場からここまで、どうやって持ってきたんですかね」

「刃物には白鳥さんの血液が付着していたそうですから、その血を使ったんじゃないですか？」

「それは無理ですね。途中で乾いてしまうだろうし、そもそも量が足りませんよ。渡嘉敷さん、西園寺の右の人差し指からも白鳥さんの血液が検出されたんですよね？」

「そうです。恐らく、指で血文字を書いたせいだと思われます」

「犯行現場とここの二箇所で血文字を書いているわけだから、指に血が付くのは当然ですよね。だけど、不思議だなあ。白鳥さんの殺害現場からここまで、血文字を書くのに必要なだけの血液をどうやって持ってきたんだろう」

冬彦が首を捻る。

「そんなに重要なことですか？」

寅三が訊く。

「何らかの容器で血液を運んだのなら納得できますが、ぼくが読んだ捜査報告書には何も書かれていませんでした。見付かっていれば、重要な証拠品だから、鑑識が見逃すはずがありません。なかったんですよね？」

「覚えがありません」

渡嘉敷が首を振る。

七

冬彦たちは車に戻り、与那原署に向かうことにした。渡嘉敷が気を利(き)かせて、

「どこかで食事してから署に行きますか？」

と提案したが、珍しく寅三が、

「まだ、そんなにお腹(なか)が空(す)いてないんですよ」

と言うので、真っ直ぐ与那原署に行くことになった。

与那原署に着いて、署長と副署長、刑事課の課長への挨拶を済ませると、早速、当時の捜査資料を読ませてもらうことにする。そのために応接室を使わせてもらうことになった。そこに渡嘉敷と比嘉の二人が段ボール箱に詰め込まれた捜査資料を運んでくる。捜査報告書だけでなく、写真の類(たぐい)もたくさんある。特命捜査対策室に送られてきた捜査資料の何倍もありそうだ。

「何かお手伝いすることはありますか？」

渡嘉敷が訊く。

「いいえ、大丈夫です」

「では、何かあれば電話して下さい。向こうにおりますので」

携帯電話の番号を冬彦に伝えると、渡嘉敷と比嘉が応接室から出て行く。

二人だけになると、寅三はソファにどっかりと坐り込み、

「少し休憩しませんか？」

「寅三先輩は休んでいて下さい」

段ボールから取り出した捜査資料をテーブルの上に並べながら冬彦が答える。

「こんなことなら、やっぱり、どこかでお昼を食べてくればよかったかなあ」

「あまりお腹が空いてないと言ったじゃないですか」

「そうなんですけど、何だか、すごく疲れてしまったので、食事するより休みたかったんです。でも、沖縄そばなら、一杯か二杯くらい食べられそうですよ」

「玉泉洞を見学したときは軽い足取りでしたけど、急に疲れてしまったみたいですね」

「だって、あんなにきれいでしたからね。まるで別世界にいるような気分でした」

寅三がうっとりした顔になる。

捜査資料を整理して積み上げると、早速、冬彦は捜査報告書を読み始める。

「これを全部読むんですか？」

「ええ」

「今日一日では無理でしょう。東京に帰ってから読んだ方がいいんじゃないんですか？　コピーを送ってもらえるわけですし」

「ここで精読しようとは思っていません。ざっと目を通すだけです。もちろん、何か手がかりが見付からないかと期待はしていますが」

「どんな手がかりですか？」

「新たに生じてきた疑問の答え、と言った方がいいかもしれません」

「いろいろおっしゃってましたよね。ためらい傷のこととか……」

「ええ、それも気になります」

　捜査報告書から顔を上げて、冬彦がうなずく。

「自殺するときにためらい傷がまったくないのは珍しいと思うんです」

「白鳥さんを殺したことで気分が昂揚（こうよう）していたからじゃないですか？」

「自分の首を刺すんですよ。怖くないですか？」

「怖いです」

「何の迷いもなく自分の首を刺して死ぬなんて、ぼくには想像できないんですよ」

「わたしだって嫌です。絶対に無理です」

　寅三が首を振る。

「それだけじゃありません。現場でも言いましたが、これが一種の心中だとするなら、西園寺が白鳥さんと同じ場所で死ななかったことがどうしても気になるんです」

「さっき警部殿が言ったように、誰かが通りかかったので慌てて死体を土手の下に隠して逃げたとは考えられませんか？」

「あ、やっぱりだ」

「どうしたんですか？」

「これは白鳥さんが殺害された現場検証の報告書なんですが、白鳥さんの遺体からも、その周辺からも、白鳥さん以外の血液は検出されていないようなのです」

「そんなの当たり前……。あ、そうか。その場で西園寺が心中しようとしたのなら、西園寺の血液が検出されるはずですよね。もちろん、自分を刺す前に誰かがやって来たので、その場から離れたのかもしれませんが」

「違う推測もできますよ。つまり、彼には最初からそこで死ぬ気はなかった、という推測です」

「なぜですか？　それだと心中にならないじゃないですか」

「そうなんですよ。この事件を心中だと考えるという、その前提自体が、もしかすると間違っているのかもしれません」

「それは飛躍しすぎじゃありませんか？　当時の捜査方針を根本からひっくり返すことになりかねませんよ」

「西園寺を犯人だと断定してしまえば、白鳥さんを殺害した動機など、重要視されなかったのではないでしょうか。だから、動機に不自然さがあっても無視されてしまった」

「自殺した西園寺を発見し、そのそばで白鳥さんを殺害するのに使われた凶器が見付かれば、ある意味、そこで事件は解決したわけですからね。警察が犯行動機を熱心に調べるのは犯人を捕まえるためですから、犯人がわかっていて、しかも、その犯人が死亡していれば……」

「そこで幕引きです」

「なるほど」

ドアがノックされ、渡嘉敷と比嘉が応接室に入ってくる。

「よろしかったら、これをどうぞ。署長からの差し入れです」

渡嘉敷がコーヒーポットとマグカップ、比嘉が沖縄の揚げ菓子サーターアンダギーを盛った大皿を持っている。

「あら、すみません。気を遣(つか)わせてしまって」

寅三の目がキラキラと輝く。テーブルの上にある捜査資料を段ボール箱に戻し、コーヒーポットと大皿を置く場所を作る。渡嘉敷と比嘉がそこにコーヒーポットと大皿を置く。

「いかがですか、何か気になるような事実は見付かりましたか?」

渡嘉敷が訊く。

「いいえ、今のところは何も」

冬彦が肩をすくめる。

「そうですか。何かあれば電話して下さい」

「ありがとうございます」

渡嘉敷と比嘉が出て行くと、

「あ〜っ、何て気が利くのかしら。嬉しい」

寅三がマグカップにコーヒーを注ぎ、早速、サーターアンダギーを食べ始める。

「警部殿も休憩したらどうですか？」

「ぼくは、まったくお腹が空いていないのです。朝、空港のラウンジでも食べたし、飛行機でも食べましたからね。まだ胃もたれしている感じです」

「小食なんですねえ」

「署長さんからのせっかくの厚意ですから、寅三先輩がぼくの分まで食べて下さい」

「ええ、遠慮なく」

コーヒーとサーターアンダギーでお腹が膨れると、自分も何かしないと悪いと考えたのか、寅三も捜査報告書の読み込みを始める。

それから三時間、二人はほとんど会話を交わすこともなく、ひたすら報告書や写真に目を通す。

「もう駄目だ」

捜査報告書をテーブルに投げ出すと、寅三がソファにもたれて目を瞑る。疲れが顔に出ている。

「そろそろ限界のようですね」

「手抜きはしてませんよ。だけど、これといって引っかかりを覚えるようなものは何もありません。警部殿の方は、どうですか？」

「ぼくも空振りです。すでに知っていることを肉付けする情報はたくさんありますが、新たな手がかりのようなものは何も見付かりません」

「まだ続けますか？」

寅三が上目遣いに冬彦を見遣る。

「いいえ、ここまでにしましょう」

冬彦も捜査資料を閉じる。

「マジですか？」

「あ……寅三先輩がもっと続けたいというのであれば、もちろん……」

「誰もそんなことは言ってません。終わりにしましょう」

「では、渡嘉敷さんに連絡します」

冬彦が携帯を取り出し、渡嘉敷に電話をかける。

八

「ここでよろしいのですか？　ホテルの前まで行きますが」

渡嘉敷が訊く。

「大丈夫です。この近くですし、歩いた方が早そうですから。わざわざ送って下さって、ありがとうございます」

礼を言いながら、冬彦が車から降りる。牧志(まきし)駅のすぐ近くである。那覇の中心部だ。

「お手数をおかけしました」

寅三も礼を言う。

「明日は何時にしますか？　ここに迎えに来ます」

「八時でお願いできますか？」

「了解しました。今日は、お疲れさまでした」

「お疲れさまでした」

渡嘉敷と比嘉が車の中から挨拶する。

その車が走り去るのを見送ると、

「さあ、行きましょうか」

冬彦が歩き出し、すぐに狭い道に入っていく。

「そう言えば、まだ宿について何も聞いてませんね」

「期待しないで下さい」

「あら、そうなんですか？」

「奈良に行ったときは、被害者と同じ宿に泊まるのがいいかと思ったので、結果的にいい宿に泊まることになりましたが、この事件では、白鳥さんも西園寺も沖縄では宿泊してませんからね。敢えて、いいホテルに泊まる必要もないと考えたわけです」

「なるほど」

「あ、そこです」

冬彦が指差したのは、日本全国どこに行ってもありそうな、平凡なビジネスホテルだ。

「少なくとも、ここなら宿泊費が自腹ということはなさそうですね」

寅三がホッとした顔になるが、反面、どこか淋しげでもある。地方に出張したからには、いい宿に泊まって、その地方の名物料理に舌鼓（したつづみ）を打つことを心のどこかで期待していたのであろう。それを察したかのように、

「ホテルの夕食は断っておきました。メニューを確認したら、ファミレスにあるような決まり切った定食しかなかったんです。せっかく沖縄に来たからには、沖縄でしか食べられ

ないものを食べたいですよね。違いますか?」

「おっしゃる通りです」

「実は、もう店を予約してあるんです。午後七時の予約ですから、シャワーを浴びて、部屋で一息つくくらいの余裕はありますよ」

「こんなときには警部殿の手回しのよさに感謝したくなります」

「個室がいいと思ったので、ホテルの近くで店を探して予約しました。個室でないと事件の話もできませんからね」

九

「うわあ、さすがに賑やかですねえ」

寅三が声を上げる。

国際通りに出た途端、一気に人の流れが増える。カラフルな服装をした観光客で溢れている。日本人だけでなく、外国人の姿も目につく。

「お店は、どのあたりですか?」

「この通りを県庁の方に歩いて行って、一度右に曲がればいいだけです」

「ふうん……」

通り沿いに並ぶ店を眺めながら、寅三がうなずく。おいしそうな食べ物を売っている店があると、自然と引き寄せられてしまう。

「あ、すごい。マンゴーが山盛りのソフトクリームがある。紅イモのかき氷もある。超おいしそう。我慢できない」

「これから晩ごはんじゃないですか」

「デザートは別腹だから心配ありません」

寅三が紅イモのかき氷を買う。

「マンゴーのソフトクリームはホテルに帰るときに買います。歩きながら食べても構いませんよね？　みんな、やってるし」

ああ、おいしい、すごくおいしい……うっとりした表情で食べ始める。

寅三がかき氷を食べ終わったとき、目的の店に着いた。こぢんまりとした沖縄料理の店である。

個室に案内され、おしぼりを渡されながら、お飲み物はどうなさいますか、と女性店員に訊かれる。

「料理はコースで頼んでしまったので、飲み物は好きなものにして下さい」

「う〜ん、迷うなあ、やっぱり、最初はビールかなあ。それから泡盛だな。警部殿は？」

「ビールでお願いします」

「じゃあ、生をふたつ」

すぐにジョッキが運ばれてくる。それと一緒に、みそピーとカラスドウフが出てくる。みそピーは、揚げたピーナッツに奄美の味噌をからめたもの、カラスドウフは、島豆腐の上に塩漬けの小魚をのせたものである。

「むむむ、何て、ビールに合うのかしら。おいしい……他に言葉が出てこない」

たちまち寅三のジョッキは空になり、このつまみはビールにすごく合うからと言って、もう一杯、生ビールのお代わりを頼む。

二杯目のジョッキを空けたとき、みそピーとカラスドウフを食べ終わったが、うまい具合に、そこから続々と新たな料理が運ばれてくる。

寅三はビールから泡盛に切り替える。冬彦のビールはまだ半分も減っていない。

「いろいろ考えてみたのですが……」

寅三が酔っ払わないうちに、事件の話をしておこうと冬彦が口を開く。

しかし、寅三は冬彦の言葉など耳に入らないらしく、

「あ、やばい。これも、すごくおいしい。これ、何ですか？」

泡盛のお代わりを運んできた店員に料理について質問する。

「まんじゅまい炒めです」

「まんじゅう？」

「パパイヤのことを、まんじゅまいと言います。その細長く切ってあるのは、島かまぼこです」

「パパイヤかあ。なるほどね、この甘みがいいアクセントだわ」

パクパクと口に運んでいく。食べながら、店員に質問するので、冬彦は口を挟む暇がない。塩なんこつのソーキ、パイン豚のラフテーの炙り、やんばるハーブ若鶏の串焼き、本場のゴーヤチャンプルー……。テーブルの上に並べられたたくさんの料理も、寅三が泡盛をお代わりするたびに減っていく。

冬彦はまだ最初の生ビールをちびちび飲んでおり、料理にも大して箸をつけていない。

「明日なのですが……」

「は？」

寅三が機嫌よさそうな顔で冬彦を見る。顔が赤くなり、目がとろんとしている。すっかりできあがってしまったようだ。

「実際に現場を歩いて、この事件に関する疑問が増えました」

「はあ」

串焼きを頰張りながら、寅三がうなずく。

「これは、かなり計画的な犯行だと思います。決して衝動的な犯行ではありません」

「ストーカー男が時間をかけてじっくり練り上げたんでしょうから、そりゃあ、計画的な犯行に決まってるじゃないですか」

「西園寺が犯人だとしたらそうなりますが、他に犯人がいるのだとしたら、白鳥さんと何らかの接点のある人間ではないかと思うんです。少なくとも通り魔的な人間の犯行ではありません」

「で?」

泡盛を飲み干し、またお代わりを頼む。

「予定では明日も沖縄で調査を続け、夕方、東京に帰ることになっていますが、その予定を変更して鹿児島に行ってはどうかと思いつきました」

「鹿児島? 白鳥さんの実家ですか」

「そうです」

「わたしは構いませんけど……、また係長の頭痛の種が増えそうですね」

「大丈夫です。ぼくが連絡します。さてと……」

冬彦がメモ帳を取り出し、ぶつぶつ言いながら、思いついたことをメモしていく。急な予定変更なのでやらなければならないことが多いのだ。

そんな冬彦を横目に、寅三は泡盛を飲み、料理を胃に収めていく。


二時間後……。

テーブルの上に所狭しと並べられていた料理は、きれいになくなっている。八割、いや、九割は寅三が食べてしまった。

店員が持ってきた会計伝票を見て、冬彦が目を丸くして仰け反る。コースで頼んだから、料理の値段は事前にわかっていたが、それに上乗せされた酒の代金がすごいのだ。

「ごちそうさまでした」

にこっと笑うと、寅三が席を立つ。すでに足許が覚束ない様子だ。そのまま、ふらふらと店から出て行く。急いで会計を済ませて、冬彦が後を追う。

寅三が千鳥足で歩いている。

「待って下さい。一人で歩くのは危ないですよ」

「何で？」

「だって……」

「わたしが酔っ払ってると思ってるんですか？　酔っ払い扱いするわけですか」

「え、いや……」

「どうなんですか？　はっきり言って下さいよ。わたし、酔っ払ってますかね」

寅三の目が据わっている。

「酔っているというか、いい気持ちになっているというか……」

「そうなんですよ。わたし、すごくいい気持ちなんですよ。別に酔っ払ってるわけじゃないんです。だから、余計なお節介はやめて下さい」

また寅三が歩き出す。やはり、ふらふらしている。

「しっかりして下さい」

冬彦が寅三を支えようとする。

「触るな、無礼者」

寅三が手を振り回す。それが運悪く冬彦の鼻に当たる。あっ、と冬彦が仰け反る。鼻血が出ている。

「そうだ。帰りにマンゴーのソフトクリームを買うんだった」

ふらふらしているので、周りの人にぶつかりながら、寅三が先を急ごうとする。

「あ、すみません、すみません」

寅三に代わって、冬彦が謝りながら後を追う。歩きながら鼻の穴にティッシュを詰める。閉店間際の店で、何とか、マンゴーのソフトクリームを買うことができて、寅三はご満悦である。それを食べながら、ホテルに帰る。また殴られたりしないように用心しつつ、冬彦は寅三と距離を取りながら、後ろからついていく。

一〇

「ああ、やっぱり出ない……」

冬彦が携帯を切る。何度電話しても、寅三が応答しない。熟睡しているに違いない。

ゆうべ、それぞれの部屋に入るとき、

「六時出発ですからね。ぼくも電話しますが、寅三先輩も自分で目覚ましをセットして下さい。必ずですよ、お願いしますね」

と、しつこく念押ししたのだが、その甲斐はなかったらしい。

（何とか起こさなければ）

那覇から鹿児島への直行便は多くない。朝の便を逃すと、次は午後の遅い時間になってしまう。それでは、今日一日が無駄になる。

身支度（みじたく）をして、冬彦は寅三の部屋の前に立つ。ゆうべのうちにチェックアウトの手続きを済ませてあるから、寅三さえ部屋から引っ張り出せば、すぐに出発することができる。

「寅三先輩！」

冬彦はドアを叩きながら、寅三を呼ぶ。

執拗（しつよう）にドアを叩き続けると、ついにドアが細めに開けられて、不機嫌そうな寅三が顔を出す。

「何ですか、こんな朝早くから」

「もう出発ですよ。六時に出発できるようにしておいて下さいと頼んだじゃないですか」

「そうでしたっけ。何も覚えてない」

「ちゃんと言いましたよ。とにかく、急いで下さい」

「はいはい」

「ロビーにいます。忘れ物をしないように。また寝ないで下さいよ」

「寝ませんよ」

冬彦の鼻先でドアが閉められる。

不安を感じつつ、冬彦がロビーに下りる。

遅いなあ、と冬彦が焦り始めたとき、ようやく寅三が下りてきた。まだ寝ぼけ顔だ。

「こんな早い時間から捜査ですか」

「鹿児島に行くんですよ」

「ああ、鹿児島ね。そう言えば、そうだった……」

「行きましょう」

ホテルを出て、牧志駅の方に歩いて行く。空港までモノレールで行くつもりだったが、予定より遅れているので駅でタクシーに乗ろうと冬彦は考える。

「小早川警部殿」

声をかけられて振り返ると、渡嘉敷である。

「あれ、どうなさったんですか?」

朝の便で鹿児島に向かうことは、ゆうべのうちに渡嘉敷に伝えてある。昨日の捜査協力についてもお礼を言った。

「お見送りさせていただこうと思いまして」

渡嘉敷が頭を下げる。運転席から比嘉も出てきて、おはようございます、と挨拶する。

「空港までお送りします」

渡嘉敷が後部ドアを開けてくれる。

「では、お言葉に甘えて。さあ、寅三先輩」

「ありがとうございます」

冬彦と寅三が乗り込む。渡嘉敷が顔を顰(しか)めたのは、寅三が酒臭かったからであろう。比嘉も嗅(か)ぎ取ったらしく、さりげなくウインドーを下げる。車が走り出して、しばらくすると、寅三が寝息を立て始める。他の三人は、敢えてそれには触れようとしない。

空港までの道々、冬彦は事件について話し続けたが、渡嘉敷や比嘉に話しているというより、頭の中を整理するために口に出しているという感じだった。

道路が空いていたこともあり、スムーズに空港に到着する。車を駐車場に入れて見送りたいと渡嘉敷は申し出るが、

「それには及びません。もう十分です。本当にありがとうございました」

と、冬彦は断る。

寅三を起こして、車から降ろすと、

「また来るかもしれませんが、そのときは、よろしくお願いします」

と挨拶して、冬彦は車が走り去るのを見送る。

「寅三先輩、行きますよ」

「朝ごはんですか？」

「三浦主任にお土産を買うのです。買い忘れたら叱られますからね」

「そういうところは妙に律儀ですよねえ」

冬彦がお土産を買っている間に、寅三はカフェでコーヒーを飲み、サンドイッチを食べる。羽田から那覇に来たときは機内で朝食が出たが、鹿児島行きの便で食事は出ないと冬彦から聞かされていたからだ。

二人は無事に午前八時過ぎの便に乗り込んだ。鹿児島までは一時間二〇分のフライトである。飛行機が離陸し、シートベルト着用サインが消える頃には、すでに寅三は眠り込んでいる。その横で、冬彦は雲海を眺めながら、事件について思いを巡らせる。

一一

鹿児島空港の到着ゲートを出ると、

「まだ一〇時にもなってませんけど、このまま白鳥さんの実家に行くんですか？　白鳥玲佳さんのお父さまが一人暮らしをなさってるんですよね？」

「そうです」

「アポは何時に取ってあるんですか？」

寅三が訊く。

「実家は鹿児島市内なので、ここからだと、あと一時間はかかりますね。それでも、お昼前だから、訪ねても失礼ではないと思いますが、アポを取っていないので、ご在宅かどうかわかりません」

「え」

寅三が驚く。

「アポなしですか？　何事にもそつのない警部殿にしては珍しいですね」

「もちろん、何度も電話しました。でも、出ないんです。留守電にもならないし」

冬彦が肩をすくめる。

「まずいじゃないですか。いなかったら、どうするんですか？　せっかく沖縄から飛んできたのに、まるっきり無駄足ですよ」

「当たって砕けろです。行くしかありません」

「うるさいくらいに緻密かと思えば、笊で水をすくうみたいに大雑把なところもあるんだよなあ。本当によくわからない人だ……」

「独り言にしては声が大きいですね」

「どうせ気にしないでしょう」

「全然気にしません。さあ、行きましょう」

「電車ですか？」

「いいえ、バスです。鉄道の駅は、ちょっと離れてますから。空港から鹿児島中央駅まで行くバスがあって、一時間に二、三本出てます」

「どれくらいかかるんですか？」

「四〇分くらいみたいです」

「何か買っていこうかしら」

「それは、やめた方がいいんじゃないですか？」

「なぜですか？」

「なぜなら、鹿児島にもおいしいものがたくさんあるからです。昼も夜もおいしいものが食べられるのに、おにぎりやサンドイッチでお腹を膨らませていいんですか？」

「あ、そうか……」

寅三がごくりと生唾を呑み込む。鹿児島名物の料理の数々が脳裏に浮かんだのだ。

「じゃあ、我慢します」

「それがいいですね」

コンビニで飲み物だけを買って、二人はバスに乗り込む。

冬彦は口を閉ざして物思いに耽る。事件のことを考えているのだ。

寅三は熱心に携帯をいじっている。鹿児島のグルメについて調べているらしい。

やがて、バスは鹿児島中央駅のバスターミナルに到着する。バスを降りると、

「ちょっと待って下さい。電話してみます」

冬彦が携帯を取り出す。

「いるといいなあ。ここまで来て無駄足は嫌だ」

寅三がつぶやく。

「あ……白鳥さんでしょうか？　わたくし、警視庁の小早川と申します」

電話が繋がったようだ。

冬彦の横で、寅三が小さくガッツポーズをする。

一二

「一時過ぎなら来てもいいそうです」

　冬彦が言う。

「あと二時間くらいありますね。ここから、どれくらいかかりますか？」

「三〇分くらいだと思います」

「お昼ごはんを食べていけば、ちょうどいいじゃないですか」

　寅三の声が弾む。

「待ってましたという感じですね。いいですよ。そうしましょう。バスの中で熱心に調べていたようですが、食べたいものは決まったんですか？」

「鹿児島なら、やっぱり、黒豚じゃないですか。黒豚しゃぶしゃぶに薩摩焼酎……。あ、想像するだけで生唾が出てくる」

「お昼ごはんには向かないようですが……」

「わかってますよ。だから、それは晩ごはんまで我慢します。お昼は鹿児島ラーメンにしましょう。もちろん、黒豚チャーシュー入りの豚骨ラーメン」

「お任せします」

「この近くに評判のお店があるらしいんですよ」

寅三に案内されて、駅の近くにあるラーメン店に行くと、すでに店の前には長蛇の列ができている。

「すごいなあ。混んでますね。他のお店にしますか？」

「いいえ、並びます」

「でも、時間が……」

「ラーメンを食べるのに、そんなに時間はかかりません」

寅三は澄ました顔で列に並ぶ。

一五分並んでカウンター席に案内され、二人は鹿児島ラーメンを注文する。

「大盛りじゃないなんて珍しいですね」

「替え玉をいただきますので」

冬彦が一杯食べる間に、寅三は替え玉をふたつ追加し、スープまで飲み干した。

「ああ、お腹いっぱいだわ。行きましょうか。ちょうどいい時間ですよね」

「まだ余裕があります。バスか市電で行くつもりでしたが、腹ごなしに歩いて行きましょうか」

「いいですねえ。遠くに桜島を眺めながら、歴史のある町を歩くなんて最高じゃないですか」

お腹が膨れたせいか、寅三は元気である。二日酔いからも回復したらしい。

市電に沿うように二人は歩いて行く。

一〇分ほど歩いて、

「まだ時間はありますか？」

「もうすぐ一時ですよ」

「一時ちょうどに来いと言われたわけじゃないんですよね？」

「まあ、そうですが……」

「それなら、あそこで記念撮影していきましょう」

寅三が足早に向かうのは西郷隆盛(さいごうたかもり)の銅像である。銅像の周りに何人もの観光客がいて、記念撮影する順番待ちをしている。そこに寅三も並ぶ。

「寅三先輩……」

さすがに冬彦が呆れ顔になる。

「いいじゃないですか。すぐに済みますよ」

「はあ……」

まず冬彦が寅三の写真を撮る。にっこり笑顔でピースサインをした写真だ。

「ぼくは結構です」

「遠慮しないで」

今度は寅三が冬彦の写真を撮る。直立不動の姿勢で笑顔もない。後ろに並んでいた若い女性ペアが気を利かせてくれて、二人一緒の写真も撮ってくれる。

「ほら、笑顔」

「笑えませんよ」

「アイス、ナイス、ティー。ティーで口角を上げるんですよ。はい、言って」

「アイス、ナイス……」

最後には二人揃って笑顔で写真に納まる。

そこから市役所の方にしばらく歩くと、白鳥正次郎が一人暮らしをしているアパートに到着する。二階建て八戸の、古ぼけた小さなアパートである。

「会社が倒産してから、ずっとここにいるんですよね？」

「奥さんと離婚した翌年に会社が倒産して、家を手放すことになり、三人で越してきたわけですから、かれこれ二〇年近くになるんじゃないでしょうか。玲佳さんが東京に出て、佳澄さんも結婚してしまったので、この一〇年くらいは一人暮らしなのでしょう」

「おいくつですか？」

「ええっと、六九歳のはずです」

「淋しいでしょうね」

「どうでしょう。部屋は二階です」

外付け階段を上がる。錆びついた階段が軋む。

部屋は一番奥である。チャイムを押すが、音の鳴る気配がない。壊れているのかな、と首を捻りながら、冬彦がドアをノックする。

「こんにちは。白鳥さん、いらっしゃいますか。電話した小早川です」

しつこくノックを続けると、今開けるよ、という声がして、ドアが開く。

「白鳥さんですか」

「あんたが東京の刑事さんかね?」

「警視庁捜査一課特命捜査対策室の小早川です」

警察手帳を提示しながら、冬彦が挨拶する。

「同じく、寺田です」

「遠くから、ご苦労なことだ」

まあ、入りなよ、と二人を招き入れる。

「お邪魔します」

靴脱ぎ場が狭いので、まず冬彦、次いで寅三が靴を脱いで上がる。二人が顔を顰めたのは、室内に饐えた臭いが籠もっていたからだ。汗や小便の臭いが澱んでいるという感じである。

靴脱ぎ場を上がると左側に狭い台所がある。右側にトイレと浴室があるようだ。正面が六畳の居間、その右奥が四畳半の寝室という間取りである。素早く室内を見回しながら、ここで三人暮らしだと、さぞ窮屈だったろうな、と冬彦は考える。

正次郎は下着姿である。ラクダ色の肌着に白いステテコという格好だ。自分の家にいるのだから、どんな格好をしようと本人の自由だが、事前にアポを取っているわけだし、来客があると承知しているわけだから、せめて、ズボンくらいははいてほしいものだ……寅三の渋い顔にはそんな気持ちが表れている。部屋の中もかなり散らかっている。あまり掃除をしないのか、かなり埃っぽい。

「そのあたりに坐って下さいよ」

テーブルのそばに坐ると、テレビを消し、正次郎は団扇を手に取って自分の顔を扇ぎ始める。

「血圧が高くてさ。体が火照って仕方ないんだ」

実際、酒を飲んで酔っているかのように正次郎の顔は真っ赤だ。

「失礼します」

新聞や雑誌、ビニールの買い物袋や衣類など、様々なものが乱雑に放り出されているので、坐る場所を見付けるのも大変だ。

「すまんが、冷蔵庫から缶コーヒーを三本出してくれんかな。お茶かコーヒーでも淹れたいけど、それも億劫だからね。きれいな茶碗もないし」

「いいえ、お構いなく」

「いいんだよ。わしも飲みたいんだからさ」

「じゃあ、わたしが」

寅三が台所の冷蔵庫を開ける。中には缶コーヒーや缶ビールの他には、食料品らしいものがあまりない。見切り品のシールが貼られた惣菜のパックがいくつかあるだけだ。冷蔵庫のドアを閉め、ふと、シンクを見ると、汚れた食器やカップ麺の容器が積み上げられている。居間に戻って、テーブルに缶コーヒーを三つ置く。

「あんたらも、どうぞ」

正次郎が缶コーヒーを取り、ごくごくと飲む。

冬彦と寅三は手に取ろうとしない。

元々、冬彦はコーヒーをほとんど飲まないし、寅三はあまりにも汚い台所と部屋を見てげんなりしているからだ。

「で、何？　玲佳のことを聞きたいんだって？　もう一〇年も昔の話だよ」

「わたしたちは古い事件を専門に扱っています。玲佳さんの事件に関して、いくつか疑問点が出てきたので調べ直しているのです」

冬彦が言う。

「警察もおかしなことをするねえ。だってさ、何を調べたところで玲佳はもう帰ってこないんだよ。殺されちまったんだから」

「お気持ちはわかります」

「何がわかるの？」

正次郎がじっと冬彦の目を見つめる。

一瞬、冬彦が言葉に詰まる。

「玲佳さんは東京の大学に進んで、東京で就職なさいましたけど、鹿児島にはよく帰郷なさっていたのですか？」

寅三が質問する。

「いや、全然」

正次郎が首を振る。

「佳澄がいる頃は、たまに帰ってきたよ。もっとも、ここに泊まったわけじゃない。ホテルに泊まって佳澄を呼び出してたな。佳澄が銀行に勤め出してからは全然会ってない。鹿児島には来てたのかもしれないけど、ここには来なかったな」

「失礼ですけど、玲佳さんと不仲だったのでしょうか？」

「仲が悪いって？　どうなんだろうね。玲佳が中学生くらいまでは、すごく懐いてましたよ。わしも羽振りがよくて、玲佳を甘やかしてたからさ。高校生になって、あまり口を利かなくなったけど、年頃の娘なんてそんなもんでしょう？　会社が潰れて貧乏になって、玲佳にも苦労させてしまってね。高校三年だったから受験勉強に専念したかっただろうけど、そんな余裕もなくて、バイトの掛け持ちなんかして、高校の学費とか全部自分で賄ってたし、佳澄に小遣いまであげてたしね。あの頃、わしは何をやってもうまくいかなくて本当に金がなかった。仕事もないし、借金は減らないしでね。今でも貧乏だけど、年寄りの一人暮らしだから、何とか食っていける。高校生と中学生の娘を抱えて、ろくな稼ぎもないとなると、そりゃあ、大変だよ。やっぱり、この世の中、何だかんだときれい事を言っても金が一番大事だね」

「玲佳さんが東京の大学に進むのは大変だったと思うのですが、そのお金はどうやって工面したのでしょうか？」

冬彦が訊く。

「わからないね。わしは何もしてない。したくてもできないさ。素寒貧だったんだから。玲佳には言えなかったけど、正直に言えば、大学なんかに行かないで地元で就職してほしかったね。こっちも助かるしさ。だけど、何もかも自分でやると言うから、わしも強くは言えなかった」

「お母さまが援助なさったということはありませんか？」

「は？　玲子が？」

正次郎が口許に笑みを浮かべる。

「それは、ないね。自分のためには平気で大金を使うけど、他人のためには一円も使いたくないという女なんだ。玲佳は他人じゃないけど、たとえ自分の娘に頼まれても金を出すとは思えないね。まあ、一〇万や二〇万くらいなら出したかもしれないけど、それじゃあ、東京の大学なんかに行けないだろう？」

「そうですね」

「あの女はね……」

正次郎が玲子について、ぽつりぽつりと語り出す。

玲子は正次郎より八歳年下で、博多のクラブでホステスをしていた。商用で博多に出かけた正次郎が取引先の社長にそのクラブに連れて行かれ、玲子に一目惚れしたのだという。それから週に一度は博多に通うようになり、熱心に玲子を口説いた。どんな贅沢でもさせる、お手伝いを雇うから家事はしなくていい、好きなことをして気楽に暮らせばいい、借金もきれいにしてやる……そう約束した。

出会ってから一年後、二人は結婚した。

鹿児島で暮らすようになった玲子は、家事をせず、派手で贅沢な生活を楽しんだ。

「わしも若かったというか、馬鹿だったというか、のぼせ上がって、玲子の言いなりになった。最初から最後まで金の繋がりだったから、会社の経営が苦しくなって、それまでのように贅沢ができなくなれば、向こうも頭にくるだろうし、不満だって持つでしょうよ。

あいつが四〇のとき、若い男と駆け落ちした。浮気するのは、それが初めてじゃなかった。見て見ぬ振りをしてたけどさ。元々、そういう尻軽な女だったし、そんな女に好き勝手なことをさせた自分も悪かったからな。駆け落ちするとき、預金口座を空にされたけど、別に腹も立たなかったね。持ち逃げされた金は、まあ、手切れ金というか、慰謝料というか、そう思って諦めた。それ以来、会ってないけど、博多でスナックを開いて、何とか続けているという話を聞いたことがある……」

正次郎は、そのスナックの名前を口にする。

「玲佳さんの葬儀にもいらっしゃらなかったんですよね？」

寅三が訊く。

「うん、来なかった。わしが死んでも少しも気にしないだろうし、わしの葬式なんかには絶対来ないとしても、さすがに娘の葬式くらいには顔を出すと思ってたんだけどね。あいつの知り合いだという男が代わりに香典を持ってきただけだった。体調が悪くて鹿児島まで来られないから、代わりに来ましたとか、そんなことを言ってた気がする」

「その方の名前を覚えてらっしゃいますか？」

「いや、覚えてないね」

「会葬者名簿はありませんか？」

「会葬者名簿……？」

正次郎が首を捻る。

「どうだろう、一〇年も前のことだしなあ」

「ありませんか？」

「あるのかないのか、わしにはわからない」

「川崎で佳澄さんからもお話を伺ったのですが、実家にあるのではないか、とおっしゃっていました」

「佳澄がそう言うのなら、あるのかもしれないな。あるとすれば、押し入れだ。奥の方に段ボール箱があるはずだが、そこに入ってるんじゃないかな。玲佳は大学に入るときに、佳澄は結婚するときに、ここから自分のものを持ち出したんだけど、どうでもいいようなものは置いていった。葬式の後、そういうものを選り分けて、いらないものは捨ててしまったし、捨てにくいものは段ボールに入れた。わしの好きなようにしていいと言われたけど、見ての通り、部屋の片付けもろくにできないのに、そんな古いものまで持ち出したくないから、ずっと押し入れに放り込んである。あんたたちが見たいと言うのなら、勝手に取り出してくれ。わしには無理だから」

「では、そうさせていただきます」

冬彦と寅三は四畳半の寝室に入る。居間と同じように寝室も散らかっている。窓際にベッドがあり、黄ばんだシーツや枕が目につく。洗濯などしないのであろう。

冬彦が押し入れを開ける。寝具や衣類がぎゅうぎゅうに押し込まれている。かなり黴臭いから、風通しもされていないのに違いない。

「やりますか」

「そうですね」

寅三が諦めたようにうなずく。

押し入れから何かを取り出すたびに埃が舞い、嫌な臭いが広がる。そんな状態で二〇分ほど悪戦苦闘し、ようやく奥の方から段ボール箱を引っ張り出す。

「段ボール箱の中身を確認しますから、悪いんですけど、出したものを押し入れに戻して下さい」

「そうするしかないですよね。二人しかいないんだから。出したものをしまわないと、段ボール箱の中身を出す場所がないし。ああ、樋村が懐かしい。一緒に連れてくればよかった……」

ぶつくさ言いながら、寅三が床に積み上げられた荷物を押し入れに戻し始める。

その間に、冬彦は段ボール箱を開けて、中身の確認をする。

「あ、これかな」

「ありましたか？」

「はい。写真を撮りましょう」

「わたしがやりますよ」

　あまりにも埃っぽいので咳き込みながら、寅三が携帯を取り出し、会葬者名簿を一ページずつ写真に撮る。それほど多くないから、すぐに終わる。その写真を冬彦の携帯にも転送する。

「これを見て下さい」

　段ボール箱から冬彦が写真を取り出して、寅三に見せる。

「何ですか？」

「たぶん、洞窟です……。裏に何か書いてあります。ふうん、高校生のときに溝ノ口洞穴に行ったみたいですね。そのときの記念写真です」

「沖縄では玉泉洞に行ってますよね。白鳥さん、洞窟が好きだったのかしら」

「そうかもしれません。世の中にはいろいろな人がいますから、洞窟好きな人がいても不思議はありませんね」

「わたしには、よくわかりませんね。確かに玉泉洞はきれいだったけど、そう何度も行きたいとは思いません。やっぱり太陽の下がいいですよ」

「人それぞれです。さて、会葬者について、お話を伺いましょうか」

「それは無理みたいですよ」

「え」

冬彦が肩越しに振り返る。

寅三と冬彦が寝室で作業している間に、正次郎は冷蔵庫からビールを出して飲んでいたらしい。テーブルの上に缶がいくつも転がっている。それで酔ったのか、床にひっくり返って眠りこけている。

「起こしますか」

正次郎の傍らにしゃがんで、寅三が呼びかける。

しかし、まったく反応しない。

「熟睡してますね。無理に起こしても、たぶん、頭が朦朧として何もわからないんじゃないですかね」

「さすが酔っ払いの生態には詳しいですね」

「どんなときでも嫌味を忘れませんね」

「目を覚ますのをここで待つのは時間の無駄です。メモを残して引き揚げましょうか」

「それでいいと思います」

よく寝ているようなので帰ります、また連絡させていただきます、ありがとうございました……そんな内容のメモを、冬彦はテーブルの上に残す。

一三

アパートを出ると、

「これから、どうしますか？　まだホテルに行くには早いですよね」

寅三が訊く。

「喫茶店に入りましょう」

「あら、警部殿にしては珍しいじゃないですか。休憩させてくれるんですか？」

「会葬者名簿をじっくり眺めたいのです」

「それだけですか？」

「それだけです」

「じゃあ、喫茶店じゃなくてもいいわけですよね？」

「まあ、そうですが……。どういうことですか？」

「わたし、城山（しろやま）展望台に行きたいんですよ。有名な観光スポットらしいので」

「それは……」

冬彦が顔を顰める。

「いいじゃないですか」

通りかかったタクシーを、寅三が手を上げて停める。タクシーに乗り込みながら、

「ほら、タクシーの中でだって会葬者名簿を眺めることはできるでしょう」

「まあ、確かに」

寅三先輩の理屈はどこかおかしいな、と首を捻りながら冬彦がタクシーに乗り込む。

道路が空いていたので、一〇分もかからずに城山展望台に到着する。

「うわ～っ、すご～い」

寅三が大きな声を上げる。天気がよいので、鹿児島の市街地と桜島を一望できる。雄大な景色だ。

冬彦は興味なさそうに、そそくさとベンチに腰掛けて会葬者名簿に目を凝らす。そんな冬彦を放置して、寅三は携帯で写真を撮りながら城山展望台を走り回る。

しばらくすると、冬彦がベンチから腰を上げ、寅三の方に歩いて行く。

「寅三先輩」

「終わりました？　記念写真でも撮りましょうか」

「鹿児島中央駅に行きましょう」

「今夜のホテルは駅の近くなんですか？」

「ホテルはキャンセルです」

「え？」

「福岡に行きます。玲佳さんのお母さまに会いに」

「これから行くんですか？」

「新幹線なら二時間もかかりませんよ。たぶん、一時間半前後のはずです」

「じゃあ、今夜は博多に泊まるんですか？　まさか最終便で東京に帰るとか言い出しませんよね？」

「それは何とも言えません」

さあ、行きましょう、と冬彦が歩き出す。

「……」

唖然とした顔で、寅三がついていく。

一四

鹿児島中央駅に着くと、冬彦は、みどりの窓口で新幹線のチケットを買い求める。

「三〇分後に出発です」

寅三にチケットを渡しながら、

「ホームで待ち合わせすることにしましょう」

「何をするんですか？」

「いろいろです。三浦主任にお土産も買わなければなりませんし」

「本当にそういうところは律儀ですねえ。すごく不思議」

「一緒に行動する方がいいですか？」

「遠慮します。わたしは駅弁でも選びます」

「まだ晩ごはんには早いと思いますが」

「楽しみにしていた黒豚しゃぶしゃぶが食べられないんですから、せめて、それっぽい駅弁を探しますよ。おやつです」

「では、後ほど」


三〇分後、二人は博多行きの新線線に乗っている。

新幹線が動き出すと、

「いいお土産はありましたか？」

寅三が訊く。

「薩摩芋のタルトとケーキを買いました」

「おいしそうじゃないですか」

「駅弁は、どうでしたか？」

「どれもこれもおいしそうで迷いました。ひとつに決められないから、鹿児島の名物がちよこちょこと入った幕の内弁当と黒豚トンカツ弁当を買いました」

「さすがですね。この時間に駅弁をふたつ食べれば、晩ごはんは軽くてよさそうですね。博多にもいろいろおいしいものがありそうですが」

「ドキッ」

　寅三がハッとする。

「そうだった。わたしとしたことが……。博多には博多の名物があるんだった。仕方ない。白米を残して、おかずだけ食べます。そうすれば、晩ごはんは普通に食べられますからね」

「なるほど、いい考えです。そうして下さい」

「警部殿も食べませんか？　分けますよ」

「ぼくは結構です」

「そうですか……」

　寅三が弁当を開いて食べ始める。

「係長には連絡したんですか？」

「はい」

「どうでした？」

「事情を説明したら、突然、黙り込んでしまって、何も聞こえなくなったんですよ。どうしたんだろうと思ったら、三浦主任が電話に出て、係長が気を失ったと言うんです。ふざけてますよね」

「そうは思えません。本当じゃないでしょうか」

「その上、いい加減にしろ、早く帰ってこい、と大きな声で喚くので電話を切りました。困った人です」

「どっちが困った人なんだか……」

寅三が溜息をつく。

「で、どうなんですか、昨日は犯行現場に立ち、今日は被害者の父親にも会いましたが、率直に言って、何か手応えを感じてますか」

「どういう意味ですか？」

「いくらか腑に落ちないというか、辻褄が合わない点があるにしろ、それは枝葉の問題で、事件の本質には影響しないと思うんですよ。当時の捜査陣の判断が間違っていたとは思えません」

「つまり、寅三先輩は、西園寺が犯人だと思うわけですか？」

「そう思います。警部殿は違うんですか？」

「違います。沖縄に行くまでは、寅三先輩の考えに近かったと思いますが、今では、西園寺公麻呂は犯人ではないと確信しています。彼が犯人だと示す証拠は、逆に、彼が無実であることを示している気がするんです」

「ストーカーだったんですよ」

「白鳥さんを傷つけるのではなく、白鳥さんを守ろうとしていたのかもしれません。ストーカー行為を擁護(ようご)するつもりはありませんが」

「白鳥さんは西園寺を気持ち悪がっていたと、妹さんも話していたじゃないですか」

「被害者の白鳥さんの見た目をどう思いますか？」

「すごい美人ですよね」

「では、西園寺は？」

「不細工です」

「そうなんですよ。樋村君とどっちが不細工か決めかねるくらいに不細工です。例えば、樋村君がすごい美人を守ろうとしてつきまとったら、どう思われるでしょうか？」

「気持ち悪いでしょうね。たとえ善意の行動だとしても」

「西園寺の行動は、それと同じかもしれません」

「かなり強引な理屈だと思いますけどね。まあ、西園寺にためらい傷がなかったとか、無理心中なのに同じ場所で死ななかったとか、説明できない点があるにしても、やはり、枝葉じゃないですか？」

「一番引っかかるのは、やはり、血文字です。被害者の血液をどうやって運んだのか、西園寺が犯人だとすると、それが納得できません。論理的に説明することが不可能です」

「小瓶に入れて運び、血文字を書いた後に小瓶を遠くに投げ捨てたのかもしれませんよ。それから自殺したのでは？」

「まさか、一〇〇メートル先までは投げられませんよね？　プロ野球選手ならわかりませんが、素人には五〇メートル投げるのだって難しいでしょう。せいぜい、二、三〇メートルというところじゃないですか。そのくらいの範囲であれば、当然、鑑識係が調べたはずです。しかし、血液を運ぶのに使った容器は見付かっていません。ぼくは日本の鑑識係の優秀さを信頼しているのです」

「鑑識係が見落としたのでないとすると……」

「真犯人が持ち去ったということになりますね」

冬彦がうなずく。

「ちょっと待って下さい。真犯人？　発想が飛躍しすぎでしょう」

「そうは思いません」

冬彦が首を振る。

「西園寺が無実だとすれば、他に犯人がいるはずですからね」

「西園寺以外の誰かが白鳥さんを殺したというんですか？」

「そうです。白鳥さんだけではありません。その誰かは西園寺も殺したのです」

「でも、西園寺は自殺では……」

「西園寺以外の誰かが白鳥さんを殺したのであれば、西園寺が自殺する理由はありません。無理心中という前提が崩れるわけですから」

「あ、そうか」

「その誰かは白鳥さんを殺害した罪を西園寺に負わせ、自殺に見せかけて西園寺も殺したのです」

「じゃあ、Rの血文字も……」

「その誰かが残したことになりますね」

「Rは白鳥玲佳さんのイニシャルなんですよね？」

「そうとは限りません。真犯人が別にいるなら、一種のマーキングである可能性がありますから」

「マーキング？」

「犬を散歩に連れ出すと、あちこちでおしっこをしますよね。自分がここに来たぞという印をつけるわけです。あれがマーキングです。科警研にいた頃、シリアルキラーと呼ばれる連続殺人犯について、かなり時間をかけて研究したことがありますが、シリアルキラーは、様々なやり方でマーキングすることを知りました。被害者の血で特殊なデザインを犯行現場に描き残すというのは割とありふれてるんですよ。被害者の額に鉤十字の傷痕を残すとか、被害者の胸にスマイルマークを描くとか……」

冬彦は、以前科警研の「犯罪行動科学部捜査支援研究室」で、心理学的な側面から犯罪学を研究していたことがある。

「ちょっと待って下さい。どうして連続殺人という話になるんですか？　他に真犯人がいるとしても、被害者は白鳥さんと西園寺の二人だけですよ」

「それは違いますね。真犯人が別にいるのなら、その真犯人は間違いなくシリアルキラーですよ」

「は？」

寅三がぽかんとする。

「連続殺人犯？　シリアルキラー？　ああ、頭が痛くなってきた。わけがわからない……」

何度か大きく深呼吸してから、

「失礼ですけど、映画やテレビの観(み)すぎではありませんか？　本当に飛躍しすぎですよ」

「そんなことはありません」

「なぜ、そんなことが言えるんですか？」

「だって、手際がよすぎるじゃないですか。白鳥さんを殺害し、それを西園寺がやったように見せかけて、最後には西園寺まで自殺のようにして殺す……当時の捜査陣が簡単に騙(だま)

されたくらいに手際がいい。目撃者もいないし、証拠も残していない。初めて人を殺す人間にはできませんよ。シリアルキラーというのは、最初の殺人のときが最も手際が悪く、いくつもの失敗をするものなんです。それで捕まれば、シリアルキラーにはなりませんが、幸運にも逮捕を免れて、二度、三度と罪を重ねるうちに、どんどん手際がよくなって、何の証拠も残さなくなってしまうんですよ。だから、多くの人間を殺したシリアルキラーほど警察には捕まりにくいのです」

「じゃあ、何のために、わざわざマーキングするんですか？　この件だって、Rの血文字がなければ、警部殿は他に犯人がいるなんて思わなかったわけですよね？」

「その通りです。しかし、真犯人はそうしないではいられなかったのです。シリアルキラーの習性ですからね。そのあたりのこと、いくらでも実例を挙げて説明できますが……」

「それは結構です」

寅三がぴしゃりと言う。

「仮に警部殿の推理が正しいとして。それなら、なぜ、鹿児島に来る必要があったんですか？　これから博多に行く理由もわかりません。むしろ、沖縄に残って、真犯人がいた痕跡を探すべきだったんじゃないでしょうか。一〇年も前のことだから、そう簡単ではないでしょうが」

「それも有力な捜査手法ですね」

冬彦がうなずく。

「実際、シリアルキラーは現場に戻ることが多いですから。放火犯も現場に戻って、自分が起こした火事を眺めるのを楽しむと言われるじゃないですか。それと同じです」

「それなら、尚のこと沖縄に……」

「事件の直後かどうかはわかりませんが、たぶん、真犯人は現場に戻ったはずです。ただ、この事件に関しては、現場に戻るより、真犯人にとって楽しいことがあったのではないか、と考えられます」

「白鳥さんのお葬式ですか？」

「放火犯が現場に戻るのは、火事を楽しむためです。この犯人にとっては、何が楽しいのか？　何もかも片付けられてしまった現場に戻るより、お葬式に出かけて、ご家族が悲しむ様子を眺める方が楽しいのではないでしょうか」

「アブノーマルですね」

「シリアルキラーが異常なのは当然です」

「葬儀に参列して、会葬者名簿に犯人が名前を書いていったとお考えなんですか？　まさか、そこまではしないでしょう」

「どうですかね。何とも言えません。シリアルキラーというのは、自信家が多いんです。平気な顔でお葬式にやって来るくらいなら、会葬者名簿に名前を書き残しても不思議はありません」

「会葬者名簿から何かわかったんですか？」

「わかりません。東京に戻ってから、じっくり調べるつもりです」

「では、何のために博多に行くんですか？　真犯人が別にいるのなら、白鳥さんのお母さまに会っても仕方ない気がするんですけど」

「白鳥さんは、たまたま通りすがりに殺されたわけではありません。計画的に殺されたのだと思います。そうだとすれば、真犯人は白鳥さんと親しい人間だった可能性がありま す。だから、白鳥さんの性格や生活などを知ることは、真犯人に繋がる手がかりになると思うんです」

「なるほど」

「空振りかもしれませんが」

冬彦が肩をすくめる。

「はあ……」

「あれ、どうしたんですか、食べないんですか？」

「何だか食欲がなくなりました」

お弁当に蓋（ふた）をして、寅三が溜息をつく。

一五

博多駅に着いて新幹線から降りると、

「アポは取れてるんですか？」

寅三が訊く。

「鹿児島中央駅から電話しました」

「じゃあ、これから自宅に……」

「いいえ、自宅ではなく、店に来てほしいそうです。今でも中洲でスナックを営んでいて、開店前に来てくれれば時間が取れるということでした。これから直に行っても構わないと思います」

「じゃあ、行きましょうか」

「何だか、テンションが低くないですか？　観光名所に行きたいとか、博多名物を食べたいとか言わないんですね」

「わかります？　食欲もないし、何だかどんよりした気分なんですよね」

「体調でも悪いんですか？」

「あんな話を聞かされたからですよ」

「よくわかりませんが」

「だって……」

　寅三が周囲を見回して声を潜める。

「警部殿の言うように、あれが連続殺人のひとつだとして、犯人がそれ以前にも罪を犯しているとすれば、もしかすると、今だって……」

「その可能性はありますね。一〇年前に二人を殺して、それで人殺しをやめるはずがありません」

「シリアルキラーの習性ですか？」

「そうです。シリアルキラーというのは殺人をやめることができないのです。逮捕されるか、病気や怪我で動けなくなるか、人を殺したくても殺すことができない事情が発生しない限り、いつまでも犯行を繰り返します」

「本気でそうお考えなら、この事件から手を引くべきじゃないでしょうか」

「なぜですか？」

「だって、特命捜査対策室は過去の未解決事件を洗い直すのが仕事なんですよ。しかも、それは第一係から第四係までの仕事で、わたしたち第五係は、そういう仕事をする他の係の補助をするのが仕事なわけですから、本来、こんな出張捜査なんかできる立場では
……」

「ほら、行きますよ。こんなところで立ち話をしていても仕方ないですからね」

冬彦が元気に歩き出す。

「人の話なんか何も聞いてない。結局、この人は自分のやりたいことを自分のやりたいように好き勝手にやるだけなのね。ああ、頭が痛い……」

寅三が首を振りながら、冬彦についていく。

二人は地下鉄空港線で博多駅から中洲川端駅に移動する。駅からすぐの、川端通り商店街に出る。観光客や地元の買い物客で賑わう博多の観光名所のひとつだ。この商店街を一〇〇メートルほど歩き、冷泉公園の方に左折すると、ほんの少し離れただけなのに急に人通りが少なくなる。

「確か、このあたりのはずなのですが……」

冬彦がビルを見上げながらつぶやく。

白鳥玲佳の母・上野原玲子の営む「コレット」というスナックは雑居ビルの四階に入居しているのだ。

「あれじゃないですか？」

寅三が指差す。

ビルの入口付近に立て看板が置いてあり、そこに「コレット」という店名も書いてある。その立て看板が汚れているので、注意して見ないと店名を読み取ることができない。

「ああ、そうですね。ここです」

「中洲だから場所は悪くないんでしょうけど、あまり人通りがありませんね。夜になると違うんでしょうか」

「営業しているのは一階の蕎麦屋さんだけで、二階から上の店は、まだ明かりもついてませんからね」

「お店にいらっしゃるんでしょうか？」

「とりあえず、行ってみましょう」

二人はエレベーターで四階に上がる。その階にはスナックや焼き鳥屋などが入っているが、スナックの電光看板は消えているし、焼き鳥屋も暖簾が出ていない。廊下の奥に「コレット」がある。

まったく人気がないし、しんとして静かなので、

「まだ来てないかもしれませんね」

と、冬彦も首を捻る。

ドアを押してみるが、やはり、鍵がかかっている。

「困りましたね。どこか喫茶店で時間を潰して、また来ることにしましょうか」

「もう一度電話してみます」

冬彦が携帯を取り出したとき、エレベーターから年配の女性が降りてくる。両手に買い物袋を提げて(さ)いる。

冬彦と目が合うと、

「もしかして、刑事さん？」

「はい。小早川です。上野原さんですね？」

「ごめんなさいね。お待たせしたかしら？」

「いいえ、今来たところです」

「それならいいんですけど」

玲子はバッグから鍵を取り出して、ドアを開ける。

「どうぞ」

「失礼します」

玲子が明かりをつける。カウンターだけの小さな店で、一〇人で満席になってしまうほどだ。スツールに坐ると、背後の壁にもたれられるほど狭い。

「適当に坐って下さい」

「はい」

「何か飲みますか？　お酒というわけにはいかないでしょうけどね」

「お気遣いなく」

「お茶くらい出しますよ。コーヒーの方がいいかしら？　インスタントですけど」

「じゃあ、お茶でお願いします」

冬彦が言うと、玲子がケトルでお湯を沸(わ)かし始める。

コートを脱いで、エプロン姿になると、

「仕込みをしながら話してもいいかしら？　そんなに大層なものを作るわけでもないんですけど、それなりに支度しておかないと」

「ええ、どうぞ」

「一人でやってるから手際よく済ませないと、あとから大変なんですよ」

買い物袋から取り出した食材を冷蔵庫にしまったり、カウンター内の台の上に並べたりしながら玲子が言う。

「……」

冬彦は、それとなく玲子を観察する。正次郎より八つ年下だから六一歳である。厚化粧なので素顔はわからないが、川崎で話を聞いた佳澄に目許が似ているような気がする。実際の年齢よりも若く見える。

お湯が沸いたので、玲子がお茶を淹れてくれる。

「どうぞ」

冬彦と寅三の前に湯飲みを置くと、包丁を手にして手際よく野菜を切り始める。

「で、何を聞きたいんですか？」

「玲佳さんと最後にお会いになったのは、いつですか？」

「最後に……」

玲子が手を止めて、小首を傾げる。

「いつだったかなあ。たぶん、まだ高校生の頃ね。大学に入る前だから、二〇年……いや、一八年くらい前になるのかしら」

「上野原さんが鹿児島から博多に戻ってから、一度しか会ってないということですか？」

寅三が訊く。

「ああ、そうね。そうなるわね」

玲子がうなずく。

「失礼ですが、会いたいとは思わなかったんですか？」

「あら、本当に失礼な質問ね」

「すみません」

「ふんっ、いいんですけどね。わたし、あの子たちから嫌われてたのよ。玲佳と佳澄に」

「正次郎さんと離婚したからですか？」

「いいえ、離婚する前から。自分で言うのも何だけど、わたしは家庭向きの人間じゃないのよね。子供も好きじゃないし。子育てって面倒だしね。あの子たちは父親に懐いてたわ。どうせ離婚した原因もご存じなんでしょうから、正直に言いますけど、若い男と駆け落ちしたのも、鹿児島での生活にうんざりしていたからなの。夫にも子供にもうんざりだったのよ。鹿児島から連れ出してくれるのなら相手は誰でもよかった。中身のない馬鹿な男だったから、こっちに来て一年も経たずに別れたわ」

「正次郎さんの会社の経営が傾いたことが駆け落ちの原因ですか？」

「うん、そうね。お金に苦労しないで自由気儘（きまま）に暮らすことができていたから、わたしも我慢したのよ。正次郎もつまらない男で、お金を稼ぐ以外に取り柄がなかったのに、それが駄目になったから、一緒にいる意味がなくなったの。こんなことを言うと、随分ひどい女だと思うでしょう？　その通りなの、妻失格、母親失格です。だけど、向こうは、それを承知で結婚してくれと頼んだわけですからね」

話に熱が入ってきたせいか、玲子は手を止めてタバコを吸い始める。

「玲佳さんと最後に会ったときのことですが、大学への進学について相談に来たのではありませんか？」

「ええ、そうですよ。東京の大学に行きたいから援助してくれないかと頼まれました」

「承知なさったんですか？」

「断りました」

「え、そうなんですか」

「まとまったお金が必要だったみたいだけど、こっちも余裕がなかったから」

玲子は狭い店内をぐるりと見回し、この店が儲かっているように見えるかしら、昔から大して変わってないのよ、と自嘲気味に笑う。

「東京の大学を受験するだけでも旅費がかかりますし、進学することになれば、学費だけでなく、部屋も借りなければならないわけですから」

「それが本人の第一希望だったみたいですけど、何が何でもというのではなく、大学に行けるのなら、地元の大学でも構わないと話してましたよ。それなら自宅から通えるし、東京の大学に行くよりはお金もかかりませんからね。だけど、それにしたって、入学金とか授業料とか、いろいろかかるわけじゃないですか。東京だろうが地元だろうが、援助はできないと言いました。かわいそうでしたけど、そういうことは、はっきり言わないとね。中途半端に当てにされても困るから」

「しかし、玲佳さんは東京の大学に進んだわけですよね？　その費用をどう工面したのでしょう」

冬彦が訊く。

「さあ、正次郎が何とかしたんじゃないですか」

「そうではないようです。それができず、お母さまにすがろうとしたようですから」

「わたしにもわかりませんね。そのときしか会ってないわけだし」

玲子がタバコをくわえ、再び包丁を忙しなく動かしながら言う。

「玲佳さんのお葬式ですけど……」

玲子の口が重くなってきたことを察して、寅三が話題を変える。

「お母さまは参列なさらなかったんですよね？」

「わたし？　ええ、行きませんでした。実の娘の葬式なんだから、もちろん、行ければ行くつもりでしたよ。でも、体調が悪いときで、仕事も休んでいるような状態だったから、行きたくても行けなかったんです」

「代わりに参列なさった方がいると聞きましたが」

「ああ、鶴ちゃんね。鶴崎健三郎さんといって、古くからの知り合いだったんです。何しろ、わたしが正次郎と結婚する前からの知り合いですからね。この店にも、開店したときから、ずっと通ってくれてました。お客さんでもあり、いいお友達でもあったから、わたしがお葬式に行けないことを知って、それなら、おれが代わりに告別式に行ってあげるよ、と言ってくれたんです。そう簡単に他人に頼めることではありませんが、わたしも鶴ちゃんだからお願いしたんです」

「なるほど、そういう事情だったのですか。鶴崎さんは今でも同じ住所に住んでおられますか？」

冬彦が訊く。会葬者名簿に鶴崎の名前と住所が記されていたことを思い出したのだ。

「二年前に亡くなったんですよ」

「え」

「まだ六三だったんですよ。今の時代、六〇過ぎで亡くなるなんて早すぎるでしょう？　胃癌だったんですよ。亡くなる一年くらい前から体調が悪いなあなんて言ってたから、病院に行ってちゃんと診てもらいなさいって勧めたんですけどね。仕事が趣味みたいな人で、若い頃から何度も胃潰瘍を患っていたから、どうせまたあれだよ、胃潰瘍さ、なんて笑ってましたけど、結果は胃癌ですからね。胃癌だとわかってから亡くなるまでは、あっという間でした。もう手遅れで治療のしようもなかったみたいです」

「そうでしたか」

更に三〇分ほど、冬彦と寅三は玲子から話を聞いたが、これといって役に立ちそうなことは何もなかった。

そもそも玲佳が高校生のときに会ったのが最後だというのだから、玲子が玲佳について話せることは、それほど多くないのであろう。

二人は礼を言って、席を立つ。

ビルの外に出ると、

「これから、どうしますか？　一応、鶴崎さんの自宅にも行ってみますか」

寅三が訊く。

「いや、その必要はないでしょう。ご本人が生きているのであれば、話を聞きたいところですが」

「そうですね。まさか亡くなっているなんて」

「東京に帰りましょう。福岡から羽田ならいくらでも便があるし、一時間半くらいで帰れますから、わざわざ福岡に泊まることもないでしょう。夕食に博多名物を食べられなくて残念かもしれませんが」

「わたしも帰りたいです。何だか、すごく疲れました。朝から、沖縄、鹿児島、福岡……窓際部署のはずなのに、なぜ、こんなに忙しく飛び回らなければならないんでしょうか」

「事件解決のためです」

「シリアルキラーがいるって言うんでしょう？　それも頭痛の原因のひとつですからね」

「空港で何かおいしいものを食べれば気分もよくなりますよ。ぼくは三浦主任にお土産を買わないと」

「マジで変なところだけが律儀だわあ」

　寅三が呆れる。

一六

六月一二日（土曜日）

冬彦は休日出勤した。いつもと同じ時間に起床し、いつもと同じ時間に家を出た。平日とは電車のダイヤにいくらか違いがあるので、警視庁に着いたのは、いつもよりちょっと遅めだった。

それでも午前八時前には自分の席に着いた。

ゆうべ、福岡から東京に戻り、一応、第五係に顔を出したものの、他のメンバーたちはすでに帰宅した後で誰もいなかった。

朝早くから活動し、沖縄、鹿児島、福岡、東京と移動した後だったので、寅三は疲労で顔色が悪くなっていたし、冬彦もさすがに疲れていた。お土産だけ置いて、二人はすぐに帰宅した。

だが、一晩眠って冬彦は元気を取り戻し、早速、誰に頼まれたわけでもないのに仕事に出てきた。

まず、出張中にメモしたことを、きちんと整理してパソコンに打ち込む。誰かに見せるためではなく、自分のための備忘録のようなものだ。メモの内容を入力しながら、時折、手を止めて考え込むので意外と時間がかかる。気が付くと二時間経っている。

それが終わると会葬者名簿の洗い出しを始める。携帯に寅三が転送してくれていた写真をプリントアウトしたものを手許に置く。

会葬者名簿には、七〇人くらいの名前が記載されている。東京での葬儀だったら、会社関係の人間がたくさん出席しただろうが、鹿児島での葬儀なので、数人が告別式に参列しただけである。名前の横に会社名が記されているのでわかるのだ。

名前と住所は誰もが書いているが、電話番号まで書いている人は多くない。玲佳が親しくしていたという加藤伊都子も電話番号は書いていない。

まずは名前と住所を頼りに、電話番号を調べなければならない。一〇年も経っていれば、転居している人もいるだろうし、鶴崎健三郎のように亡くなってしまった人もいるだろうが、そういうことも調べなければわからないから、とにかく作業を進めるしかない、と冬彦は考える。その土地の電話帳をパソコンで検索したり、電話会社に問い合わせたりして、少しずつ調べていく。

そういう作業に疲れると、電話番号が記載されている会葬者に電話をかけ、玲佳との関係を質問したりする。警視庁からの電話だと知ると最初は驚くが、事件の再捜査をしていることを伝えると、誰もが丁寧に応対してくれた。

地元の会葬者は、中学や高校での玲佳の同級生が多かった。高校三年のときの担任教師とも話をした。玲佳について、興味深い話を聞くことはできたものの、鹿児島時代の知り合いは、玲佳の東京での生活についてほとんど知らないから、事件の解決に役立ちそうな話を聞くことはできなかった。

「あら、警部殿、いらしてたんですか？」

寅三である。部屋に冬彦がいるのを見て、驚いた顔になる。

「寅三先輩こそ、どうしたんですか？　昨日は疲れ切っていたから、今日は爆睡していると思ってました」

「そのつもりでしたが、なぜか目が覚めてしまったんです。二度寝してもよかったんですが、事務処理が溜まっていることに気が付いて……。出張が多いと、そうなるんです」

寅三が冬彦を睨む。冬彦に付き合わされて、あちこち飛び回ってばかりいるせいだ、と言いたいらしい。

「普段、怠けているからですよ」

冬彦が笑う。寅三の皮肉など、冬彦には通じない。

部屋にあるコーヒーメーカーでコーヒーを淹れると、マグカップを手にして、寅三が自分の席に着く。

「何かわかりましたか？」

「葬儀に参列した方たちに連絡を取っていますが、捜査資料を読んだり、現場に出向くだけでは気付けなかったことがたくさんわかりました。もっとも、直接、事件に関係がありそうなことは、ほとんどないのですが……。白鳥さんを知れば知るほど、鹿児島で暮らしていた頃と、東京で生活するようになってからでは、まるで別人のような気がします」

「謎めいた人ですよね。派手な生活をしたり、整形手術をしたり、お金のかかりそうなことばかりしている。社会人になってからであれば、本業以外にお金を稼ぐ手段はいろいろありそうですが、やはり、一番の謎は、どうやって大学の進学費用を捻出したのか、ということじゃないでしょうか。お父さんもお母さんも援助してくれなかったのに、高校生がどうやってお金を用意したのか」

「そう思います」

「奨学金をもらったというわけでもなさそうですよね？」

「普通、奨学金は大学に入ってから支給されますからね。受験の費用や交通費、入学金などを賄うことは無理じゃないでしょうか。もちろん、新聞奨学生のように、入学してから、販売店に住み込みで新聞配達をするという前提で様々な費用を支給してもらえるという制度もあるようですが、どんな形にしろ、白鳥さんは奨学金を受給していなかったようです」

「なるほど」

寅三がコーヒーを飲む。それから、おもむろに、

「ただですね……」

「何でしょう？」

「白鳥さんの人生は複雑だし、謎が多いのは事実ですが、事件そのものとは関係ないんじゃないでしょうか？　つまり、そういうことを調べても仕方ないような気がするんです。真犯人が白鳥さんの身近にいた人間だとすれば、白鳥さん個人について詳しく調べたいという警部殿の考えはわからなくはないですが、一〇年も前の事件ですし、そういうやり方が通用するかどうか……」

「ぼくは、そうは思いません」

「なぜですか？」

「この事件には、ストーリーがあります」

「ストーリー？　物語ということですか」

「そうです。この物語の主人公は白鳥さんです。波瀾万丈（はらんばんじょう）の物語で、最後は白鳥さんの死で幕を閉じます。白鳥さんの人生を詳しく知り、その人生を辿るのは、物語を読み進めるのと同じことですから、物語の結末まで辿れば、きっと真犯人に行き着くと思うのです」

「ものすごく強引な理屈に思えますが……」

「ぼくは、西園寺が犯人ではないという前提で捜査をしてみようと思います。当時の捜査陣は、白鳥さんが殺害された現場と西園寺が死んだ現場を徹底的に調べたでしょうが、そこでは真犯人に繋がる証拠は見付かりませんでした。唯一の証拠は『R』という血文字ですが、あれは犯人が意図的に書き残したものです。ある意味、警察への挑戦状ですね」

「白鳥さんの血液を、西園寺が死んだ場所までどうやって運んだのかという疑問を深く追求すれば、また違う結果になっていたかもしれませんけど、当時は、さして重要視されなかったんですから。何しろ、西園寺のそばには白鳥さんの殺害に使われた刃物があったんですから。決定的な証拠ですよ。真犯人がいるとすれば、西園寺が白鳥さんを殺したと思わせるために、わざと現場に残したのでしょうけど」

「ぼくは、当時の捜査陣が力を入れなかったこと、すなわち、白鳥さんの交友関係の洗い出しや白鳥さん自身についての詳細を調べてみようと思います。事件から一〇年も経ってますから、簡単ではないでしょうが」

「事件発生直後であれば、そう難しくなかったでしょうね。彼女が使っていた携帯電話を調べれば、知り合いの住所や電話番号、メールアドレスが簡単にわかりますから。やりとりしていたメールや通話履歴も残っているはずでしょうし」

「そういうわかりやすい手がかりは、この一〇年で失われてしまいました」

「だから、葬儀の会葬者名簿に頼らざるを得ないわけですね」

「そうです」

「警部殿の推理が正しければ、白鳥さんはシリアルキラーと知り合いだったということになりますよね？　本気で信じてるんですか？」

「もちろんです」

冬彦は自信満々である。

「……」

寅三は言葉を失い、小さな溜息をつくと、事務処理を始める。

翌日の日曜日も冬彦は休日出勤した。

ちょうど沖縄から捜査資料が届いた。渡嘉敷が送ってくれたのだ。その捜査資料を精査することで、当時の捜査内容については、ほぼ冬彦の頭に入った。

一七

六月一四日（月曜日）

「いやあ、嬉しいわねえ。期待してたのよ～」

沖縄、鹿児島、福岡のお土産をどっさり渡されて、靖子は上機嫌である。冬彦と寅三の精算伝票を鼻歌交じりに受け取ったほどだ。普段は、提出が遅いとか、こんなものは認められないとか、何かしら嫌味のひとつやふたつを必ず口にするのである。

朝礼が終わると、出張でわかったことを、冬彦が樋村と理沙子に説明する。二人にも協力してもらうためだ。

「まず、何をすればいいんですか？」

理沙子が訊く。

「いくつか、わからないことがあるんです」

土日に休日出勤して事件を見直した結果、今現在、疑問に思っていることや、これから調べたいことを冬彦が話す。それを手伝ってほしいというのだ。

ひとつは、会葬者名簿に関することである。

土日の二日間で、ほとんどの会葬者の所在が判明し、電話でコンタクトを取ることができたが、何人か所在のわからない人間がいる。鶴崎健三郎のように、すでに亡くなっている人間も二人いた。所在不明者は二人いて、会葬者名簿に記された住所に該当者はおらず、転居先も不明、電話番号も調べようがなかった。生きているかどうかもわからない。

一人は、サンライズ不動産で玲佳と同僚だった加藤伊都子であり、もう一人は、佐鳥公夫という男で、所在不明というだけでなく、玲佳との関係もわからない。昨日、電話で玲佳の妹・玉井佳澄に冬彦が問い合わせたが、佐鳥公夫という名前には何も心当たりがないという返事だった。

もうひとつは、玲佳が住んでいたマンションの保証人に関することである。

「実は、すごい思い違いをしてたんですよ」

「どういうことですか？」

寅三が訊く。

「白鳥さんは東京でいいマンションに暮らし、贅沢な生活をしていたと妹さんから聞きましたよね？」

「はい」

「てっきり社会人になってから、つまり、大学を卒業して就職してから、そういう生活をするようになったと思い込んでました。就職先が不動産会社だから、会社がいい物件を紹介して家賃を補助していたのかなとか、よほど給料がいいのかな、とか」

「会社で部長さんに説明を聞いて、それは違うとわかりましたよね？」

「そう、違うんです。全然違うんです。白鳥さんが住んでいた部屋ですが、就職してから引っ越したわけではなく、学生時代からずっと同じマンションに住んでいたんですよ」

「え」

寅三が驚く。

「それって、おかしくないですか？　受験と進学のお金に苦労していた白鳥さんが、どうしてそんないいマンションに住むことができるんですか？　もしかして……」

「何ですか？」

「アルバイトでもしてたのかなと思って。普通のアルバイトではなく、若い子が手っ取り早く大金を手に入れられるようなアルバイトという意味ですが」

「風俗関係ということですか？」

「そう考えれば、美容整形を繰り返して、どんどん派手な暮らしをするようになったというのも納得できませんか？」

「可能性はあると思いますが、大学を受験する前から、そういうアルバイトをしていたとは考えられません。大学に入学して、生活が落ち着いてからであれば、あり得るかもしれませんが」

「あ、そうか。そもそも大学を受験して、入学するまでに、かなりまとまったお金が必要なわけか。その段階で、どうやって白鳥さんはお金を工面したのか……それが謎なわけですね？」

「そうです」

冬彦がうなずく。

「それでマンションの保証人を調べようと思いつきました。賃貸物件であれば、保証人が必要だったはずです」

「普通は親とか親戚ですよね。でも、あのご両親が保証人になってくれたんでしょうか？

当時もお金に困っていたみたいなのに……」

「最近は、連帯保証人になってくれる人を見つけるのが難しい場合など、家賃保証会社を利用するというやり方もありますが、保証料は安くないみたいです」

「そんな費用まで工面しなければならなかったとすれば、すごく大変ですね。何だか、白鳥さん、お金で苦労ばかりしていたみたいな気がします。で、わかったんですか、誰が保証人なのか？」

「電話で問い合わせても、保証人について教えてもらうことはできませんでした」

「警察だと名乗ってもですか？」

「電話では、向こうも本当に警察からの電話かどうか確かめようがありませんからね。白鳥さんが住んでいたマンションを管理している会社に直に出向いて交渉するしかないと思います」

「殺人事件の捜査に必要だと言えば、教えてもらえるんじゃないでしょうか」

「その会社が、個人情報の保護にどれほど真剣に取り組んでいるかによると思います」

「場合によっては、令状が必要になるかもしれないということですか」

「そうです」

「あの……」

樋村が口を開く。

「何かな？」

「今回の出張でいろいろ収穫があったのはわかりましたが、それほど熱心に調べるのは、なぜなのでしょうか？　犯人は、もうわかっているわけじゃないですか」

「それが違うのよ」

　寅三が首を振る。

「違う？」

「警部殿は、西園寺を犯人だとは思ってないのよ。他に真犯人がいて、そいつが西園寺に殺人の濡れ衣を着せたというのが警部殿の推理なの。それどころか……」

　寅三が樋村と理沙子の顔を順繰りに見遣り、

「聞いて驚かないでよ。真犯人は、シリアルキラーだって言うのよ」

「シリアルキラー？　どこかで聞いたことがあるような……」

　樋村が首を捻る。

「連続殺人犯ということよ。しかも、そのシリアルキラーは、白鳥さんと西園寺を殺しただけではない。それ以前もそれ以後も殺人を繰り返している。今でもやっているかもしれないって言うのよ」

「へえ」

　樋村と理沙子が目を丸くする。

ガタッ、と音がする。

皆が振り返ると、亀山係長が椅子(いす)から滑(すべ)り落ちている。顔色も悪い。

「どうかしたんですか、係長?」

寅三が声をかける。

「あんたたちが……というか、ドラえもん君が変なことを言うから、びっくりしたのよ。気の小さい人なんだからさ」

靖子が責めるように言う。

そのとき電話が鳴った。内線だ。溜息をつきながら、靖子が受話器を取り上げる。

「はい、少々お待ち下さいませ」

保留ボタンを押し、

「係長、火野理事官からです」

「え」

床から立ち上がりながら、亀山係長が恐る恐る電話に出る。保留ボタンを解除し、

「亀山ですが……」

蚊(か)の鳴くような声である。しばらく相手の話に耳を傾け、

「了解しました」

と電話を切る。冬彦たちに顔を向け、

「小早川君、寺田さん、今日、これから何か予定があるかい？」

「西園寺さんのお宅に伺うつもりですが、なぜですか？」

冬彦が答える。

「出かける前に火野理事官に会ってもらわなければならない。寺田さんも一緒にね。わたしも同席するよ」

「理事官がぼくたちに何の用ですか？」

「わからない。何も言ってなかったから」

亀山係長が首を振る。

「何だか、すごく機嫌が悪かった。元々、あんな話し方をする人なのかもしれないけど……」

「これから、すぐですか？」

「うん、そうだよ。だけど、五分待ってくれ。ちょっとトイレ……」

お腹を押さえながら、亀山係長が部屋から出て行く。

「理事官から呼び出しだなんて、いったい、どういうことなんでしょうね？」

寅三が怪訝な顔になる。

「ふんっ、ドラえもん君が勝手なことばかりするからお説教されるんじゃないの？　火野理事官は特命捜査対策室の統括責任者だからね」

靖子がにやりと笑う。

「理事官に会うのは構わないけど、どれくらい時間がかかるかわからないから、西園寺さんのお宅に伺う時間を少し遅らせないといけないな。そうなると、不動産会社に行く時間がなくなってしまうかもしれない……」

冬彦がつぶやく。

「警部殿、よかったら、わたしたちが不動産会社に行ってきますよ」

理沙子が言う。

「え」

「白鳥さんがマンションを借りたときの保証人を調べればいいんですよね？」

「うん、そうだけど」

「何とか聞き出します。どうしても駄目なら、どういう手続きを踏めば教えてもらえるか確認してきます」

「そうしてもらえるとありがたいわね」

寅三が言う。

「所在のわからない二人についても、何か調べる手立てがないか考えてみます」

樋村が言う。

「安智さん、樋村君、どうもありがとう。よし、みんなで力を合わせて、がんばろう」

冬彦が晴れやかな表情で言う。

一八

竜崎誠一郎の独白

平成一二年（二〇〇〇）六月一六日（金曜日）

仕事を終えてから、わたしは羽田空港に向かい、夜の便で沖縄に飛んだ。

飛行機は空いていた。予約したプレミアム席は閑散としていたが、普通席にも空きが目立った。

人によっては、夜の便で観光地に向かうのは損だと思うかもしれない。目的地についても、その日は何もできず、ホテルで過ごすだけだからだ。翌朝の早い便で向かえば、ホテル代も節約できる。

しかし、わたしは、そうは思わない。

わたしにとっては、目的地に着いてから旅が始まるのではない。空港に向かうときから、わたしの旅は始まっているのだ。

静かな機内で、窓の向こうに広がる真っ暗な空を見つめていると、わたしの心は次第に日常生活から切り離されていく。瞬（まばた）きせずに、じっと見つめていると、様々な思い出が甦（よみがえ）る。過去に出会った人々の顔が思い浮かんでくる。

いつものことだが、最初に現れるのは母の顔である。元々は朗（ほが）らかな人だったのに、父の浮気や祖父母の財産を巡る肉親同士の醜（みにく）い争いに疲れ果て、心を病んでしまったかわいそうな人だ。自殺未遂を繰り返し、口癖（くちぐせ）のように、死にたい、死にたいと言っていた。そんな母の姿を目にするたびに、わたしは悲しくてたまらなかった。

だから、母が何度目かの自殺未遂を試みたとき、確実に成功するように手助けしてやった。睡眠薬を飲み、バスタブに浸かって手首を切った母を見付け、救急車を呼ぶ前に、母を湯船に沈めたのだ。思いがけず母は抵抗し、お湯の中からわたしを見上げた。母の目には、ようやく死ぬことができるという安堵や喜びではなく、死に対する恐怖の色がはっきりと滲（にじ）んでいた。

そのとき、わたしは悟った。

母は、本当は死にたいわけではなかったのだ、と。

自殺しようとすることで父を振り向かせ、かつての幸せな日々を取り戻したかっただけなのだ。あの刹那（せつな）、時間にすれば、ほんのわずかに過ぎなかっただろうが、わたしは実に多くのことを学んだ。人間心理の複雑さを知り、人の心の奥に広がる底知れぬ深淵（しんえん）を垣間（かいま）見たのだ。

たぶん、洞窟に心を惹（ひ）かれるのは同じ理由なのだろう。わたしにとっての洞窟は人間の心そのものなのである。洞窟は美しいが、得体の知れない謎に満ちている。あらかじめ用意されたルートを外れて道に迷ってしまえば、二度と抜け出すことができないという恐ろしさもある。

わたしは母を「解放」してやった。母の心に巣くって、母を苦しませていた様々な執着から解き放ち、苦痛に満ちた迷宮から助け出してやった。

わたしの助けで、人生という軛(くびき)から、ようやく母は逃れることができたのだ。

妻も苦しんでいた。三〇を過ぎたばかりで癌に冒(おか)され、多くの治療法を試したが、もはや助かる術(すべ)はなかった。癌そのものではなく、治療や薬の副作用で苦しんでいた。辛くてたまらない、早く楽になりたい、もう死んでしまいたい……わたしの顔を見るたびに、妻は泣いた。

わたしは妻を「解放」してやった。

薬で朦朧(もうろう)としている妻の鼻と口に濡れた半紙を載せ、両手を握ってやった。

妻は暴れたが、すぐに静かになった。

命が消える直前、妻と目が合った。死に対する恐怖と怯(おび)えが滲んでいた。

わたしは、また多くのことを学んだ。不治の病に冒されているにもかかわらず、妻は奇跡を望んでいたのであろう。快復を願っていたのだ。苦しい治療に耐えていたのは、そのせいだったのである。

病との戦いを諦め、死を受け入れる心構えができれば、すべての治療を停止し、時たま痛み止めを飲むだけで、穏やかに死の訪れを待つことができたであろう。そうしなかったのは、絶望の中でもがきながら、一縷の望みを持っていたからで、もう死んでしまいたいという言葉は、もっと生きたいという願いの裏返しだったのだ。

しかし、人生は残酷である。

人の望むようにはならない。

妻の快復は不可能だった。「解放」してやるのが夫としての最後の務めだった。

わたしは、そう信じているから、妻の死に手を貸したことをまったく後悔していない。

飛行機に乗って暗い夜空を眺めたり、ひんやりとした薄暗い洞窟の中に佇んでいると、母と妻を思い出す。それがきっかけとなって、次々に多くの顔がわたしの脳裏に甦ってくる。わたしが「解放」してやった者たちの顔である。

人の命を左右するというのは、考えてみれば、実に恐ろしいことだ。

神によって与えられた命を奪うことができるのは、神だけであろう。

にもかかわらず、人間であるわたしが人の命を奪うというのは、つまり、神の領域に足を踏み入れることになるわけだから、実に畏れ多いのである。

多くの者たちを「解放」することで、わたしはそれまで以上に敬虔になり、神の存在を身近に感じることができるようになった。

偉そうなことを言えば、人はなぜ生まれ、なぜ死んでいくのか、ということを知った。人生の意味を悟ったのである。

それ以来、わたしは謙虚になった。

少なくとも、謙虚であろうと努めた。人の命を左右する力を持ったからといって、決して傲慢になってはならないと自分を戒めるためである。自分が神と肩を並べたなどと錯覚し、神の如く振る舞おうとすれば、悟りを失い、天罰を受けることになるであろう。

わたしは、ただの解放者に過ぎない。神の僕として、神がこの世に送り出した命を、神の御許に送り返しているに過ぎない。わたしの役割は、それ以上でも、それ以下でもない。己の分際をわきまえなければならないと肝に銘じている。

言い訳するわけではないが、ただの殺人とは違う。

痴情のもつれや金銭を巡る争い、それ以外にも様々な理由で、毎日、この国のどこかで殺人事件が起こっている。

殺人とは、誰かが誰かの命を奪うことである。怒りに駆られて、あるいは、己の欲望を満たすために他人の命を奪う。

わたしは、そんな殺人者たちとは違う。わたしのしていることは「解放」である。ただの殺人などと一緒にされては不愉快である。

空港からタクシーでホテルに向かい、早めに眠った。疲れていたのか、朝まで目が覚めなかった。

朝七時から、ホテルのラウンジでゆっくり朝食を食べた。食事をしながら、一日の予定を考える。

白鳥玲佳の予定はわかっている。

朝六時過ぎに羽田を発つ便で新千歳に飛び、新千歳空港に到着してから一時間もしないうちに、今度は那覇に飛ぶ。那覇に着くのは昼過ぎになるだろう。そうすると、玉泉洞に来るのは、三時くらいになるだろうか。

わたしが沖縄にやって来た第一の理由は白鳥玲佳に会うためであり、第二の理由は玉泉洞を眺めるためである。そうなると、これから三時まで特にすることがない。もちろん、一人で玉泉洞を見学するのも悪くない。美しい洞窟は何度行っても飽きることがないからだ。まずは一人で眺め、白鳥玲佳がやって来たら、また二人で眺めてもいい。

彼女は、とても興味深い女性だ。

明るく溌剌とし、とても美しい。

しかし、それだけであれば、とうに、わたしは興味を失い、彼女に会うために、わざわざ沖縄に来るようなことはしなかったであろう。

彼女は心に底知れぬ闇を抱えている。輝くような笑顔の裏に、身悶えして苦悶する姿が垣間見える。

しかも、その笑顔が作り物なのである。

彼女の美しい顔は人工的に造形されたものなのである。つまり、嘘の顔なのだ。

だが、嘘の顔の裏には真実の苦しみがある。

その複雑さ、わかりにくさに、わたしの好奇心が刺激されるのだ。

彼女を「解放」してやるべきだろうか？

それとも、放っておけばいいのか？

どちらが彼女にとっての幸せなのだろう？

それを見極めるために、わたしは彼女と会う必要がある。


三時過ぎ、わたしは白鳥玲佳に会った。

彼女の嬉しそうな顔を見れば、わたしに会って喜んでいることがわかる。

自分で言うと嫌らしいが、わたしの見た目は、そう悪い方ではない。わたしの講義には女子学生が多いし、担当するゼミも七割は女子学生である。それなりに人気があるということであろう。

白鳥玲佳とわたしは親子ほどに年齢が離れているが、世の中には同世代の男性よりも、年上の男性が好きだという若い女性も珍しくはない。

それに、彼女と同世代の男性にはないものをわたしは持っている。贅沢な暮らしをするだけの財産があるし、人から尊敬されるような社会的な地位もある。独身でもある。

それ故、白鳥玲佳がわたしに特別な好意を抱いたとしても不思議はない。

わたしも彼女も東京で暮らしている。

その気になれば、東京で会うこともできる。

しかし、わたしは、そういう関係を望んでいない。

そんな当たり前の関係に何の刺激があるだろうか？

実に退屈だ。

いずれ白鳥玲佳を「解放」することになるかもしれないのに、自分の日常生活に立ち入らせるような危ない真似をする必要はないではないか。

彼女はいくらか不満そうだったが、今年一年は、ある目標を達成するために全国を飛び回らなければならないわけだし、その過程で、わたしと旅先での逢瀬を楽しむことにロマンチックな喜びも感じていたらしい。来年になれば、そんな必要もなくなるから、たぶん、白鳥玲佳は、わたしとの距離を詰めようとするであろう。東京で、普通のカップルのようにデートをしたいと言い出すかもしれない。

それは、わたしがまったく望んでいないことだから、彼女を「解放」するかどうかは、今年中に決めなければならない。

二人で肩を並べて玉泉洞に向かっていると、

「あ、嫌だ」

彼女が顔を顰めた。

「ん、どうかしたかな？」

彼女の視線の先には、小太りの冴えない男がいた。

「あの男なんですけど……」

「知り合い？」

「友達ではないです。顔見知り程度といった感じです。空港でよく会います。ラウンジとかで。同じ飛行機に乗り合わせることも多いし、一度、隣の席になったこともあります」

「ということは、君と同じ目標を持ってるということなのかな？」

「はっきりわからないんですけど、それとは違うみたいなんです。スカイフライヤーズを知らなかったくらいですから」

「じゃあ、どういう……？」

「思い過ごしかもしれませんが、わざと、わたしと同じように旅をしている気がするんです。わたしのホームページをチェックすれば、大体の行き先は予想できますから」

「君の跡をつけているということか。まるで、ストーカーじゃないか。嫌な思いをさせられたり、危ない目に遭ったりしたのかな」

「今のところ、そういうことはありませんし、これから先も何もないことを願っています。ただ気持ちが悪くて……。羽田から新千歳、新千歳から那覇というのは、わたしたちにとっては、ありふれたルートだから、今日だって、あの人だけでなく、他にも見知った顔は何人かいました。だから、それ自体はどうということはないんですけど、こんなところにもいるなんて信じられない」

「これまでも、こういうことはあったの？　つまり、空港以外の場所で彼を見かけるということが」

「何度かありました。本人は気付かれていないと思っていたようですけど、わたし、割とそういうのに敏感なんです」

「どうして、今まで相談してくれなかったの？」

「心配させたくなかったからです。それに空港以外の場所といっても、普段は空港からあまり離れていない観光名所に行くことが多いので、誰でも行くような場所で顔を合わせても、ただの偶然なのかなと思ってました。でも、ここは、ちょっと違いますよね」

「空港から近くもないし、もっと有名な観光名所は他にいくらでもあるから、ただの偶然だとは思えないね」

「嫌だなあ。妹に話したら、警察に相談することを勧められましたけど、それも大袈裟すぎる気がして。今のところ、気持ち悪くて不愉快だという以外に実害はありませんから」

「実害があってからでは遅いけどね」

「あと半年くらいの辛抱ですから。目標の半分くらいには到達したから、一二月には達成できるはずです。そうすれば、来年からは、こんな忙しい旅をすることもなくなります」

「そうか、半年か……」

それは白鳥玲佳を「解放」するかどうかを決める残り時間ということでもある。

第三部　スカイフライヤーズ

一

西園寺公麻呂の独白。

平成一二年（二〇〇〇）一〇月二二日（日曜日）

ぼくは変態だ。

気持ちの悪い男だ。

確かに、そうかもしれない。

月曜日に玲佳さんの妹・玉井佳澄さんという人が会社に来た。

以前、玲佳さんと飛行機の席が隣り合わせになったとき、名刺を渡したことがあるから、玉井さんが会社に訪ねてきたことは不思議ではない。玲佳さんに聞いたのだろう。

玉井さんとは会社の近くにある喫茶店で話した。

そのとき、玉井さんに言われたのだ。

あなたは変態ですか、姉が気持ち悪いと言ってます、つきまとうのはやめて下さい、非常に迷惑しているので、警察に相談することも考えています、と。

ものすごいショックだった。

玲佳さんに好意を持たれているとうぬぼれるほど図々しくはなかったが、嫌がられているわけでもないだろう、と安易に考えていた。空港で会えば、にっこり笑いかけて気持ちよく挨拶してくれるし、たまに会話に応じてくれることもある。大嫌いな相手にそんなことはしないだろうと甘く考えていた。

あなたのしていることはストーカー行為ですよ、とまで玉井さんから言われた。

変態で気持ちの悪いストーカー……それが西園寺公麻呂という男なのだ。

玉井さんの言葉に何ひとつ反論できなかった。

うなだれて、黙って、玉井さんの言葉を聞いた。

全身が麻痺してしまったかのように、指先すら動かすことができなかった。

誤解なんです、ぼくはストーカーなんかではありません、まるで違うんです、ぼくは玲佳さんを守りたいだけなんです……心の中にはたくさんの言葉が渦巻いていたが、そのひとつとして、口に出すことができなかった。

では、お願いします、二度と姉に近付かないで下さい、と言い残して玉井さんは席を立った。

決してストーカーなどではないつもりだし、玲佳さんに迷惑をかけたいわけでもなく、遠くから玲佳さんを見守り、玲佳さんが幸せになる姿を見たい……それが、ぼくの本心である。ぼく自身が玲佳さんを幸せにできればいいが、そんなことは無理に決まっているから、高望みをするつもりはない。

しかし、月に一度か二度くらい、空港で顔を合わせたり、同じ飛行機に乗って旅するだけでは、とても玲佳さんを見守ることなどできないし、玲佳さんが幸せに暮らしているかどうかを知ることもできない。もっと玲佳さんのことを知らなければならない。

玲佳さんに名刺を渡したのは、自分は怪しい者ではないから、どうか安心してほしい、だから玲佳さんも連絡先を教えてほしい、という期待があったからだ。

残念ながら、連絡先を教えてもらうことはできなかった。二月に空港でぶつかり、偶然拾った名刺から、白鳥玲佳という名前、勤務先は新宿にあるサンライズ不動産ということはわかった。

それだけでは玲佳さんを守ることなどできないから、ぼくは玲佳さんの個人情報を手に入れる努力を始めた。六月の下旬である。

最初は興信所に頼もうかと考えたが、調査費用が高額になりそうだとわかって断念した。そこで自分で調べることにした。

とは言え、素人（しろうと）だから何をどうすればいいのか、まったく見当がつかない。

勤務先がわかっているので、自宅を調べるのは、さして難しくなかった。退社する玲佳さんを待ち伏せして尾行したのである。そのために何日か有休を使うことになったが、それを惜しいとは思わなかった。たとえ素人でも、時間さえかければ、大抵のことは調べられるものである。

自宅がわかれば、例えば、旅行に行かない週末、早朝から玲佳さんのマンションの近くで見張れば、買い物や散歩に出かける玲佳さんに出会うこともある。それを尾行すれば、玲佳さんがどんな休日の過ごし方をしているのかを知ることもできる。

こんなことをしていいのかという後ろめたさをまったく感じなかったわけではないし、自分は異常なのではないかと悩んだこともある。

だから、玉井さんに、あなたのしていることはストーカー行為ですよ、と責められたとき、咄嗟に反論できなかったのだ。

それに玉井さんが口にしたのは、あくまでも旅をしているときの話である。空港やラウンジ、旅先の観光地などで、玲佳さんにつきまとうのはやめてくれ、ということだった。勤務先や自宅まで調べて、東京でも玲佳さんにつきまとっていることを知られているわけではなさそうだったから、余計なことを言わない方がいいと判断した。

ぼくにも言い分がある。

玲佳さんのそばに気になる男がいたのである。

その男を初めて見た日のことを、よく覚えている。

六月一七日の土曜日だ。

事前にホームページをチェックして、その日、玲佳さんが羽田から新千歳、新千歳から那覇に飛ぶことはわかっていた。その日のうちに那覇から東京に帰るのだろうと思った。かなりの強行軍だが、玲佳さんの旅は日帰りが多いのである。

ぼくは一泊し、日曜日に東京に帰るつもりだった。沖縄には美ら海水族館がある。せっかく沖縄まで行って、それを見逃すことなどできるものではない。玲佳さんが帰京するのを見届けたら、あとは一人でのんびり過ごす予定だった。

日帰りなら、あまり空港から遠くには行かないだろうから、国際通りで買い物でもするのかと思っていたら、玉泉洞王国村行きのバスに乗り込んだ。そんな遠くに行くのか、もしかして、今日は沖縄に泊まるつもりなのかと首を捻りつつ、ぼくも乗車券を買った。

玲佳さんは前の方の席に坐っており、ぼくは会釈して後ろの席に向かったが、玲佳さんは無反応だった。窓の外に顔を向けていたが、ぼくに気が付かなかったはずがない。無視したのだ。

そんなことは初めてだったので、ちょっと驚いた。本当に気が付かなかったのだろうか、玲佳さんがぼくを無視するはずがないのに……何となく嫌な気持ちで、一時間ほど、バスに乗った。

バスを降りてから、玲佳さんはちらちらと後ろを振り返りながら、玉泉洞王国村に向かった。

やはり、ぼくの存在には気が付いていたのだ。

気持ちが萎(な)えたが、ここまで来て引き返すのも馬鹿馬鹿しいと思い、できるだけ玲佳さんから離れて尾行した。

そこで、あの男を見たのである。

玲佳さんと待ち合わせをしていたようだった。

最初は玲佳さんの父親なのかと思った。

それくらい年齢が離れていたからだ。

だが、すぐにそうではないと確信した。父親に会って、あんなに嬉(うれ)しそうな顔をして、腕を絡(から)めたりするはずがないではないか。

まあ、世の中には、そういう親子がいても不思議ではないが、少なくとも、あの男が玲佳さんの父親であるはずはなかった。

理由は、あの男の顔である。似ているとか似ていないとかいう話ではない。ものすごく嫌な顔だったのだ。

初めてあの男の顔を見たとき、反射的にぼくは息を止めた。誰かに似ていたからだ。

誰かとは……。

昔、ぼくの名前や容姿を嘲(あざけ)り、笑いものにした意地悪ないじめっ子たちである。特定の誰かということではない。性格の歪（ゆが）んだ連中には、共通する嫌な雰囲気があり、その歪みが顔に表れるものである。

誰かが誰かをいじめるとき、その中心には、大抵、見かけがよく、成績もよく、先生からの受けもよく、周りからは優等生と思われている奴がいた。

玲佳さんと一緒にいる男は、そういう連中と同じ顔をしていたのである。

こいつはまったく信用ならない、玲佳さんのそばに近づけてはならない、と本能的に悟った。玲佳さんを幸せにするどころか、玲佳さんを不幸にし、災いをもたらす男だと見抜いたのだ。

その日、つかず離れず、二人を尾行した。玲佳さんに気付かれていることはわかっていたが、あんな男と二人きりにすることなどできないと思った。

暗くなる頃、玲佳さんは空港行きのバスに一人で乗り込んだ。やはり、日帰りするらしかった。

バス停が意外と混み合っていたので、思い切って二人に近付いた。

そのとき、玲佳さんが、

「嫌だ、もう、教授ったら」

と笑いながら言うのが聞こえた。

（教授？　プロフェッサー？　大学の教授ということか）

玲佳さんの乗ったバスが出ると、ぼくはその男を尾行し、那覇市に向かうバスに乗り込んだ。自分なりに注意はしたつもりだが、尾行を気付かれていたかどうか、よくわからない。別に知られたとしても構わなかったが。

しつこく尾行し、何とか泊まっているホテルを突き止めた。フロントで部屋の鍵を受け取り、エレベーターに乗り込むのを見届けて、ホテルを出た。近くにあるショッピングモールで、安いカードケースを買ってホテルに戻った。フロントにいた女性に、さっき隣の席で食事をしていた男性が忘れていったもののようだ、とカードケースを差し出し、このホテルに泊まっていると話していたので届けに来た、名前はわからないが、こんな格好をしている男性で……と特徴を説明した。

ああ、それなら、竜崎さまでございますね、少々、お待ち下さいませ、と受話器を取り上げた。じゃあ、渡しておいて下さい、とカードケースを置いて、ホテルを出た。それで竜崎という姓がわかった。

翌朝、ホテルに電話をかけた。そちらに竜崎という人が泊まっているはずなのですが、と問い合わせた。その途端、フロント係の声音が変わった。明らかにこちらを警戒している様子である。失礼ですが、そちらさまのお名前は……と訊かれたので、急いで電話を切った。

カードケースの件で竜崎が警戒し、安易に宿泊者情報を洩らすとは何事だ、とホテル側に抗議をしたのかもしれないと思った。

とすれば、もうホテルから情報を手に入れるのは無理だろう。

とりあえずわかったのは、あの男の姓が竜崎だということと、玲佳さんから「教授」と呼ばれていたことくらいだ。

ぼくの勘に間違いはない。

竜崎は玲佳さんを不幸にする男である。

そう確信し、それからの四ヶ月、時間も金も惜しみなく使って、竜崎について調べた。

調べるといっても、雲をつかむような話で、暗闇の中を右往左往するような感じだったが、それでも少しずつ情報は手に入った。調べれば調べるほど、確信は深まった。

何度か、玲佳さんに警告しようと思ったが、何の証拠もないのに、中途半端な言い方をすれば、ただ単に嫉妬して竜崎を悪く言うのだろうと誤解されかねない。慎重にやる必要がある。

今日は、その覚悟で空港にやって来た。

玲佳さんは、羽田から新千歳に飛び、すぐに新千歳から那覇、那覇から伊丹経由で高知に飛ぶ。きっとまた竜崎に会うに違いない。

できれば、その後に竜崎という男に警告するつもりだ。

二

六月一四日（月曜日）

応接室には五人いる。

冬彦、寅三、亀山係長、火野新之助理事官、村山正四郎管理官の五人である。

「おまえら、先週、沖縄に出張しただろう？」

火野理事官が訊く。

「はい」

冬彦がうなずく。

「いったい、誰の許可を得て、勝手な真似をした？」

「あ……一応、事前に書類を提出させていただきましたが」

亀山係長が蚊の鳴くような声で言う。

「おれにか？」

「そのはずです」

「ふうむ……」

覚えていないらしい。内容を確かめずに決裁してしまったのであろう。

「まあ、いい。とにかく、あの事件に関わるのはやめろ。もう手を出すな」

「なぜですか？」

冬彦が訊く。

「やめろと言ってる。それだけだ」

「理由を教えて下さい」

「うるせえ！　黙って指示に従えばいいんだよ。命令だ、命令」

火野理事官が怒鳴る。短気なのである。興奮すると口から白い泡を吹くので、大部屋の捜査員から「カニ」とあだ名されている。

「理事官、落ち着いて話しましょう」

村山管理官が宥める。いつも沈着冷静で、捜査手法の鋭さから「ウィルキンソン村正」というあだ名がある。

「大体、何だってあの事件の捜査資料が倉庫に放置されてたんだ？」

火野理事官の怒りの矛先は村山管理官にも向けられる。

「何かの手違いでしょう。それに捜査資料といっても、大した量ではなかったでしょうし、未解決事件としては分類されていなかったはずです」

村山管理官が落ち着いて答える。自分に落ち度はないと言いたげである。

「その通りです。あれは、ぼくが見付けたのです。今では、すべての捜査資料が手許にあります。もちろん、全部に目を通し、必要なことは、ぼくの頭の中に入っています」

　冬彦が自慢げに言う。

「失礼ですが、なぜ、あの事件にこだわるのでしょうか？　犯人は起訴されませんでしたが、それは被疑者死亡のせいで、実際には解決した事件なのではないのですか？」

　寅三が疑問を呈する。

「ノーコメントだ」

　火野理事官が素っ気なく首を振る。

「今回の出張捜査でわかった事実をもとに、警部殿は、被疑者の西園寺公麻呂は犯人ではない、真犯人は他にいると考えているようなのですが……」

「何だと？」

　火野理事官と村山管理官の顔色が変わり、二人が顔を見合わせる。

「あ〜っ」

　冬彦が嬉しそうに笑う。

「そうなんだ。図星なんですね？」

「……」

　火野理事官は渋い顔で黙り込んでいる。

　冬彦は二人の顔をじっと見つめながら、

「他にもあるんじゃないんですか?」

「何がだ?」

「白鳥玲佳さんと西園寺公麻呂の遺体発見現場には『R』の血文字が残されていました。あれは真犯人からの何らかのメッセージだと思うんです。同じような血文字が残された事件が他にもあるんじゃないですか?　しかも、現在進行形で」

「何か根拠があって言ってるのか?」

「いいえ、今のところ、ぼくの推理です」

「他には何を知ってる?」

「別に何も」

冬彦が首を振る。

「今後は何をするつもりだ?」

「白鳥玲佳さんと西園寺公麻呂を殺害した犯人を追うつもりです」

「それ以外のことには首を突っ込むなよ」

「え?」

「それ以外の事件には絶対に関わるな」

「はあ……」

「その日に調べたことは、必ず次の日には報告書にして提出しろ。重要なことがわかれば、即座に口頭で村山に報告しろ。わかったか？」

「しかし、なぜ、そんな……」

「わかったか、と訊いている」

「わかりました」

冬彦がうなずく。

三

冬彦、寅三、亀山係長の三人は応接室を出る。

亀山係長は顔色が悪く、今にも倒れそうな様子だ。

本庁に異動して早々、理事官に叱り飛ばされるような事態になるのは想定外だったのであろう。

「君たち、先に戻って」

かすれるような声で言うと、肩を落としてトイレの方に歩いて行く。また腹が痛んできたらしい。

第五係の部屋に向かいながら、

「理事官の言い草、おかしくないですか？　あんな不愉快な言い方をしなくてもいいのに」

　寅三が舌打ちする。頭ごなしに一方的に命令されるのが大嫌いなのだ。

「いいじゃないですか。捜査を続ける許可がもらえたわけですから、結果オーライです」

　冬彦は機嫌がいい。

「それもよくわからないんですよね。向こうが、ちゃんと説明してくれないから」

「簡単な話です。つまり、ぼくの推理が正しいということなのです。理事官が騒ぎ立てるのは、これが大事件だとわかっているからでしょう。そうでなければ一〇年も前の、すでに解決したと言われる事件のことで、ぼくたちを呼び出して、あれこれ指図しようとするはずがありませんからね」

「あまり訊きたいことではないんですけど、シリアルキラーがいて、今も活動しているという推理のことですか？」

「その通りです」

　冬彦がうなずく。

「恐らく、何らかの形で密かに捜査が進んでいて、このままだと、いずれぼくたちがその捜査に関わってきそうだと判断したから、この事件から手を引けと言い出したのでしょう」

「それなら、おとなしく手を引いた方がいいんじゃないんですかね。わたしたちは本来の業務に戻って……」

「駄目です」

冬彦がぴしゃりと言う。

「真犯人を見付ければ、西園寺の無実が証明されます。それが西園寺希久子さんのためでもあります。約束は果たさなければなりません」

四

冬彦と寅三が部屋に戻ると、

「ドラえもん君に電話があったよ。加藤さんという女性。折り返してほしいって。そこに電話番号をメモしておいたからね」

靖子が冬彦に言う。

「加藤さん？」

一瞬、首を傾げるが、すぐに、

「あ、きっと加藤伊都子さんだ」

「白鳥さんの同僚だった女性ですね？」

寅三が訊く。

「はい。鹿児島での白鳥さんの葬儀にも出席していました。連絡先がわからなかったので、ホームページの掲示板にメッセージを残していたんです。早速電話してみます」

席に着くと、冬彦が受話器に手を伸ばす。

すぐに相手が出て、しばらく冬彦と話す。

電話を切ると、

「寅三先輩、出かけましょう」

「加藤さんに会いに行くんですか?」

「今日なら時間が取れるそうです。明日からまた旅に出るそうなので」

「じゃあ、西園寺さんのお宅に伺うのは先延ばしですね」

「明日にしましょう。お詫びの連絡をしておきます」

五

加藤伊都子の自宅は世田谷区経堂にある。駅の近くの喫茶店で待ち合わせることにした。冬彦と寅三は霞ケ関から小田急線の経堂駅に向かう。千代田線で、向ケ丘遊園行きの準急に乗れば、乗り換えなしで行くことができる。二〇分少々しかかからない。

冬彦は、何やら独り言を言いながら、メモ帳を熱心に読み返している。改めて事件の流れを辿りながら、伊都子にどんな質問をするか考えているのだ。

その横で、寅三も物思いに耽っている。事件について考えているわけではない。

（わたし、いったい、何をしてるんだろう）

と戸惑っているのである。

前の職場では、何かとトラブルばかり起こすので上司に嫌われ、いつも評価は最低だった。本庁への異動となれば、普通は大変な出世で周囲から羨ましがられるものだが、実際には体のいい肩叩きで、異動先は、主要業務が捜査資料の管理保管という窓際部署だった。定年まで飼い殺しかと覚悟していたのに、冬彦とコンビを組んだ途端、全国を飛び回る羽目になり、信じられないことに、今では連続殺人犯を追っている。

書類仕事など大嫌いだし、捜査資料の管理保管も退屈この上ないから、やり甲斐を感じさせてくれる冬彦に感謝してもよさそうなものだが、寅三の気持ちは、それほど単純ではない。何より、冬彦のやり方に馴染むことができず、苛立ちを感じることが多い。何かの弾みで怒りが爆発し、冬彦を殴ってしまうかもしれない、という危惧もある。実際、間抜けな上司や同僚に暴力を振るい、危うく懲戒免職になりそうになったことがあるのだ。

（頭はいいし、仕事熱心だし、誰よりも長く働いているのは間違いない。キャリアの警部なのに、全然威張らないし。いいところがたくさんあるのに、どうして、こんなにムカついてばかりいるんだろう。わたしが悪いのかしら……）

寅三がちらりと横目で冬彦の顔を見る。

六

冬彦と寅三は、待ち合わせの喫茶店に、約束の時間より一五分早く着いた。すでに加藤伊都子が待っていた。

「お電話させていただいた小早川です」

「寺田です」

二人は挨拶し、警察手帳を提示する。

「加藤です」

茶色の丸眼鏡(めがね)をかけた、ショートカットの女性である。玲佳の同期だから、三六歳くらいのはずだが、もっと若く見える。

「ホームページのメッセージを読んで驚きました。最初は、悪質ないたずらかと疑ったほどです。だから、すぐに連絡しなかったんです」

申し訳ありません、と伊都子が頭を下げる。

「なぜ、いたずらだと思ったんですか?」

寅三が訊く。

「だって、昔のことですから。もう一〇年になるのかな……。それに犯人は捕まったんですよね？　いや、捕まらないうちに自殺したんだったかしら」

　伊都子が小首を傾げる。

「別に真犯人がいる可能性が出てきたので調べているのです」

「ああ、そういうことなら喜んで協力しますけど、わたしにできることがあるかどうか……」

「白鳥さんとは親しかったんですよね？」

　冬彦が訊く。

「他の人に比べれば親しかったかもしれませんけど、親友というほどではなかったですね」

「鹿児島での葬儀にも参列なさったと聞きましたが？」

「行きました。ただ、こんなことを言うと罰当たりかもしれないんですけど、それまで鹿児島には行ったことがなかったから、一度くらい行ってもいいかなと思ったんです。葬儀の後、鹿児島を観光してから帰京しました。不謹慎ですよね」

　寅三が訊く。

「お二人とも旅行が好きだったんですよね？　それで親しくなったのではないんですか」

「ええ、そう思います」

伊都子がうなずく。

「わたしが旅行好きで、自分のホームページを開いているのを知って、玲佳の方から声をかけてきたんです。あまりお金をかけずに、だけど、貧乏臭くならないように旅をするコツとか、ホームページの作成や運営のノウハウとか、いろいろ知りたいことがあったみたいです。こんな言い方をすると、何だか、わたしが玲佳に利用されてたみたいですけど、別にそんな嫌味なことでもありませんでした。普通に仲はよかったんです。ただ……何と言えばいいのか、玲佳には他人を寄せ付けないところがあったというか、心の壁みたいなものを作っていて、そこから先には他人を立ち入らせないというか……。よく一緒にごはんを食べに行きましたけど、仕事や趣味のことは楽しそうに話しても、恋愛の話はまったくしなかったし、ご家族の話を聞いた覚えもありません。そういう方向に話が進みそうになると、さりげなく話題を変えるんですよ」

「白鳥さんの自宅に行ったことはありますか？」

「ええ、一度か二度くらいですけど。いい部屋に住んでましたね。羨ましかったです」

「サンライズ不動産の給料では借りるのが難しいような部屋でしたか？　家賃の補助もあったと思いますが」

「家賃の補助は月に三万円くらいだったと思いますが、その程度の補助では、あの部屋を借りるのは無理ですね。たぶん、一〇万くらいは自腹になったでしょうから。いや、一〇万では済まないかな、もっとかも……。お給料が半分以上なくなりますよ。会社勤めしている頃、わたしは実家から通ってましたが、それでも生活に余裕はなかったです。二〇代の女子ですから、やりたいことがたくさんあって、趣味にもお洒落にもお金を使いたいから、いくらお金があっても足りませんからね。家賃にお金を使う余裕なんかありませんでした。経堂で部屋を借りて一人暮らしを始めたのは、会社を辞めてからなんです。玲佳は、学生時代からあの部屋に住んでいたらしいから、よほど実家がお金持ちなんだと思いました」

「……」

冬彦と寅三がちらりと視線を交わす。玲佳の実家が、裕福とはほど遠かったことを知っているからだ。

「白鳥さんが美容整形していたことは、ご存じですか？」

「ええ、知ってました。本人から聞いたわけじゃありませんけど、そういうことって、すぐに噂になるんです。もっとも、それで玲佳が悪く言われていたわけではありません。同じようなことをしている人は他にもいましたから。誰だかわからなくなるくらい大きく整形する人はいませんでしたけど、ほんのちょっと顔をいじる程度なら、割とやってる人がいました」

「その理由は想像できますか？」

「顔を変える理由ですか？　玲佳は最初からきれいだったけど、もっと、きれいになりたかったんじゃないんでしょうか。だけど、そういうのって空しいじゃないですか？　外見が変わっても中身が変わるわけじゃないですからね。そのせいなのかどうか、見た目だけでなく、生き方そのものを変えようとしていました」

「何かあったんですか？」

「あの事件が起こる一年前、もう少し前だったかもしれませんけど、突然、これから何かも変えるつもりだと宣言したんです。会社も辞める、マンションも引っ越す、これまでとは違った生き方をする……大袈裟に言えば、過去と訣別して、新しく生まれ変わるみたいなことを言い出して、何だか、すごく珍しいな、と思いました。さっきも言いましたけど、あまり本音を口にしない人でしたから。その第一歩として、年が明けたら『修行』を始めると決めたんです」

「え、『修行』ですか？　何か、スポーツでも始めるとか、宗教団体にでも入信するとか、そういうことですか」

　冬彦が首を捻る。

「そうじゃありません」

　伊都子がくすりと笑う。

「スカイフライヤーズになるための『修行』です」

「スカイフライヤーズ？」

「航空会社の上級会員のことです。どこの航空会社にも、そういう制度がありますよ。上級会員になれば、セレブでなくても、セレブ気分を味わうことができるし、飛行機で旅行するときに様々なメリットがあります。上級会員になるのは大変なので、その資格を獲得する過程を『修行』と呼ぶんです。実際、なかなか厳しいですから。海外の航空会社の場合、上級会員資格が一年ごとにリセットされるので、継続して持つのは難しいのですが、日本の大手航空会社だと、一度資格を取ってしまえば、あとは航空会社と提携しているクレジットカードを持っている限り、ずっと上級会員でいられるんです。こんなお得な制度は日本だけなので、一年間、必死に『修行』して上級会員になろうとするわけです」

冬彦が訊く。

「なぜ、一年間なんですか？」

「その年の一月一日から一二月三一日までに貯まった累計ポイントで、上級会員になれるかどうかが決まるからです。厳密に言えば、上級会員にもいくつかのランクがあるんですが、真ん中くらいのランクを目指す人がほとんどですね」

「上級会員になると、どんなメリットがあるんですか？」

「いろいろありますよ。フライトボーナスマイルがアップするとか、エコノミークラスからビジネスクラスにアップグレードしてもらえるとか、優先搭乗できるとか、上級会員専用の保安検査場を利用できるとか、すぐに売り切れてしまう人気路線のチケットを先行予約できるとか、空港にあるラウンジを利用できるとか……」

「あ、それなら知ってます。つい先日、沖縄に行ったときにラウンジを利用しました。あれは、いいですよね」

寅三が言う。

「海外旅行に行ったときにも、すごく役立ちますよ。別の航空会社でも、同じ航空アライアンスに加盟していれば、その上級会員と同じ扱いをしてもらえるんです。海外では飛行機の遅延や欠航がよくあって、チケットの取り直しをしなければならないことがあるんですけど、そんなときにも上級会員は最優先で対応してもらえます。日本の航空会社の場合、従業員は親切だし、サービスの質も高いからあまり感じませんが、海外の航空会社は上級会員とそうでない客との扱いの差がものすごく大きいんです。わたし自身、上級会員の本当のありがたみを海外で理解しました」

「上級会員って、すごいんですね。そういうことに疎(うと)いのでわからないんですが、世の中には、熱心にマイルを貯めている人がいますよね？　それと同じことですか」

寅三が訊く。

「いいえ、上級会員になるためのポイントは、プレミアムポイントと呼ばれますが、マイルとはまったく別のものです。マイルは日々の買い物でも貯まりますが、プレミアムポイントは飛行機に乗る以外、貯める方法はありません。マイルのような使い方もできません。上級会員になるためだけに存在するポイントです。翌年に持ち越すことはできず、『修行』をしくじって、その年に上級会員になることができなければ、次の年の一月一日から、またゼロからプレミアムポイントを貯め直す必要があります」

「具体的には、どんな風に貯まるんですか？」

冬彦は興味津々（しんしん）だ。オタク心を刺激されたらしい。

「いろいろな要素が関係します。飛行距離によってもらえるポイントが決まっていますし、エコノミークラスかプレミアムクラスかによっても変わります。運賃の種別も関係します。飛行機のチケットには正規料金以外にも、いろいろな料金設定がありますから」

「早割というものですね」

「そうです。しかも、早割にも何種類かあります。早割とか、株主優待割引とか、いろいろありますが、基本的には値段の高いチケットが安いチケットより多くのポイントをもらうことができる仕組みになっています。路線によってもポイントの積算率が違います」

「なかなか面倒なんですね。頭の中が混乱してきます」

寅三が溜息（ためいき）をつく。

「細かい違いはいろいろあるにしろ、端的に言えば、高いチケットを買って、できるだけ遠くに行けばいいわけですね？　できるだけ海外旅行をするとか……」

冬彦が訊く。

「そうとも言えないんです。先程、路線によってポイントの積算率が違うと言いましたけど、実は航空会社によって路線倍率というのが決まっていて、普通、国際線は一倍で、国内線は二倍なんですよ。だから、プレミアムポイントは国内線の方がお得だし、貯めやすいということになります」

「そんなに違うんですか？」

「はい。上級会員になるという目的で飛行機に乗るのであれば、海外旅行より国内旅行の方がいいかもしれませんね。もちろん、飛行距離が違うので、国内旅行だと数をこなす必要がありますが」

「具体的にどれくらいポイントが貯まるものなんですか？」

「最もポピュラーなのは、羽田と那覇の往復ですね。便数も多いし、国内旅行にしては、かなり飛行距離を稼（かせ）ぐこともできますから。いろいろな条件によって変わってきますが、ざっくり言えば、片道二千プレミアムポイント、往復で四千ポイント貯まるという感じでしょうか」

「上級会員になるハードルは？」

「五万プレミアムポイントを目指す方が多いようです。そこをクリアすれば、かなり多くのサービスを利用できるようになります」

「ということは、羽田と那覇の往復を一三回で到達ということですか？　毎月一回旅行しても追いつかないのね。それは大変だわ。観光にも飽きてしまいそう」

寅三が溜息をつく。

「『修行』中に観光する人はあまりいないようです。大抵は日帰りですし、空港から出ずに、そのまま、とんぼ返りという人もいます。おっしゃる通り、月に一度の往復では追いつきませんが、一度の旅でもっと多くのプレミアムポイントを稼ぐ工夫もあります」

「どんな工夫ですか？」

「単純に羽田と那覇を往復するのではなく、まず羽田から北海道の新千歳に飛び、新千歳から那覇に向かい、那覇から羽田に帰ってくるというやり方です。このやり方だと、一度にかなりのプレミアムポイントを稼ぐことができますし、日帰りも可能です。チケットの種別によっては、一度の旅で七千ポイント以上貯めることも可能ですから、七回で『修行』が終わります」

「お金もかかりそうですね」

「それも大切な要素です。セレブではないのに、セレブ気分を味わうことを目的として上級会員を目指すわけですから、お金がかかりすぎては意味がありません。一般的に、一プレミアムポイントを獲得するのに一〇円かかるのが基本になります」

「ということは、五万ポイントを貯めるには、五〇万円必要だということですね？」

「そうです。ただ、あくまでも基本であって、何も考えずに『修行』すると、もっとお金がかかることになります。だから、知恵を絞って工夫するわけです。わたしが『修行』したときのポイント単価は八・五円くらいでした」

「ということは、え～っと……」

「四二万五千円で上級会員になりました。ちょっとした自慢です」

伊都子がにこっと笑う。

「なるほど、加藤さんのおかげで謎がひとつ解けました。事件のあった日、なぜ、白鳥さんが新千歳から那覇に来たのかがわからなかったんです。『修行』をしていたわけですね」

冬彦がうなずく。

「そうです。那覇から無事に羽田に戻れば、玲佳の『修行』は完了し、晴れてスカイフライヤーズになることができたはずです。一二月の後半に達成しなくても、もっと早く『修行』を終わらせることもできたはずですが、たまに寄り道してたから時間がかかったんでしょうね」

「寄り道？」

「玲佳は洞窟が好きだったんです。それで、『修行』の合間に全国各地の洞窟を見学してたみたいです」

「それなら知っています。白鳥さんが亡くなった場所も玉泉洞の近くですし」

「スカイフライヤーズになったら、海外にある有名な洞窟にも行ってみたいと話してました。もうちょっとだったのになあ。次の計画も着々と進めていたのに……」

　伊都子の表情が曇る。

「海外の洞窟に出かける計画ですか？」

　冬彦が訊く。

「そうじゃないんです。スカイフライヤーズになったら、次はホテルの上級会員を目指すつもりだったんですよ」

「ホテルにもそんな制度があるんですか？」

「大きなホテルであれば、大抵、会員制度がありますよ。日本のホテルでも海外のホテルでも。ヒルトンやマリオット、ＩＨＧ（インターコンチネンタルホテルズグループ）は世界中のほとんどの国に系列のホテルがあるので、どれかの上級会員になれば、どこに行っても困ることはないですね」

「ホテルの上級会員になると、どんな風に優遇されるんですか？」

　寅三が訊く。

「会員のランクによっても違いますが、代表的なサービスとしては、レイト・チェックアウトと朝食の無料サービス、部屋のアップグレードでしょうか。飛行機の時間までホテルでのんびり過ごしたいとき、レイト・チェックアウトはすごくありがたいです。一流ホテルの朝食はかなり値段が高いので、それが無料になるのも嬉しいですね。一番安い部屋を予約しても、空室状況にもよりますが、スイートルームにアップグレードしてもらえたりします。それ以外にも、二連泊以上すると、一泊分の宿泊費が無料になるというサービスもあります。最上級の会員であれば、専用のエグゼクティブラウンジにも無料で入ることができます。午後に行けば、お茶やケーキがあるし、夜に行けば、お酒や料理も楽しむことができます。もっとも、そのランクの会員になるのは、かなりハードルが高いですけど……」

伊都子が説明する。

「航空会社の上級会員になるには、飛行機に乗ってプレミアムポイントを貯めるしかないということでしたが、ホテルの上級会員になるにも、やはり、ホテルにたくさん泊まることが必要なのですか？」

冬彦が興味深げに訊く。

「それが基本ですね。上級会員になるために、一年間で何泊しなければならないか、という基準がホテルによって決められています。どのホテルでも、年に二〇泊くらいで最低ランクの会員にはなれると思います」

「二〇泊ですか。それが大変なのかどうか、わたしには想像できませんけど、旅行好きの人にはそう難しいことではないんでしょうか？」

寅三が訊く。

「簡単ではないですよ。一流ホテルだと、一番安い部屋でも三万円くらいしますから」

「三万円で二〇泊だと六〇万円ですか、むむむ……」

「スカイフライヤーズと違って、ホテルの上級会員の場合、提携しているクレジットカードの利用実績によって上級会員になるという裏技があります。わたしも、そのやり方で、あるホテルチェーンの上級会員になっています」

「利用実績か。どれくらい使えばいいんですか？」

「わたしの場合は、年に二〇〇万です。気を付けなければいけないのは、毎年、その実績がないと資格を失ってしまいます」

「え～っ、そんなに」

寅三が驚く。

「金額だけを聞くとびっくりしますが、日々の支払いを、そのカードに集約すれば、そう大変でもないんですよ。電気代、ガス代、携帯料金……とにかく、どんな小さな支払いもカードを使うように心懸けれ(こころが)ばいいんです。幸い、家賃もカードで支払うことができるので助かっています」

「なるほど」

冬彦がうなずく。

「ただ会員数が増えすぎると、利用実績の基準を上げて、会員数を絞ったりするんです。今は二〇〇万ですが、これが四〇〇万とかになると、わたしには難しいですね」

伊都子が笑う。

「初歩的な質問かもしれませんが、スカイフライヤーズになろうとするのはわかりますが、なぜ、更にホテルの上級会員まで目指すんですか？」

冬彦が訊く。

「スカイフライヤーズになれば、空港でも機内でも質の高いサービスを受けることができます。ホテルの上級会員になれば、ホテルで優雅にのんびりできますし、何より、一流のホテルは安全なんです。日本にいると安全であることに鈍感になりがちですが、海外に行くと、治安の悪い国が多いことに驚きます。いいホテルに泊まるのは、自分の身を守るためでもあるのです」

「そういうことなんですか」

寅三が感心したようにうなずく。

「ただ、大手のホテルチェーンだと、どの国のホテルも似たような感じで、あまり代わり映えしないので、その国の雰囲気を味わうことはできませんね。そういう面白さを望むのであれば、地元の安いホテルに泊まる方がいいかもしれません。ある程度のリスクを覚悟した上で、ということですが」

「航空会社と一流ホテルの上級会員になって、白鳥さんは優雅な海外旅行をするつもりだったわけですね？」

「セレブ気分を味わいながら、あまりお金を使わずに安全に優雅な旅をする……それが、わたしのモットーです。そういうやり方を玲佳にもレクチャーしましたが、それだけで満足するつもりはなかったみたいですね」

「というと？」

「本物のセレブになりたかったみたいです」

「航空会社やホテルの上級会員になることと本物のセレブになることが、どう繋がるんですか？」

寅三が首を捻る。

「上級会員になると、本来、わたしなんかが行けない場所に出入りできるようになるわけですけど、そういう場所には本物のセレブがいるんですよ。がんばって『修行』したり、日々の支払いをクレジットカードに集約しなくても、ごく自然に上級会員の資格が手に入る人たちです」

「それって、つまり、玉の輿を狙っていたと……」

「そうですよ。セレブと結婚して、本物のセレブになりたかったんじゃないかと思います。玲佳は、すごくきれいだったから、あんな事件に巻き込まれなければ、その夢が実現していたかもしれません」

残念です、と伊都子が溜息をつく。

「白鳥さんは学生時代から、いいマンションに住んで、割と優雅な暮らしをしていたわけですよね？　それなのに更に上を目指していたわけですか」

冬彦が訊く。

「少なくとも貧乏学生ではなかっただろうし、会社勤めをしているときも、特にお金に困っている感じはなかったですね。だけど、世の中、上には上がありますからね。どこで満足するのかは、人それぞれだと思います。わたしは、そういう欲求とは無縁なので、根本的な部分で玲佳とは考え方が違っていたんでしょうね。もしかすると、玲佳と親友になれなかったのは、そのせいもあったのかな……」

伊都子が自分に問いかけるように言う。

七

喫茶店の前で伊都子と別れ、冬彦と寅三は駅に向かって歩く。

「何か食べてから戻りますか？」

寅三が訊く。

「そうしたいところですが、何だか、お腹いっぱいという気分です」

冬彦が大きく息を吐く。

「まったく知らないことばかりで、何だか浮世離れした話でした。あんな話を聞いた後で、立ち食い蕎麦や安い定食を食べる気にはなりませんよね」

寅三が言う。

「ええ」

「セレブじゃないのに、セレブ気分を味わうって、どうなんだろう……。楽しいんですかね？」

「ぼくにはわかりません。そんなことをしたいとも思わないし」

冬彦が首を振る。

「わたしも何だか苦手かなあ。旅行は好きだけど、身の丈に合った旅で十分という気がするし、結局、加藤さんが言ったように、人それぞれということなんでしょうか。加藤さんのおかげで、いろいろわかりましたが、ただ、白鳥さんのお金の問題については、やはり、わからないままですね。セレブとは言えないにしろ、白鳥さんは学生時代から、いいマンションに住んで、お金には困っていなかった。なぜ、そんなことができたんでしょう？」

寅三が首を捻る。

「まだ、わかりません。でも、いずれわかると思います」

「なぜですか？」

「だって、最初はわからないことがたくさんあったのに、ひとつずつ謎が解明されているじゃないですか。それは捜査の方向が間違っていないからだと思うんです。今現在わからないことも、いずれわかるはずです。すべての謎が解明され、事件の真相が明らかになれば、きっと真犯人を逮捕することもできるはずです」

「何という楽天家……」

寅三が呆れたように首を振る。

「そうです。ぼくは捜査の先行きを楽観しています。ということは……」

「何ですか？」

「恐ろしいシリアルキラーとの対決が待っているということですよ。ゾクゾクするなあ」

「はあ……」

「そのときこそ、寅三先輩の出番じゃないですか」

「どういう意味ですか？」

「寅三先輩の腕力が力を発揮するという意味です。ぼくは頭はいいけど、暴力的な人間ではないし、体力面では明らかに寅三先輩に劣ってますからね」

「やっぱり何か食べていこう。急にお腹が空いてきたわ。トンカツでも食べようかな」

「いいですね、トンカツ。喜んで、ごちそうします」

「ふんっ、気前がいいじゃないですか。どうせトンカツを食べて体力をつけろと言いたいわけでしょう？」

「その通りです。凶悪な犯人との対決に備えて、今以上に体力をつけてほしいのです」

「まったく、どこまで本気で、どこからが冗談なのか、さっぱりわからない。こっちの頭がおかしくなるわ。まあ、どういう理由であるにしろ、トンカツはごちそうになりますけどね」

八

食事を済ませてから、冬彦と寅三は本庁に戻る。

理沙子と樋村は、まだ帰っていない。冬彦が席に着いて事務処理を始めると、靖子が近付いてきて、冬彦の肩をぽんぽんと叩く。

「何でしょう？」

「今日は、みんな定時に上がるからね」

「え」

「わたしと係長の歓迎会をやってくれるって言うからさ。場所は新橋（しんばし）の『酒虎（さけとら）』だって。

寅三ちゃん、大丈夫よね？」

「そういう誘いは、いつでも大丈夫です。定時に退庁して、直ちに新橋に向かいます」

寅三がにこやかに答える。

「急にそう言われても、ぼくにも都合というものがあるので……」

「ドラえもん君さあ」

靖子が冬彦の髪をつかんで軽く引っ張る。

「本当はね、先週の金曜日にやってもらえるはずだったのよ。係長も、やっと奥さんの許可をもらって都合をつけていたわけよね。わたしも、そのつもりでいたわけ。みんな、都合をつけていたわけね。ところが、誰かさんが、突然、沖縄とか九州に飛んで行っちゃって、予定が流れちゃったんだよね。誰かさんのせいで、みんなの都合が駄目になったわけ。わたしの言いたいこと、わかる？」

「それは申し訳ないとは思うのですが、事件に関する報告書の作成もあるし、他にもいろいろとやりたいことが……」

「わかるかって訊いてるのよ。余計なことは言わなくていいんだからね」

靖子がぐいっと冬彦の髪を引っ張る。

「痛っ、何を……」

「わかったのか」

靖子の目尻が吊り上がる。

「は、はい。わかりました。定時に退庁します」

冬彦の頭を優しく撫でると、靖子が自分の席に戻る。

「警部殿も三浦主任には頭が上がらないんですね」

寅三が笑いながら囁く。

「笑い事じゃありませんよ」

冬彦が口を尖らせる。

「自業自得です。まったく同情しません」

寅三が立ち上がり、マグカップにコーヒーを注ぎ足す。

そこに理沙子と樋村が帰って来る。

「ただ今、戻りました」

「お疲れさま。どう、成果はあったかな？」

冬彦が訊く。

「いやあ、難しいです。すごくガードが固いんですよ。顧客の守秘義務があるのでお答えできませんの一点張りで」

樋村が舌打ちする。

「それだけ、きちんとした会社だということなんでしょうけどね」

理沙子が言う。

「電話で答えてくれないのはわかるけど、直に訪ねても教えてくれないのか。困ったな」

冬彦が顔を顰める。

「向こうの言うことは間違ってませんから、こっちも正規の手順を踏むしかありませんね。面倒ですけど、裁判所から開示命令を取って、明日また行ってきます」

理沙子が言うと、

「はい、そのつもりです」

樋村もうなずく。

「ありがとう。お手数だけど、よろしくお願いします」

冬彦が礼を言う。

「警部殿の方は何か収穫はありましたか?」

理沙子が訊く。

「被害者の白鳥さんについて、いろいろなことがわかったよ」

「真犯人に繋がるような情報もあったんですか?」

樋村が訊く。

「何とも言えない」

「はっきり、ない、と言えばいいのに」

寅三が鼻で嗤（わら）う。

「そう決めつけるのは早いでしょう。さあ、加藤さんに教えてもらったことをきちんと整理しなくては。その上で、白鳥さんの行動を辿り直せば、何かわかるかもしれない」

「さすがポジティブシンキング男」

「ほら、あんたたちさあ、今日はみんなで定時に退庁するんだから、時間を無駄にしないで、今のうちにさっさと仕事を片付けなさいよ」

靖子が机をどんと叩く。

九

冬彦、寅三、理沙子、樋村、亀山係長、靖子の六人は定時に仕事を切り上げて退庁した。新橋駅の近くにある居酒屋「酒虎」で亀山係長と靖子の歓迎会が行われるのである。

靖子が戸を引いて店に入ると、

「いらっしゃいませ～」

という甲高（かんだか）い声がする。

店主の寺田虎之助（とらのすけ）である。年齢は五〇。店では「小百合（さゆり）」と名乗っているが、厚化粧したおっさんである。寅三の従兄だ。

「何だ、客はゼロか。ゼロ係にぴったりの店だなあ。マジで潰れるんじゃないの？」

がらんとした店内を見回しながら、寅三が呆れたように言う。

カウンター席と四人掛けのテーブルが三つしかない、こぢんまりとした店である。テーブルをふたつくっつけて、すでに大皿料理がいくつか並べられている。

「ま」

小百合が大袈裟に顔を強ばらせる。

「何て失礼なことを言うのよ。聞いた、ルミちゃん？」

「マスターが気を利かせて、貸し切りにしたんですよ」

アルバイトの女子大生・ルミがにこりともせずに言う。

「貸し切り？　何で？　頼んでないでしょう」

「だって、警察関係の人たちの飲み会だもの。一般人に聞かれたらまずい話だってあるでしょうよ。あんたなんか、酔っ払うと何でもかんでもべらべらしゃべるしさあ」

小百合が言う。

「ふうん、そういうことか」

寅三と小百合が話しているところに、

「おう、早いじゃないか」

ぼさぼさ頭に無精髭を生やした寺田高虎が店に入ってくる。四〇歳の巡査長、独り身だ。高虎と冬彦は、杉並中央署でコンビを組んでいた仲である。

「あれ、寺田さん、どうしたんですか？　今日は亀山係長と三浦主任の歓迎会ですよ」

冬彦が驚く。

「呼ばれたから来ただけですよ」

高虎が肩をすくめる。

「賑やかな方がいいじゃないの」

さあ、坐りましょうよ、おいしそうなものがたくさんあるじゃないの、と靖子がさっさと席に着く。

テーブルを囲んで、みんなが椅子に坐る。

「おい、虎之助、ビールだ、早くしろよ」

高虎が小百合に声をかける。

「……」

小百合は聞こえない振りをしている。

「面倒臭え奴だなあ。言っておくが、おれは、おまえを『小百合』なんて呼ばないからな。このクソ親父が」

「ああ、何て、口が悪いのかしら。こんな下品な男と血の繋がりがあるなんて信じたくないわ」

　小百合が溜息をつく。

「小百合さん、みんなにビールをお願いします。下品で無礼な人は無視しましょう」

　冬彦が明るく言う。

「こんな奴のご機嫌を取る必要はないんですよ、警部殿」

　高虎が嫌な顔をする。

「ふんっ、あんたは黙ってなさいよ。親しき仲にも礼儀ありなんだからね。気配りもろくにできないから、万年巡査長なんだよ」

　小百合が、べ〜っと舌を出す。

「さすがに警部さんは違うわ。今日はビールでいいんですか？　前に来たときは炭酸水しか飲みませんでしたよね」

「せっかくの歓迎会ですから、最初だけビールをいただきます」

「何だか、嬉しいわ。わたしも飲もうかしら」

「どうでもいいけど、さっさとビールを出せって」

　寅三が叫ぶ。飲みたくてたまらないらしい。

　二時間後……。

すでに寅三はできあがっている。顔が真っ赤（まっか）で、目が据（す）わっている。

「ちびちび飲みやがって。ぐいっと行け」

しつこく樋村に絡んでいる。

「十分に飲んでますから」

「わたしの酒が飲めないのかっていう話なんだよ」

「面倒な人ねえ。完全な酒乱だわ。高虎より、ひどいかも」

レモンサワーを飲みながら、靖子が顔を顰める。

「三浦さん、そろそろ……」

亀山係長は腰が落ち着かない。

「もうちょっといいでしょう。係長が帰ったら、お開きになってしまいますからね」

「じゃあ、もうちょっとだけ」

「はいはい、ごゆっくりどうぞ」

亀山係長がお腹をさすりながらトイレに行くのを靖子が見送る。

「今日は、あまり寺田さんが飲みませんね」

理沙子が靖子に小声で言う。

「珍しく仕事の話をしてるもんね」

靖子がちらりと横目で高虎を見る。

高虎と冬彦は何やら話し込んでいるのである。

「はあ、シリアルキラーですか。また突拍子もないことを思いついたもんですね」

高虎がふーっと大きく息を吐く。

「思いつきではありません。すべての事実が、そう物語っているんですよ」

「そう熱くならなくてもいいんですよ。とやかく口出しするつもりはないんですから。好きにやって下さい」

「どうしたんですか、いつもの高虎さんらしくありませんね。あ、わかった。今日は月曜日です。週末、競馬で大負けしたんですね」

「競馬でやられたのは間違いありませんが、別にそのせいじゃありません」

「何か悩み事ですか？　また家庭内不和とか……」

「そうじゃなくて、何て言うのか……適材適所？　水を得た魚？　よくわからないんですが、警部殿は異動して正解でしたね。きっと難しい事件を解決して、警察の手を逃れている悪人を捕まえてくれると思いますよ」

「高虎さんも亀山係長や三浦主任と一緒に異動してくれれば一緒に仕事ができたのに」

「おれには杉並中央署の『何でも相談室』が似合ってますよ。警察の仕事なのか市役所の仕事なのか、よくわからないような細かいことばかりやってますが、それでも意外と区民の皆さんからは感謝されてるみたいだし、おれとしては、それで十分です。分相応なんでしょう」

「何だか、すっかり丸くなってしまいましたね」

「寅三も、おれの身内だから、かなり血の気は多いんですが、やる気はあるし、体力も腕力もあります。体力も腕力もない警部殿にはぴったりの相棒だと思うんですよね」

「お酒を飲みすぎるようですが」

冬彦が顔を向けると、寅三は、樋村だけでなく理沙子にもしつこく絡み出し、小百合が何とか宥めようとしているところだ。

「大酒飲みは寺田家の血筋だから我慢してもらうしかありませんね」

高虎が苦笑いをする。

一〇

六月一五日（火曜日）
朝礼の後、冬彦と寅三は深川に出かけた。西園寺家を訪ねるためである。
寅三は顔色が悪い。二日酔いなのである。
ゆうべ、「酒虎」を出た後、冬彦、亀山係長、靖子、理沙子の四人は帰ったが、樋村は高虎と寅三に引きずられるようにカラオケに行った。演歌と日本酒が大好きで、酔っ払うとマイクを離さなくなるのが寺田家の人間に共通する特徴である。樋村は演歌も日本酒も好きではないが、酒や料理を注文したり、寅三と高虎のリクエストをカラオケマシンに予約したりするために、つまり、雑用係として連れて行かれたのである。

　かなり遅くまで飲んで歌ったらしく、樋村もひどい顔色で出勤してきた。

「歓迎会の翌日に外回りだなんて、これは嫌がらせですか？」

酔い醒ましのためなのか、コンビニで買ったペットボトルのコーヒーやスポーツドリンクをがぶ飲みしながら寅三が冬彦を睨む。

「午前中に西園寺さんのお宅を訪ねることは、昨日、ちゃんと言いましたよ」

「わかってますけどね」

「気分が悪いのなら、少し時間をずらしてもらいますか？　何なら、先に食事でもして……」

「深川めし？」

「ええ」

「やめて下さい。何かを食べることを想像するだけで、胃がむかむかするんですから」

「しかし、そんな状態で西園寺さんご夫婦に会えるのでしょうか。お話を聞いている途中で……」

「どうしても駄目そうだったら、そう言います。ゲロするときは、ちゃんとトイレをお借りします」

　寅三がふーっと大きく息を吐く。

　西園寺正勝は、以前、冬彦たちが訪ねたときと同じように、窓際のソファに坐っている。そこが定位置なのだな、と冬彦は気が付く。

　お茶を出すと、希久子は冬彦と寅三に向かい合ってソファに腰を下ろす。

「お電話で頼まれたものを探してみたのですが、大したものはありませんでした」

　希久子が申し訳なさそうに言う。

　電話で訪問のアポを取ったとき、冬彦は公麻呂の私物を見せてほしいと頼んだのだ。

「パソコンも見当たらないんです。何年か前に大掃除したときに処分してしまったのだと思います。パソコンなんて、わたしたち夫婦は使い方もわかりませんから」

「そうですか」

　冬彦の顔に落胆の色が滲む。公麻呂のパソコンに何らかの手がかりが残されているのではないかと期待していたのである。

「写真とか手紙は取っておいたのですが」

　それほど大きくもない段ボール箱にアルバムや手紙などが入れてある。

「それと、これ……」

ご依頼のあった会葬者名簿です、と希久子が冬彦に差し出す。

「ありがとうございます」

冬彦が受け取る。名簿といっても、ほんの何枚かの薄い冊子である。わずかの人数しか公麻呂の葬儀には参列しなかったということであろう。

表紙をめくって、そこに記されている会葬者の名前に目を走らせる。

と、冬彦の表情が変わる。一点を見つめ、瞬きもしない。そこには、

「佐鳥公夫」

という名前が記されている。

白鳥玲佳の会葬者名簿にも載っていた名前だ。所在不明で、玲佳との関係もわからない謎の男である。

「どうかしたんですか?」

寅三が訊く。

「この名前です」

冬彦が寅三に会葬者名簿を見せ、佐鳥公夫の名前を指差す。

「佐鳥公夫……。それが何か?」

「見覚えありませんか」

「え?」

寅三が首を捻る。

「白鳥さんの会葬者名簿にも、この名前がありましたよね」

「そう言えば……」

「この佐鳥公夫という人を、ご存じですか？」

会葬者名簿を見せながら、冬彦が希久子に訊く。

希久子が前屈みになり、目を細めて会葬者名簿を覗き込む。しばらく考えていたが、

「わかりません」

と首を振る。

「お知り合いの方ではないんですか？」

冬彦が訊く。

「知り合いと言われても……。こういう名前の知人はいませんし、親戚にもおりません」

「息子さんの会社関係の方では？」

寅三が訊くが、すぐに冬彦が、それなら会社名が書かれているはずですよ、と言う。

実際、会葬者の中に、名前や住所の他に、公麻呂が勤務していた会社名を記している者がいるのだ。

「ああ、そうですね」

寅三が納得してうなずく。

「どんな人だったか覚えておられませんか？」

会葬者があまりに多いようであれば、一〇年も前のことだし、よく知らない人間のことなど、とても覚えてはいられないだろうが、会葬者はわずか一五人ほどで、そこから会社関係の人間や親類を除けば、ほんの数人しか残らないだろうから、もしや記憶に残っているのではないか、と冬彦は期待したのである。

だが、希久子は、

「すみません。何も覚えていません」

と申し訳なさそうに首を振る。

「そうですか。古いことですからね」

冬彦が小さな溜息を洩らす。

「背の高い男だった。一七五センチ以上はあっただろう。一八〇センチくらいかな」

突然、正勝が口を開く。

「覚えておられるんですか？」

冬彦と寅三が驚いたように正勝を見る。

希久子もぽかんとした顔である。

「若く見えたが、三〇代ではない。四〇代半ば過ぎか……いや、五〇代だったかもしれない。六〇代ということはなかっただろうが。年齢については曖昧だな。染めていたのかもしれないが、白髪はなかった。髪の量も多かったな。あれがカツラだとは思えない」

　正勝は、窓の外に目を向けながら、記憶を辿って話を続ける。

「目も鼻も大きくて、彫りの深い顔立ちだった。中学や高校の美術室に置いてあるギリシア彫刻のようだと思ったことを覚えている。要するに二枚目ということだな。スマートで足が長かった。一〇年も経てば、いくらか贅肉がついて、太っているかもしれないが……」

「細かいところまで、よく覚えておられるんですね」

　冬彦が感心する。

「人目を引く男だったからな。公麻呂とどういう知り合いなのかと気になった。最初は会社関係の人間かと思ったが、そうではなかったようだしな」

「話をしましたか？」

「しなかった。何と言うか、他の人間を避けているような感じがした。あまり長居もしなかったはずだ。気が付いたときには、もういなかった」

「それまで会ったこともないし、名前も聞いたことのない人物だったということですね？」

「そうだ」

　正勝がうなずく。

「佐鳥という名前の知り合いは一人もいない」

「あ」

突然、冬彦が大きな声を発する。

「そうか。そういうことだったのか。何て馬鹿なんだ。こんな簡単なことなのに……」

「どうしたんですか？」

寅三が怪訝な顔になる。

「何か紙はありませんか？　新聞に入っているチラシのようなもので構わないのですが、裏が白だと助かります」

冬彦が希久子に頼む。

「あります」

希久子が腰を上げて、戸棚の引き出しからチラシを取り出す。メモ用紙代わりに使うために捨てずに溜めているのだという。

そのチラシをテーブルに置くと、冬彦は、

さいおんじきみまろ

しらとりれいいか

と大きく平仮名で書く。

「さいおんじきみまろ」の中にある「さ」「お」「き」「み」の横に線を引く。

次に同じように、「しらとりれいか」の中にある「と」「り」の横にも線を引く。

「わかりますか、寅三先輩？」

「その六つの平仮名を並べ替えると『さとりきみお』になるわけですね」

「そうなんですよ」

冬彦が大きくうなずく。

「この佐鳥公夫という男は実在しないいんです」

「まさか、これが犯人……？」

「恐らく、そうでしょうね」

「なぜ、犯人がわざわざ葬儀にやって来るんですか？　鹿児島にも行ったわけですよね」

「理由はわかりません。想像できないことはありませんが……」

冬彦が言葉を濁す。希久子と正勝に気を遣ったのであろう。

「あの……この男が本当の犯人なのですか？」

希久子が訊く。

「はっきりしたことは何も申し上げられないのですが、その可能性はあると思います」

「はあ……」

言葉を失った様子で、希久子がソファに深く坐り込む。ずっと公麻呂が犯人ではない、他に犯人がいると信じ続けてきたものの、誰にも信じてもらうことができなかった。ようやく一縷（いちる）の望みが出てきたことで、呆然（ぼうぜん）としてしまったらしい。

「もう一度この男に会えば、葬儀に来た男かどうかわかるでしょうか？」

冬彦が正勝に訊く。

「どうだろうな。もう一〇年も経っているし、年を取れば、特に中年を過ぎると見た目は大きく変わるものだしな」

正勝が首を捻る。

「大丈夫ですよ。きっとわかりますよ」

希久子が励ますように言う。佐鳥公夫について希久子は何も覚えていないが、正勝はかなり細かい点まで覚えている。正勝の記憶が犯人逮捕の決め手になるかもしれないのだ。

「今すぐにどうこうというわけではありません。わかったのは、この何者かが偽名を使って、白鳥さんと公麻呂さんの葬儀に参列したということだけですから」

冬彦と寅三が西園寺家を後にする。冬彦が両手で段ボール箱を持っている。

希久子は、家の外まで見送りに出て、よろしくお願いします、と深々と頭を下げた。

駅に向かって歩きながら、

「佐鳥公夫と名乗った男が犯人だとして、どうしてふたつの葬儀に参列したのでしょうか？　自分が手にかけた人間の葬儀に顔を出すなんて、犯人にとってはかなり危険なことだと思いますが、どうしても、そうしなければならない理由があったのでしょうか？　さっき、想像はできるとおっしゃいましたが、その後、口をつぐんでしまいましたよね」

　寅三が訊く。

「ご両親が聞いたら、きっと不愉快だろうと思ったから何も言いませんでした」

「不愉快？」

「あれは悪ふざけであり、傲慢さの表れだとも思います」

「悪ふざけって……。つまり、悲しむご遺族たちの姿を見て楽しんでいたと？」

「ええ、そうです」

「そんなことをして何が楽しいんですか？」

「常識という物差しでは、この犯人の思考は理解できませんよ。他の人間と同じように喜怒哀楽を感じる人間は、そもそも、シリアルキラーにはならないわけですからね」

「傲慢さというのは？」

「自分は捕まらない、怪しまれるはずがない……そんな自信があるんでしょうね。だから、平気な顔で自分が手にかけた人間の葬儀に参列することができるのです。実に傲慢です」

「確かに普通の神経の持ち主ではありませんね」

「ふざけた偽名を使っていますが、堂々と素顔をさらしているわけじゃないですか。現にお父さまは、非常に正確に犯人の姿を教えてくれました」

「あれは助かりましたね。容疑者を絞り込むときに、すごく役に立つと思います」

「その通りです。そのためにも、何とか容疑者を見付け出さなければ」

自分に言い聞かせるように冬彦が言う。

二

冬彦と寅三が戻ると、

「あ、警部殿、お帰りなさい。連絡しようかと思っていたところなんです」

樋村が席から立つ。

「何よ、そんなに興奮して。重要な手がかりでもつかんだわけ？」

寅三が訊く。

「そう思います。ねえ、安智さん？」

樋村が理沙子に同意を求める。

「開示命令を取って、不動産会社に行ってきたんですよ。ようやく白鳥さんが住んでいたマンションの保証人がわかりました。鶴崎健三郎さんでした」

理沙子が言う。

「え、鶴崎？　鶴崎健三郎？　その人って、白鳥さんの葬儀にお母さまの代わりに参列した人では……。そうですよね、警部殿？」

寅三が驚く。

「ええ、わざわざ福岡から鹿児島まで出向いた人ですね」

うなずきながら、冬彦は難しい顔で何事か思案している。

「正次郎さんと結婚する前からの知り合いで、かなり親しかったようですから、代理で葬儀に出席したのはわからないでもありませんけど、マンションの保証人にまでなっていたなんて……。そもそもお母さまは、玲佳さんに援助を頼まれたとき、はっきり断ったと話してましたよね？　鶴崎さんが保証人になったのだとしたら、お母さまが頼んだからでしょうけど、なぜ、それを黙っていたのか」

寅三が首を捻る。

「ここで、あれこれ推測しても仕方ありません。とても重要なことですから、ご本人に確認するのが一番だと思います」

「電話してみますか？」

「いや、電話では駄目だと思います。鶴崎さんが保証人になっていることを黙っていたのは、言いたくない、隠したい、ということでしょう。電話で問い合わせて素直に話してくれるくらいなら、隠そうとしなかったと思います」

「じゃあ、どうしますか？」

「直に話を聞きに行くのです」

「え」

「係長」

冬彦が席を立ち、亀山係長に歩み寄る。

「何かな？」

また突拍子もないことを言い出されるのではないかと警戒するような目で、亀山係長が冬彦を見る。

「福岡に出張させて下さい」

「福岡って……先週行ったばかりじゃないか」

「白鳥さんのお母さまに会って、話を聞く必要があります」

「さっき言ってた、マンションの保証人のことかね？」

「そうです」

「そのためだけに福岡に行かなくても……」

「どうしても行く必要があるのです」

冬彦が一歩前に踏み出す。

ひっ、と亀山係長が仰け反る。

「お願いします」

「で、でも……」

「係長、無駄な抵抗はやめた方がいいですよ。どうせ、かなわないんですから。お腹が痛くならないうちに、さっさと白旗を揚げたらどうですか」

靖子が横から口を挟む。

「そうだね」

亀山係長ががっくりと肩を落とす。

「いつ行くの？」

靖子が冬彦に訊く。

「これから行きます」

「一泊？」

「用事が済めば、今日のうちに帰ってきます」

「ふうん、日帰りか……。じゃあ、さっさと行きなさいよ。それでいいですよね、係長？」

「はい」

亀山係長が蚊の鳴くような声でうなずく。

「ありがとうございます。許可が出ました。行きましょう、寅三先輩」

「わたしもですか？」

「当たり前じゃないですか。相棒なんですから」

「……」

寅三が絶句する。

二

四時間後、冬彦と寅三は「コレット」にいる。二人はスツールに腰掛け、上野原玲子はカウンターの向こうでタバコを吸っている。開店前なので三人だけだ。

「古い事件なのに、熱心に調べて下さるんですね」

さしてありがたそうな顔もせず、玲子が言う。

「亡くなる一年くらい前から、玲佳さんはそれまでの自分と訣別し、生活をすべて変えようとしていたらしいのです」

冬彦が言う。

「生活を？」

「生き方を変えようとしていた、と言った方がいいのかもしれません。玲佳さんが整形手術をしていたことをご存じですか？」

「さあ……」

玲子が言葉を濁す。知っていたとも知らなかったとも口にしない。

「玲佳さんは自分を嫌っていたようです。だから、見た目を変えようとしたのでしょう。しかし、見た目を変えるだけでは、心に抱えている闇から逃げ出すことはできないと気が付いたのだと思います」

「何ですか、心の闇って？」

「わかりませんか？」

「わからないわ」

玲子が首を振る。

「わたしたちが被害者である玲佳さん個人について調べているのは、玲佳さんを殺害した犯人は、玲佳さんの身近にいた人間ではないか、と考えているからです」

「犯人？　自殺したはずだけど」

「西園寺公麻呂のことですね」

「ええ」

「彼が犯人であると断定するには疑わしい点が出てきたのです」

「ああ、そうなんですか」

「玲佳さんについて調べていくうちに、どうしてもわからないことが出てきました。大学に進むにあたって、玲佳さんはお金のことで悩んでいて、お母さまにも援助を頼みに来た。そうでしたよね？」

「断った、と話したはずですよ」

「玲佳さんは東京の大学に進学しました。受験の費用や交通費、宿泊費などをすべて用意したわけです。合格した後には入学金や学費も支払ったはずです。てっきり、アルバイトに追われるような、苦しい生活を強いられていたのかな、と想像していましたが、全然そんなことはなかった。都心にある、交通の便のいいマンションで、傍から見れば、優雅に暮らしていた。ご存じですよね？」

「よく知りませんけど」

冬彦から目を逸らしながら、玲子は、ふーっとタバコの煙を吐く。もう何本もタバコを吸っている。そうしないと落ち着かないらしい。

「大学に入学してから亡くなるまで、玲佳さんが東京で暮らしていたマンションですが、鶴崎さんが保証人でした」

「……」

一瞬、玲子の顔色が変わる。

「ご存じでしたよね？」

「……」

ふーっと大きくタバコの煙を吐きながら、玲子は口許（くちもと）を歪めて微かに笑う。

「それが何だというんですか？」

「鶴崎さんと玲佳さんの接点は、お母さま以外にはあり得ません。お母さまが鶴崎さんを玲佳さんに紹介されたわけですよね？」

「そんなことを調べて何になるんですか？　まさか、鶴ちゃんが玲佳を殺したと疑ってるんですか」

「いいえ、そうは思っていません。少なくとも、今のところは」

冬彦が首を振る。

「それなら……」

「玲佳さんが洞窟好きだったことはご存じですか？」

「洞窟？」

「全国各地にある洞窟を訪ね歩いていたようです。玲佳さんの遺品の中には鹿児島の溝ノ口洞穴の写真もありました」

「そんなものが好きだなんて変わってるわね」

「洞窟は、玲佳さんの心の闇を象徴しているのではないかという気がするのです」

「大学に進むための資金援助を玲佳さんに頼まれたが断った、そうおっしゃいましたよね？」

「ええ、断りましたよ」

「ご自分でお金を出すことはできなかったから、違う形で援助したわけですよね。鶴崎さんを紹介するという形で。違いますか？」

「……」

玲子は苛立った様子でタバコを揉み消すと、また新たなタバコをくわえて火をつける。

「鶴ちゃんは仕事のできる人だったから、福岡だけじゃなく、東京にも事務所を構えてたんですよ。家族は福岡で暮らしていて、月のうち三週間はこっち、東京には一週間行くみたいな生活をしてたわ。頼りになる人だし、優しいし、気前もよかった。若い頃からの知り合いだけど、わたしもよくしてもらいましたよ。欠点があるとすれば、女好きということだったわね。しかも、若い子が好きなの。玲佳が訪ねてきたとき、わたしはもう四〇を過ぎてた。鶴ちゃんとはずっといい友達だったし、お店のことで親身に相談にも乗ってもらったりしたけど、わたしを女としては見てなかった。若ければ若いほどいいという人で、ロリコンとは違うけど、二〇歳くらいの女の子が大好きで、二五歳くらいになると飽きてしまうのよ」

「心の闇ねえ……」

「それで玲佳さんを……。実の娘を自分が付き合っていた男に紹介するなんて……」

思わず寅三が本音を口にする。

「わたしを責めるっていうの？」

目尻を吊り上げて、玲子が寅三を睨む。

「ひどい親だって言いたいわけ？　何もしない方がよかった？　無理強いはしてないわよ。最後は、あの子が自分で決めたんだから」

「でも……」

「寅三先輩」

冬彦が寅三の腕に手を乗せる。これ以上、余計なことを言うな、というのであろう。

「ああ、冗談じゃない」

玲子が冷蔵庫から瓶ビールを取り出し、コップに注いで飲み始める。

「何だって、今になって、こんなことを思い出さなければならないのかしら」

不愉快だわ、気分が悪くなる、と吐き捨てる。

「つまり、玲佳さんは鶴崎さんの援助を受けて大学に進んだということなんですよね？」

冬彦が念を押すように確認する。

「遠回しな言い方をしなくても結構ですよ。どうせ玲佳も鶴ちゃんも死んでしまったんだから。誰に知られたって困りやしない。ええ、そうですよ。玲佳は鶴ちゃんの愛人になることを承知して東京の大学に行ったんです。おかげで、お金の苦労をすることもなく大学生活を送り、いいマンションで暮らすこともできたんですよ」

「亡くなるまで、玲佳さんはそのマンションにいたわけですから、鶴崎さんとの関係もずっと続いていたということですか？」

「詳しくは知りませんけど、玲佳が大学を卒業するまでは続いてたでしょうね。会社勤めするようになってからは、どうだったのかしら。ずっと同じマンションに住んでいたのなら続いてたのかもしれないけど……」

「鶴崎さんからは何も聞かなかったんですか？」

「聞かなかったわね」

玲子が肩をすくめる。ビールを飲んだおかげで、いくらか興奮が収まってきたらしい。

「ただ、鶴ちゃんが五〇を過ぎた頃から仕事がうまくいかなくなってきたのよね。それまでが順風満帆だったから、うまくいかなくなったといっても、他と比べればましだったんだろうし、傍目には、何かが大きく変わったということはなかったんだけど、こういう商売を長くやってると、何となく、この人、余裕がなくなってきたなっていうのがわかるのよ。実際、玲佳が亡くなる一年前くらいに東京の事務所を畳んで、福岡の事務所だけにしたんですよ」

「それまでのように頻繁に東京に行くことはなくなったということですね？」

「そうだと思いますよ」

　玲子がうなずく。

「玲佳さんの友人から聞いた話ですが、あの事件がなければ、玲佳さんは引っ越していたそうなんです」

「なるほどね。鶴ちゃん、マンションの家賃を払う余裕もなくなったのね。本当は事務所を畳むときに、そのマンションも引き払いたかったけど、優しい人だから、玲佳に一年間の猶予をあげたのかもしれないわね。まあ、金の切れ目が縁の切れ目、男と女の関係って、そういうものでしょう」

　ビールを飲み干すと、玲子が大きく息を吐く。

一三

　冬彦と寅三は「コレット」を出ると、空港に向かうことにする。東京に帰るのだ。

「何だか気が滅入ります」

　寅三が溜息をつく。

「あんな話を聞いたからですか?」

「ええ。警部殿は何も感じませんか?」

「そんなことはないんですが、誰かを批判しようとは思いません。お母さまが言ったように、玲佳さんは無理強いされたのではなく、自分で決断したわけですから」

「そうだとしても……」

「妹さんのように、高校を出て、地元の会社に就職するという道もあったはずです」

「厳しすぎる気がしますけど」

「そうかもしれません」

冬彦がうなずく。

「だけど、最後には嫌になったわけでしょう？　頻繁に美容整形を繰り返したのも自分を変えたかったからだろうし、事件の前には、見た目だけでなく何もかも変えようとしていたわけですから」

寅三が言う。

「加藤さんが言ってましたね。玲佳さんは心の中に壁を築いて、誰とも本当に親しくなろうとはしなかった、と。鶴崎さんとの関係が原因だったのかもしれません」

「父親と同じくらいの年齢の男性に愛人として囲われていることを誰にも知られたくなかったでしょうから、自宅に友達を呼ばなかったのもわかります。金銭的な苦労はしなくて済んだでしょうが、その代償に誰にも言えない秘密を抱えることになってしまった。きっと苦しかったでしょうね」

「そうですね」

「妹さんは知っていたのでしょうか？」

「知らなかったと思いますね」

冬彦が首を振る。

「白鳥さんの秘密は明らかになったわけですが、だからといって、犯人の手がかりがつかめたわけでもありませんね」

寅三が溜息をつく。

ふと横を見ると、冬彦がいない。振り返ると、道端に佇んで険しい顔をしている。

「どうかしたんですか？　お腹でも痛いとか」

「そうか。なるほど、そういうことか……」

「何か閃いたんですか？」

「人間って愚かですね」

「は？」

「自分のことです。目の前にあるものが何も見えていなかった。すぐそばに手がかりがあったのに。西園寺は、ちゃんと手がかりを残してくれていたんですよ」

「え、西園寺が？」

「洞窟です。白鳥さんの洞窟好きは、白鳥さんの心の闇を象徴している……。さっき自分でそう言ったのに、ぼくは何もわかっていなかった」

ああ、何てぼくは馬鹿なんだ……冬彦が天を仰ぐ。

「よくわからないんですけど……」

「寅三先輩はわからなくていいんです。ぼくが気が付かないくらいなんだから、寅三先輩にわかるはずがありません」

「あ、感じ悪い言い方」

「東京に帰りましょう」

冬彦が寅三を置き去りにして、さっさと歩き出す。

一四

竜崎誠一郎の独白。

平成一二年（二〇〇〇）一〇月二二日（日曜日）

玲佳と二人で、高知駅から土讃線の奈半利行きの電車に乗って、のいちに向かう。途中で土佐くろしお鉄道に切り替わるが、乗り換えしなくていいので便利だ。レンタカーを借りることも考えたが、のいちまで三〇分強の乗車時間だから、電車にした。車の運転は、あまり好きではないのだ。

空いていたので、並んで坐ることができた。

窓際に坐って、外の景色を眺める玲佳の横顔には疲れの色が滲んでいる。

「大丈夫かい？　だいぶ疲れているようだね。無理をさせて申し訳なかったかな」

「とんでもない。全然平気です。おかげでたくさんプレミアムポイントを稼ぐことができたし、その上、大好きな洞窟にも行けるんだから超ラッキーです」

わたしに顔を向けて、玲佳は微笑(ほほえ)む。

もちろん、そんなはずはない。

疲れているに決まっている。

わたしを心配させまいとして無理しているのだ。

スカイフライヤーズと呼ばれる航空会社の上級会員になるために、この一年、何度となく飛行機に乗っていることは玲佳から聞かされている。上級会員になる道程(みちのり)は過酷で、そのための努力を「修行」と呼ぶそうだ。効率よくプレミアムポイントを貯めることのできる王道路線があるらしく、玲佳は月に一度くらいの割合で、その路線を利用している。土曜日の早朝に羽田から新千歳に飛び、到着して一時間も経たないうちに、今度は新千歳から那覇に飛ぶ。そして、その日のうちに那覇から羽田に戻る……これが王道路線だ。

これまでに二度、沖縄で待ち合わせして、玲佳と過ごしたことがある。沖縄には玉泉洞があるからだ。お気に入りの洞窟には何度行っても飽きることはないから、今回も玉泉洞に行ってもよかったが、玲佳の方から、玉泉洞には先月も行ったから、今度は違う洞窟に行ってみたいと提案された。それで、まだ玲佳が行ったことがないという高知の龍河洞に行くことにした。

わたしは東京から直に高知に行くから、どうということのない、ごく普通の旅だが、那覇から高知までは、直行便がないので、玲佳の移動はかなり大変だ。昨日の昼過ぎに新千歳から那覇に着き、それから午後二時過ぎの便で大阪の伊丹に飛んだ。二時間弱のフライトである。ちょうどいい乗り換え便がないので、伊丹空港で二時間ほど待って、伊丹から高知にやって来た。

空港の到着ゲートで玲佳の顔を見たのは、夜の七時くらいだ。早朝からずっと移動してきたせいか、玲佳はかなり疲れているように見えた。食事しているとき、いつになく玲佳が饒舌だったのも、疲れすぎてテンションが上がっていたせいかもしれない。それほどの疲労は一晩休んだだけでは取れないらしく、やはり、今日も顔に疲れが滲んでいる。

「じゃあ、例の『修行』は順調なのかい？」

「もう見通しは立ちました。あと二回で達成できそうです。今月と来月で……」

「すごいね。よくがんばったなあ」

「来月、最後の『修行』は何か記念になる旅にしたいと思ってるんです。月に一度、北から南まで飛んでいるのに、長く滞在もしないので、ろくに観光もしてませんから」

「仕方ないさ。だから『修行』なんだろう？」

「そうですけど……。何か、いいアイデアはありませんか？」

「大切なことだから、よく考えてみよう」

「お願いします」

「以前、ちらりと言ってたよね。スカイフライヤーズになったら、これまでの生活をすっかり変えたいんだって」

「そんなこと言いましたか？」

「言ったよ。覚えてない？」

「すみません」

　玲佳がまた自分の殻に閉じ籠もるのがわかった。心の底に隠していることは、絶対に誰にも明かさないという強い決意を感じる。

　これまでにも何度かあった。

　玲佳の秘密を探るのは容易なことではないのだ。

　やり方を変えるしかない。

「わたしには、人に言えない秘密があるんだ。それを思うたびに、君のような人と一緒にいてはいけないという気になるんだよ」

「どういうことですか？」

玲佳が興味深げにわたしを見る。その顔を見て、針に引っかかったな、と感じた。

「わたしは、人でなしなんだ。君が知ったら、きっと軽蔑するだろう。それが怖くて、今まで黙っていた。だけど、自分なりに君との将来を真剣に考えているから、これからも君と一緒に過ごすには、隠し事をしてはいけないと思うんだよ……」

母の話をした。心を病んで、自殺未遂を繰り返していた哀れな母のことである。何度やってもうまくいかないから、最後には、わたしが手助けしてやったわけだが、もちろん、その点はごまかした。自分が人殺しだと告白するつもりはない。

「バスタブに浸かっている母を見付けたとき、わたしはショックで動くことができなかった。頭の中で様々な思いが渦巻いたよ。すぐに考えたのは、救急車を呼ばなければ、ということだ。でも、そうすれば母は助かるかもしれないが、また苦しみ続けることになるとも考えた。生きていてほしいと願ってはいたけど、生きることが母にとって苦痛ならば、このまま放っておく方がいいのではないか……そんなことを思うと、どうしていいかわからなくなった。結局、救急車を呼んだけど、母は亡くなってしまった。あれこれ余計なことを考えずに、さっさと電話していれば助かったのではないか、と自分を責めた。わたしが母を殺したようなものじゃないか」

「そんなことありませんよ」

玲佳がわたしの手を握った。目には涙を浮かべている。

「お母さまを愛していたから、迷ったんじゃありませんか。誰も責めたりしません」

「ずっと、そのことで苦しんできたんだ。今まで誰にも話したことはない」

「そんな大切なことを、わたしに話して下さるんですね。ありがとうございます」

「妻が癌で亡くなったときも辛かった。抗癌剤の副作用でひどく苦しんでね。わたしの顔を見るたびに、死にたい、どうか殺して下さい、と泣いて頼むんだよ。わたしは何もできなかった。妻が苦しむ姿をじっと見守ることしかできなかった」

涙が頬を伝うのを感じる。

自分が「解放」してやった者たちのことを思い出すと、自然と涙が溢れるのである。

たまたま、わたしと出会ったことで苦痛に満ちた、哀れで惨めな人生の軛から逃れることができたものの、そうでなければ、いつまでも苦しみ続けたに違いない人たちである。

彼らに同情し、彼らを救済した自分の行いに感動し、知らず知らず、わたしは涙を流すのだ。

「ひどい男だろう？」

「いいえ、優しい人です」

大きく息を吐くと、玲佳は自分の秘密を語り始めた。

わたしは心の中で快哉を叫んだ。ついに玲佳の心の闇を覗くことができるのだ。

当然だが楽しい話ではない。

辛い話である。

父親が事業に失敗してからの苦しい生活も大変だったようだが、世の中に貧乏な子供はたくさんいるから、それ自体はさして珍しくはない。

玲佳の不幸の根源は、大学進学費用を捻出するために中年男の愛人になったことだろう。実の母親が紹介したというのだから驚きではないか。しかも、母親自身、その男と関係していたという。実にひどい話だ。どうやら、愛人になったとき、玲佳は処女だったようだ。

中年男の愛人となり、その男が用意したマンションで生活していたので、友達を家に呼ぶこともできず、普通の恋愛をすることもできなかったのだという。他人に秘密を知られることを恐れ、親友を作ることもできなかった。

ストレスが溜まり、自己嫌悪に陥った。美容整形を繰り返したのは自分を変えようとしたからだし、スカイフライヤーズを目指したのは、過去と訣別し、生活を一新するきっかけにするためのようだ。

来年からはすべてが変わります、と玲佳は最後に明るく笑った。

しかし、そうはならない。過去を消し去ることも、自分を変えることもできないだろう。どれほど辛いものであろうと、それは自分の人生なのだ。そこから逃げることなどできるはずがない。

そのことが玲佳には、まだわからないのだ。

いずれ、消し去ったはずの過去が甦るときが来るはずだ。そのとき、また玲佳は絶望の深淵に突き落とされることになるのだ。

何と哀れなのだろう。

わたしは涙を流しながら、玲佳の手を強く握り、玲佳を「解放」してやろうと決意した。もう十分すぎるくらい苦しんできたのだから、これ以上、苦しむことはないのだ。


夜の便で玲佳は東京に帰った。一時間半ほどのフライトである。

わたしは、もう一日、高知に残ることにした。研究のために、いくつかの史蹟を巡り、地元の図書館にも行く必要があると玲佳には説明したが、もちろん、嘘である。一人になりたかったのだ。

旅に出るのは、煩瑣な日常から離れ、静かに思索に耽るためである。洞窟を訪ねることは多いが、観光が目的ではない。静かで暗い洞窟に身を置くと、心が安らぎ、真摯に自分自身と向き合うことができるのである。旅に出て、ずっと誰かと一緒にいるというのは、わたしにとっては苦痛以外の何ものでもない。

玲佳を空港まで見送り、ホテルに戻ろうとしたとき、

「竜崎さん。それとも、竜崎教授と呼んだ方がいいですかね？」

背後から声をかけられた。

振り返ると、あのデブが立っている。

西園寺公麻呂という、玲佳に毛嫌いされているストーカー男だ。

「また玲佳さんをつけ回していたのかね？　玲佳さんなら、もう飛行機に乗っているはずだよ」

「知っている」

「いい加減にしないと、本当に警察沙汰になるぞ。君も普通の会社員なんだろう？　困ったことにならないうちに、玲佳さんにつきまとうのはやめた方がいい」

「あんたに話がある」

「わたしに？　わたしが彼女と親しくしているから逆恨みするのかね？　こんなことを玲佳さんが知ったら……」

「あんたの正体はわかっている」

「わたしの正体だと？」

「あんたは悪い男だ」

「……」

何か秘密を知っているのだろうか。こんな奴に尻尾をつかまれた覚えはないが、ちょっと気になる……立ち話でするようなことでもないから、わたしたちは空港内にあるレストランで話をすることにした。

飲み物を頼み、ウエイトレスが席から離れると、

「玲佳さんに会うのをやめろ。そうしないと……」

「そうしないと、どうなるのかね？」

「ずっとあんたにつきまとってやる。そして、あんたの正体を玲佳さんに教える」

「わたしの正体とは何だね？　さっきも同じようなことを言っていたが……」

「優しげな振りをして玲佳さんを丸め込んでいるのはわかっている。だけど、それは嘘だ。本当は意地悪で嫌な男なんだ。あんたと一緒にいると、玲佳さんは不幸になる」

「ほう……」

興奮気味にまくし立てる西園寺の話に、わたしは真剣に耳を傾ける。話を聞くうちに、次第に心に安堵感が広がる。

わたしの名前や住所、勤務先などを知っているのは間違いないようだ。不愉快ではあるが、それだけなら、どうということはない。玲佳を騙している極悪人のような言い方をしているが、それは言葉の綾に過ぎず、わたしが悪事を働いた具体的な事実を知っているとか、犯罪の証拠を握っているとか、というわけではなさそうだ。すぐに警察に駆け込んで、わたしが犯罪者だと訴えるようなことはないだろう。

だが、油断はできない。一途に玲佳を愛し、玲佳の身を心配するあまり、西園寺の情熱

は真実を見抜いているからだ。

その真実とは、すなわち、わたしが悪い男であり、わたしと一緒にいると玲佳が不幸になるということである。その不幸は死に通じている。

もちろん、それは西園寺の見方に過ぎず、わたし自身は自分を悪人だとは思わないし、玲佳を不幸にするとも思っていない。「解放」は不幸ではないからだ。

西園寺にとっての真実が、わたしにとっての真実とは異なるというだけである。

玲佳を守るという使命感に燃え、必死になって、わたしの身辺を嗅ぎ回るようなことを続けられたら、何かの弾みに、「解放」の証拠を握られないとも限らない。それは危険である。見過ごすわけにいかない。こんな奴とは関わり合いにならないのが賢明だ。

玲佳にも、さしたる執着はないから、西園寺の要求を受け入れ、玲佳と手を切っても構わない。

しかし、玲佳が納得するまい。

怒りの矛先を西園寺に向け、ストーカーとして警察に訴えるかもしれない。どういう形であろうと、警察に介入されるのは、まずい事態である。当事者の一人として、わたしまで警察に事情聴取されるかもしれない。

となれば、道はひとつしかない。

この男も「解放」してやるのだ。

重い過去に苦しみ、自分自身を嫌い、必死に過去を消そうとしている女と共に、そんな女に執着して自分の人生を見失っている哀れな男を「解放」してやろうではないか。

「玲佳さんは、このことを知っているのか？」

「玲佳さんは関係ない」

「そう興奮することはないだろう。落ち着いて話そうじゃないか。西園寺君だったね。君の気持ちはわからないでもない……」

相手の主張に反論するのではなく、相手の主張に理解を示す……頭に血が上っている相手を宥めるための常套手段である。相手が声を荒らげても、こちらは穏やかに話し続ける。興奮している相手につられて、こっちまで興奮したのでは、火に油を注ぐようなものだ。次第に落ち着きを取り戻してくると、西園寺は非礼を詫び、玲佳に対する思いや、自分自身の趣味や生活について、ぽつりぽつりと語り始めた。

根は、真面目で、人のいい男なのであろう。

西園寺にとって、今や玲佳の存在が生き甲斐になっている。

厄介な手合いである。

西園寺の話を聞きながら、どこで、どういうやり方で、二人を「解放」しようかと思案する。

それにしても不細工な男である。

三〇歳だそうだが、恐らく、これまでの人生で女に愛されたことなど一度もないのだろう。見かけだけが問題なのではない。およそ女に好かれそうにない雰囲気なのである。そもそも、普通に女性と交際できるような男であれば、自分を毛嫌いしている女にしつこくつきまとったりしないだろう。

美女と野獣。

ふと、そんな言葉が脳裏(のうり)に浮かぶ。

まさに玲佳と西園寺は美女と野獣ではないか。

その思いつきが気に入った。

二人を美しい場所でロマンチックなやり方で「解放」してやろう。

いつがいいだろうか。

クリスマスイブ。

おおっ、それがいい。

聖夜に美女と野獣が「解放」されるのだ。

粉雪が舞っていたら完璧(かんぺき)だ。まるで映画のようだ。

第四部　プロフェッサー

一

西園寺公麻呂の独白。

平成一二年（二〇〇〇）一二月二四日（日曜日）

昨日から沖縄に来ている。

玲佳さんと出会ってから、できる限り、玲佳さんのスケジュールに合わせて旅行するようにしてきた。

玲佳さんはスカイフライヤーズになることを目指しているから、飛行距離を稼ぐために、朝から晩まで慌ただしく旅をすることになる。それに付き合うのだから、当然、ぼくの旅も忙しないものにならざるを得ない。

もちろん、好きでやっていることだ。誰に頼まれたわけでもない。玲佳さんと同じ飛行機に乗り、同じ目的地に向かい、同じ土地の空気を吸い、遠くから玲佳さんを見つめるだけで至福の喜びを得られるのである。

その旅も今日で終わる。玲佳さんは、晴れてスカイフライヤーズになるだろう。

スカイフライヤーズになれば、国内だけでなく、海外にも行くことになるのかもしれない。そうなれば、玲佳さんと共に旅をするのは無理だろう。

それは仕方のないことだ。

玲佳さんは自分の力で人生をステップアップしていこうとしている。

ぼくも見習わなければならない。

昨日は、美ら海水族館を堪能した。

本来、ぼくは温泉と水族館が好きなのである。明るいうちは水族館を見学し、夜になれば温泉に入って、その土地のおいしいものを食べる。そんな旅を生き甲斐にしてきた。

玲佳さんが洞窟好きなのは知っているが、水族館や温泉が好きかどうかはわからない。沖縄の玉泉洞や高知の龍河洞なら、スカイフライヤーズになるための「修行」の一環として訪ねるのもわからないではないが、山梨の鳴沢氷穴や群馬の不二洞など、飛行機に乗る必要のない洞窟にも行っているから、よほど洞窟が好きなのだろう。

ぼくは洞窟が好きになれない。

長い歳月の末にできた景観は素晴らしいと思うが、何となく怖いのである。閉所恐怖症なので、もし洞窟が崩れたらどうしよう、ここに閉じ込められたらどうしようなどと嫌な想像ばかりしてしまう。少なくとも、洞窟に一人で行く気はしない。

玲佳さんが一緒だったら……。

それは、あり得ないだろう。

そこまで図々しくはない。

ぼくは玲佳さんに愛されるような男ではない。玲佳さんには、玲佳さんにふさわしい男がいるはずだし、残念ながら、それは、ぼくではない。

もちろん、竜崎でもない。

竜崎のような悪い男を排除することが、玲佳さんに対するぼくの愛情である。

今日、玲佳さんはスカイフライヤーズになるための「修行」を終える。朝の便で新千歳に行き、すぐさま新千歳から那覇に飛んでくる。それで必要なプレミアムポイントを獲得できるはずだ。

竜崎は玲佳さんと別れると約束した。

玲佳さんが「修行」を終えるまで待ってほしいと言うから、ぼくも了承した。玲佳さんの邪魔はしたくないからだ。「修行」が終わるのを待って、竜崎は玲佳さんに別れを告げると言う。それをきちんと見届けてほしいと言うから、ぼくは昨日から沖縄にいる。

玲佳さんは取り乱すだろうか？

ぼくを罵るだろうか？

誰よりも愛している人から憎まれるというのは、想像するだけで辛い。

でも、それが玲佳さんが幸せになるために必要なことなら、ぼくは喜んで憎まれようと思う。玲佳さんのためなら、どんな犠牲を払う覚悟もできている。

二

竜崎誠一郎の独白。

平成一二年（二〇〇〇）一二月二四日（日曜日）

西園寺とは夕方四時に、玉泉洞王国村の前にあるバス停で待ち合わせをした。わたしはバッグをひとつ持っている。バッグには着替えと靴が入っている。約束の一〇分前に、西園寺は、玉泉洞王国村から出てきた。軽い足取りである。早めに来て、のんびり玉泉洞王国村を見学していたのだろう。

西園寺は昨日から沖縄にいる。わざわざ自分から知らせてきたのだ。わたしが玲佳と別れることを承知してから、どういう心境の変化か知らないが、わたしに対して妙な親近感を抱いているようだ。

いや、親近感ではなく、後ろめたさなのかもしれないが、高圧的で強気な態度は影を潜め、わたしの言葉に素直に従うようになっている。

玲佳は昼過ぎに新千歳から那覇に到着し、バスで玉泉洞王国村にやって来るから、玲佳が空港で昼食を摂る時間なども考慮して、午後四時に待ち合わせをしようと提案すると、西園寺は簡単に承知した。

どうして他人の言葉を何の疑いもなく信じることができるのだろう?

愚かな奴だ。

ストーカーとして、玲佳から蛇蝎の如くに嫌われている男がのこのこ現れたら玲佳がどんな顔をするか……そんな想像もできない愚か者なのだ。玲佳のために尽くしているから(本人が勝手にそう思っているだけだが)、当然、玲佳も感謝して、自分を温かく迎えてくれるだろうという都合のいい妄想を抱いているわけである。

今日を迎えるにあたって、わたしなりに綿密な計画を立てた。

玲佳を誘き寄せるのは何の問題もない。

玲佳からは「修行」を終える最後の日は、何か記念になるような場所で過ごしたい、どこがいいだろうかと相談されていたから、玉泉洞をクリスマスイブに見学するのはどうだろうと提案すると大喜びだった。玉泉洞は、わたしたち二人のお気に入りの洞窟なのだ。

問題は、西園寺だ。

わたしたち二人が会う場所に西園寺が加わるというのは、どう考えても不自然である。計画を遂行するには、その点が最も難しいと思った。西園寺が疑いを抱き、わたしが指定する場所に来ることを拒めば、計画が根底から崩れてしまう。

が、杞憂だった。

西園寺は、ふたつ返事で承知した。

わたしが玲佳に別れを切り出す場に立ち会うことに興奮しているようで、むしろ、そこに来ないでくれと言われることを怖れているかのようだった。

西園寺が玲佳を賛美し、熱烈に愛しているのは間違いないが、西園寺がどれほど玲佳を愛そうと、玲佳がそれに応える可能性は皆無であろう。これほど無神経で、何の気配りもできない男が玲佳のような繊細な女性に好かれるはずがないのだ。女にモテない男には、モテない理由がちゃんとある。

「やあ」

「あ、どうも」

小走りに近付いてくると、西園寺が周囲を見回す。玲佳の姿が見当たらないからだ。

「彼女は、ここにはいない。他の場所で待っている」

「他の場所で?」

「こんな人目のある場所で別れ話をすることもできないじゃないか」

「ああ……」

「そう遠くじゃない。歩こう」

わたしが歩き出すと、西園寺もついてくる。

やがて、雄樋川に行き当たる。このあたりでは、まだ小川だが、海に出るまでに大きな川になる。

雄樋川沿いには草や木が生い茂っているので、道を歩いていると川の流れが見えないほどだ。

だが、河原に降りることのできる場所がないわけではない。茂みをかき分ければ、それほど苦労せず、河原に降りることのできる場所もある。そういう場所を、下調べをしたときに、ちゃんと見付けておいたのだ。

川沿いに八〇メートルほど下ったところに、あまり目立たないが、河原に行くことのできる場所がある。ほんの一時間ほど前、わたしは玲佳と共にそこから河原に降りた。足場が悪いし、特に景色がいい場所でもないから、玲佳は気乗りしない様子だったが、わたしが強く誘うと仕方なくついてきた。そこが玲佳の死に場所になった。死体は土手の下に隠した。

道を歩いているだけでは河原の様子など見えないし、たとえ、酔狂な者が河原に行ったとしても、土手の下にある死体には、そう簡単には気付かないはずである。玲佳の死体はすぐには見付からず、何日もそこに横たわったままかもしれない。夏の暑い盛りであれば、たちまち腐敗して嫌な臭いが発生するだろうが、今は気温も低いから、いくらか時間がかかるだろう。

まあ、それは、どうでもいい。

わたしとしては、西園寺が死ぬまでに玲佳の死体が見付からなければ、つまり、西園寺に知られなければ、それでいいのだ。

最初、玲佳と同じ場所で西園寺も殺そうかと考えた。美女と野獣がクリスマスイブに同じ場所で死ぬのはロマンチックだと思ったのだ。

だが、やめた。

小柄な玲佳を殺すのは容易だが、西園寺は体格がいい。わたしより、ずっと力がありそうだ。たとえ不意を衝いて西園寺を襲ったとしても、玲佳の死体を見て逆上した西園寺に思わぬ反撃をされるかもしれない。それは、まずい。

それ故、その案を放棄し、二人を別々の場所で殺すことにした。

わたしは歩度を緩め、西園寺が追いつくのを待つ。

ちょうど、玲佳とわたしが河原に降りたあたりである。

おまえが熱愛している女は、すぐそこの土手の下で死体になっているんだぞ……そう西園寺に言いたい衝動に駆られる。

「君は、彼女の本当の姿を知っているのか？」

「本当の姿って……どういう意味ですか？」

「彼女は美しいだろう？　滅多にいない美人だ。しかし、あれは偽物なんだよ」

「偽物？」

「彼女は何度となく美容整形手術を受けている。顔をあちこち直してるのさ」

「え」

「信じられないか？　それとも信じたくないのかな。もうひとつ教えてあげようか。彼女の実家は貧乏でね。彼女の大学進学資金を用意することができなかった。彼女は、どうしたと思う？」

「……」

「両親は離婚して、母親は福岡でスナックを営んでいるんだがね。とんでもない母親で、自分が付き合っていた男を彼女に紹介したんだ。彼女は、その男の愛人になることを承知して、その代わりに金銭的な援助をしてもらうことになった」

「そんなの嘘だ」

「嘘じゃないさ。その男と別れて、まだ一年くらいしか経ってない。どうして、彼女がスカイフライヤーズになるための『修行』を始めたと思う？　中年男の愛人として暮らすことが嫌になって、生活を一新するためなんだよ。美容整形手術を繰り返したのも、過去の自分を消し去りたいと思ったからだ」

「どうして、そんなでたらめばかり言うんだ」

「でたらめかどうか、彼女に確かめればいい。もうすぐ会えるわけだから」

前方に長毛橋が見えてくる。

そのそばに、西園寺の殺害場所に想定した雑木林がある。周囲に人影はない。クリスマスイブの夕方に、こんな何もない場所をうろうろする物好きはいない。

「どこまで行くんだ？」

西園寺の顔が上気している。わたしの話に腹を立てているのだ。内心、かなり動揺しているようである。女神のように崇めていた美しい女の姿が虚像に過ぎないと知らされたのだから、ショックは大きいだろう。実に愉快である。

しかも、怒りのせいで注意力が散漫になり、警戒心が薄らいでいる。思う壺だ。

「ここさ」

「え」

西園寺が周囲を見回す。当たり前だが、わたしたち二人しかいない。

「玲佳さんは、どこだ？」

「そこさ。すぐそこにいるじゃないか。見えないのか？」

わたしが指差した方に西園寺が顔を向ける。

その隙に、わたしはビニールの手袋をはめ、玲佳を殺害したときに使ったナイフをポケットから取り出す。刃には玲佳の血がこびりついている。

「どこに玲佳さんが……」

西園寺がこちらを振り返る。

ためらうことなく、西園寺の喉にナイフを突き刺す。西園寺のふたつの目が驚愕で大きく見開かれる。素早く西園寺の背後に回り込み、喉から頸動脈に向かって、ナイフで切り裂く。自殺を偽装するのだから、それらしくやらなければならないのだ。

西園寺が仰向けに倒れる。傷口からごぼごぼと血が溢れる。息ができなくなり、西園寺は魚のように口をパクパクさせる。すでに目は虚ろである。

その耳許で、

「よかったな。もうすぐ彼女に会えるぞ。この世では相手にされなかったが、あの世では仲良くできるかもしれないな」

と囁いた。

西園寺は無反応だ。

下調べのとき、近くにある木の幹をあらかじめ削っておいた。玲佳の血の入った小瓶を取り出し、「R」の文字を描く。小瓶に残った血を、西園寺の右の人差し指の先に塗る。それから、ナイフを西園寺の手に握らせる。

玲佳を殺害したときには、ほとんど返り血を浴びなかったが、今はそうではない。喉を刺し、頸動脈を切れば、どうしても大量の血を浴びることになる。それは覚悟していたことだ。

だから、準備をしてきた。

コートとズボン、靴にはかなり血が付いている。

用意してきた着替えをバッグから取り出す。

手早く着替え、濡れたタオルで顔や手についた血を拭う。血が残ってないか、鏡で確認する。手抜かりがないことを何度も確認してから現場を離れる。玉泉洞王国村には戻らない。そのまま、川沿いに海に向かって歩く。

国道の手前に公園があり、そこの駐車場にレンタカーを停めてある。

運転席に乗り込み、車を発進させる。

運転していると、涙で目が曇って、前がよく見えなくなる。

その涙には、いろいろな意味がある。

何よりも自分自身への賞賛だ。手際のよさに、われながら惚れ惚れする。巧妙に仕掛けた罠に玲佳と西園寺を誘き寄せ、計画通りに、何のミスもなく二人を「解放」してやった。その素晴らしさに感動する涙なのである。

もちろん、二人を悼む気持ちもある。

重い過去を背負い、自分の生き方に迷っていた哀れな女と、そんな女を女神のように崇め奉って自分の人生を無駄にしていた男……。

今頃は二人とも安らかな眠りについているのだと思うと、自分の為した善行に胸が温かくなる。

二人の葬儀には参列するつもりだ。

それは、「解放」してやった者たちに対するわたしなりの礼儀である。葬儀に参列し、遺族と共に涙を流しつつ、彼らを見送ることで、わたしの善行は完結するのだ。

それにしても、世の中には救いを求めている人間が、なぜ、これほど多いのだろう？

三

平成二二年（二〇一〇）六月一六日（水曜日）

寅三が出勤すると、すでに他のメンバーたちは顔を揃えている。いつものことである。朝礼が始まる直前にあたふたとやって来ることも珍しくないのだ。

ふーっと大きく息を吐きながら、悠然と自分の席に着く。さりげなく樋村に顔を向け、じっと見つめる。

「はいはい、コーヒーですね」

樋村が席を立って、寅三のコーヒーを用意する。

「悪いわね」

マグカップを受け取りながら、寅三が微笑む。

コーヒーを飲みながら、ふと横を見ると、冬彦が一心不乱に何かしている。机の横に段ボール箱を置き、そこから取り出したものを机の上に広げている。写真である。何十枚もある。

「ぼくたちが来たときには、すでにこんな感じでしたよ」

樋村が言う。

「どうしたんですか、朝早くから?」

寅三が訊くが、冬彦は返事をしない。作業に夢中になっているのだ。

「あんたたちどころか、わたしが来たときだって、こうだったわよ」

靖子が横から口を挟む。普段、この部署で最も早く出勤してくるのは靖子だから、それより早いということは、少なくとも一時間以上前から冬彦は作業をしていることになる。

「ゆうべ、福岡から戻ったんでしょう? まさか、ここに泊まり込んだわけじゃないよね。昨日と同じような格好をしてるけど」

冬彦をじろじろ見ながら、靖子が訊く。

「警部殿もうちに帰ったはずですよ」

「ふうん、出張した次の日も早朝出勤か。完全な仕事中毒だね。ワーカホリック」

靖子が呆れたように肩をすくめる。

「じゃあ、係長、そろそろ朝礼を始めましょうか」

「うん、そうだね」

亀山係長が立ち上がる。

事務的な連絡がいくつかあるだけなので、朝礼はすぐに終わった。

冬彦は、またもや作業に没頭する。

「何だか大変そうですけど、よかったら、お手伝いしましょうか？」

寅三が申し出る。

「それとも、わたしには無理なことなのかも……」

「そうだ」

冬彦がパッと顔を上げる。

「何ですか？」

「お言葉に甘えます。寅三先輩にも、できれば、樋村君や安智さんにも手伝ってほしいです。人間には誰でも得意不得意があります。確かに、ぼくは昔から偏差値がずば抜けて高かったし、今だってかなり頭はいいと思いますが、要するに、他の人より多くの知識が頭の中に詰め込まれているというだけで、決して万能ではありません。ぼくの豊富な知識だけでは、どうにもできないことだって、世の中にはたくさんあるんです」

「よく意味がわからないけど、何となく不愉快な言い方をされている気がするのは、わたしだけだろうか……」

寅三がつぶやくと、

「いや、その通りだと思います。警部殿は、かなり失礼なことを言ってますよ。自分は賢いけど、ぼくたちは頭が悪いって」

樋村がうなずく。

「ご本人には、まったく悪気はないようですが」

理沙子が肩をすくめる。

実際、冬彦は、寅三や樋村の言葉などまったく耳に入っていない様子で、自分の思いつきに興奮しているようである。

「何でも言って下さい。取り立てて急がなければならない仕事もありませんから」

樋村が言う。

「これを見て下さい」

冬彦が寅三に写真を差し出す。

「何ですか?」

「西園寺の遺品が入った段ボール箱を預かったじゃないですか。その中にあった写真の一枚です」

「ふうん……」

寅三が写真を手に取る。

「見覚えがありませんか？」

「わたしの知っている場所なんですか？」

「そうです。最近、二人で行きました」

「最近、二人で……」

あっ、と寅三が声を上げ、

「おきなわワールドですね」

「そうなんです。おきなわワールドの玉泉洞の入口付近なんです」

「西園寺が撮った写真なんですよね？」

「そうです。ラッキーなことに、写真には日付が入ってます。事件のあった年の六月と九月に、西園寺は玉泉洞に行ったということです」

「白鳥さんにつきまとって、という意味ですよね？」

「はい。最初は、何の変哲もないただの風景写真ばかりだと思っていたのですが、玉泉洞に行ったときの写真だと気がついたので、段ボール箱の中にある写真のうち、事件のあった年の写真だけを選び出してみました。それが、これらの写真です」

冬彦は、机の上に並べられた写真を指し示す。

「白鳥さんは洞窟が好きだったから、スカイフライヤーズになるための『修行』をしながら、その合間に洞窟にも出かけていたということですかね？　で、西園寺は、そこにまでつきまとった」

　寅三が言う。

「そういうことだと思います」

「気持ち悪いなあ」

「白鳥さんのホームページをチェックするだけで、洞窟旅行の予定までわかったとは思えないので、たぶん、ある時期から、何らかの方法で白鳥さんの行動予定を探っていたのではないかと思います」

「何らかの方法って？」

「都合のつく限り、自宅や会社を見張るとか」

「ますます気持ち悪いなあ」

「そのおかげで、犯人に繋（つな）がるヒントが得られるかもしれません」

「どうしてですか？」

「洞窟は白鳥さんが抱えていた心の闇（やみ）を象徴している気がするんですよ。自分の心と通じるものがあるから、洞窟にいると気が休まったのではないか、とぼくは想像しています。犯人は、それを知っていたから、敢（あ）えて、玉泉洞の近くで白鳥さんを殺害したと思うんです」

「西園寺を白鳥さんと一緒に殺したのは、なぜですか？」

「これも想像ですが、見張りを続けるなかで、西園寺は犯人を知ったのではないでしょうか。そして犯人もそんな西園寺に気付いた。つまり、白鳥さんだけを殺害すれば、警察に通報される怖れがあるから、白鳥さんと一緒に西園寺も殺さざるを得なかったわけです」

「何だか説得力がありますね」

「その前提が正しければ、犯人は白鳥さんと一緒に他の洞窟にも行ったかもしれません」

「なるほど、この写真に写っている場所がわかれば、犯人の足取りが判明するかも、というわけですね？」

「あくまでも可能性ですが」

冬彦がうなずく。

「西園寺は、ストーカーと疑われるほど執着して、白鳥さんをつけ回していたわけですよね？　旅先でもつきまとい、こんな写真まで撮っている。それなら犯人が写った写真があってもよさそうじゃないですか」

冬彦と寅三の話を聞いていた理沙子が口を開く。

樋村が興奮する。

「そんな写真があれば、一気に事件解決じゃないですか」

「残念ながら、そううまくはいかないんだよ。どういう理由かわからないけど、写真は風景を撮ったものばかりで、人の姿が写っているものはない」

「白鳥さんの写真もないんですか？」

寅三が訊く。

「ないんです」

「なぜだろう……？」

寅三が首を捻る。

「推測はできます」

「と言うと？」

「以前、西園寺の日記を読みました」

「ああ、そうでしたね。だけど、日記というより、詳しいメモみたいなものだとおっしゃってませんでしたか？」

「そうなんです。いわゆる日記というのとは違っていますね。自分自身の日々の記録を正確に書き残すという内容であれば、事件を解明する上で大いに役に立ってくれたはずです。西園寺の行動を辿ることが白鳥さんの行動を知ることにもなるし、白鳥さんがどんな人物と接触していたかもわかったでしょうから。しかしながら、そんなことは何も書いてません。どこでいくらお金を使ったかということばかり書いてあるんですよ」

「お金に細かい人だったわけですか」

「何月何日にいくら使ったのかは正確にわかるのですが、どこに行ったのか、誰と会ったのか、何をしたのか、ということはよくわかりません。ただ、その合間合間に白鳥さんを賛美する言葉が書き連ねられています。事件のあった年の二月頃に白鳥さんに出会ったようですが、最初の頃は、ただの憧れだったのに、次第に気持ちがエスカレートして、白鳥さんを自分の手が届かない崇高な存在として、言うなれば、女神のように崇め奉るようになるんです」

「神さまになったわけですか」

「そこまでいってしまうと、こっそり写真を撮るような嫌らしい真似はできなくなるんじゃないですかね」

「神社やお寺に行ったら、ご本尊の写真を撮るのではなく、頭を下げて拝みますからね。写真なんか撮ったら罰が当たりそうだし……。だから、白鳥さんの写真を撮らなかったんでしょうか？」

「そう思います」

「犯人の写真を撮らなかったのは……？」

「犯人の写真を撮ると白鳥さんも一緒に写ってしまう。つまり、それくらい犯人と白鳥さんは近しい関係だった……ぼくは、そう推理しています」

　これを見て下さい、と冬彦は別の写真を三人に示す。

「山口県の秋芳洞だと思うんです。有名な観光地だから、ネット上にたくさんの写真があり、洞窟のことなんか何も知らないぼくでも、秋芳洞近くの風景だとわかりました」

「八月に行ったようですね」

　写真の日付を見て、寅三が言う。

「だけど、ここで行き止まってしまいました」

　冬彦が大きな溜息（ためいき）をつく。

「それで、わたしたちの出番なんですね？」

「手を貸していただけますか？」

「もちろん。やるよね？」

「はい」

　理沙子と樋村がうなずく。

「玉泉洞や秋芳洞以外の有名な洞窟をネットで調べて、それらの写真を手がかりにして、西園寺が行ったであろう洞窟を特定すればいいということですよね？」

　理沙子が訊く。

「そうです」

「手分けした方がいいですよね？　みんなが同じ洞窟を調べても仕方ないでしょうし」

「洞窟の人気ランキングがありますよ」

　すでに樋村はネット上で検索を始めている。

「ランキングの上位から、それぞれが担当する洞窟を決めて、ネット上で手に入る写真をできるだけたくさん印刷しましょうか。その写真と西園寺が撮った写真を見比べていけば、似たような写真が見付かるかもしれませんよ」

「いいアイデアだね、樋村君。そうしよう」

冬彦がうなずく。

そのランキングのトップテンには、玉泉洞と秋芳洞が入っていたので、そのふたつを除いた八つの洞窟を、冬彦、寅三、理沙子、樋村の四人がふたつずつ担当して調べることにする。

「始めましょう。よろしくお願いします」

冬彦が言うと、寅三と理沙子もパソコンの操作を始める。

午前中は、ひたすら写真のプリントアウトに費やされた。

寅三、理沙子、樋村の三人は昼食を食べに外に出たが、冬彦は部屋に残り、トップテン以外の洞窟の写真もせっせとプリントアウトした。何かに夢中になると空腹を感じないらしい。

昼休みが終わり、三人が戻ってくると、プリントアウトした写真を持ち寄って、公麻呂の撮った写真との照合作業をする。

「こんな感じですかね。たぶん、正しいと思いますけど」

寅三が言う。

照合作業によって、玉泉洞と秋芳洞以外に、公麻呂が行ったであろうと思われる洞窟を三つ特定することができた。岩手の龍泉洞、高知の龍河洞、岐阜の飛騨大鍾乳洞（ひだだいしょうにゅうどう）の三つである。

「……」

冬彦が机の上に並べられた写真をじっと見つめる。

写真は時系列に従って並べられている。

それによると、公麻呂は、六月と九月に玉泉洞、七月に龍泉洞、八月に秋芳洞、一〇月に龍河洞、一一月に飛騨大鍾乳洞を訪れている。その後、一二月にも玉泉洞に行って殺されたわけだ。

「白鳥さんはスカイフライヤーズになるための『修行』をしつつ、月に一度くらいは全国各地の洞窟にも行っていたということですね」

冬彦がうなずく。

「白鳥さんの足取りはわかりましたけど、これが犯人の特定に繋がるわけではないですよね。人物が写った写真もないし、白鳥さんが犯人と一緒だったかどうかもわからないわけですし……」

「白鳥さんは心に闇を抱えていたから、洞窟に強く惹かれたのではないかと思うのですが、同じことが犯人にも言えるかもしれません」

「え」

「犯人も洞窟が好きなのではないでしょうか？　白鳥さんと西園寺を玉泉洞の近くで殺害したのも、そのせいかもしれません。もしかすると、他の殺人も洞窟に関係があるのかも……」

「そんな推測ばかり並べたって仕方ないでしょう。何の根拠もないのに」

寅三が肩をすくめる。

「ないことはないのです。確かめる方法があります」

冬彦が自信ありげに言う。

四

応接室。

火野理事官、村山管理官、冬彦、寅三の四人が顔を揃えている。

亀山係長も同席するはずだったが、打ち合わせの直前になってお腹の調子が悪くなり、トイレから出ることができなくなってしまった。よほど火野理事官を怖れているらしい。

「で、用件は？　おれは忙しいんだぞ。何かわかったら報告書を提出、急ぐときは村山に報告すればいいと言っただろうが」

苦虫を嚙み潰したような渋い顔で、火野理事官が言う。

「報告書を作成する時間が惜しいですし、文章で読むより、直に説明する方がいいと考えました。理事官と管理官がお忙しいのは承知していますが、とても重要なことなのです」

冬彦は平気な顔で言う。

「前置きはいい。さっさと言え」

「はい……」

新たにわかったことを、冬彦が話し始める。特に玲佳の個人情報である。

「それが何だっていうんだ？　若い女が金のために身を投げ出すなんて話、少しも珍しくないだろう。心の闇だとか大袈裟なことを言いやがって」

火野理事官は少しも興味を示さない。

「これを見ていただきたいのです」

冬彦が言うと、寅三がテーブルの上に写真を並べ始める。時系列順である。

「何の写真だね？」

村山管理官が訊く。

「全国にある有名な洞窟の写真です」

「洞窟だと？」

「白鳥さんと西園寺を殺害した犯人は、白鳥さんの身近にいた人物だとわたしは確信しています。一緒に旅をするほど親しかったかもしれません。もしかすると、白鳥さんの心の闇に触れたかもしれません。白鳥さんが洞窟に惹かれたのは、自分の心の闇と通じる何かを感じたからでしょうから、犯人と二人で洞窟を訪ねたかもしれません。まだ証拠はないのですが、犯人も洞窟が好きだったのかもしれません」

「何だ、こいつ、かもしれません、かもしれませんって、当て推量ばかりじゃないか」

火野理事官が呆れる。

「……」

村山管理官は真剣な表情で写真を見つめている。

「写真の日付を見てもらえればわかりますが、六月から、ほぼ毎月、どこかの洞窟を訪ねています。事件のあった一二月が最後で、そのときの写真はありませんが、殺害現場の近くには玉泉洞があります。六月の写真は玉泉洞で、七月は岩手県下閉伊郡岩泉町にある龍泉洞という洞窟で……」

八月は山口県美祢市秋芳町にある秋芳洞に、九月は再び玉泉洞に、一〇月は高知県香美市土佐山田町にある龍河洞に、一一月は岐阜県高山市丹生川町にある飛騨大鍾乳洞に行っているわけです、と冬彦が説明する。

興味なさげだった火野理事官の表情が次第に険しくなってくる。

「どうかなさったんですか？」

思わず寅三が訊いたほどである。

「どうします？」

村山管理官が火野理事官に訊く。

「いいだろう。話してやれ」

火野理事官がうなずく。

「はい」

村山管理官は胸ポケットから取り出した手帳を開き、そこに記された内容を確認しながら、

「その洞窟があるという場所だがね、岩手の岩泉町、山口の秋芳町、高知の土佐山田町、岐阜の丹生川町……その四つの場所では、時期は異なるが、この一〇年の間に不審な遺体が発見されている。明らかな殺人事件もあるし、当初は自殺と思われたものの、その後の調査で不審な点が見付かり、他殺が疑われるようになったという事件もある。四つの事件に共通しているのは、現場に『R』の血文字が残されていたことだ」

「え」

寅三が大きな声を発する。

「もうひとつの共通点は殺害方法だな。殺人事件の場合は刺殺だ。心臓をひと突き」

「白鳥さんと同じということですね？」

冬彦が訊く。

「そうだ。で、当初、自殺と思われた事件は……」

「自分で喉を刺した……ですよね？　つまり、西園寺と同じ」

「うむ」

冬彦の問いに、村山管理官がうなずく。

「そんな……まるっきり同じ殺し方だなんて。同じ犯人がやっているということじゃないですか」

驚きを隠しきれない様子で、寅三が言う。

「時期が異なるとおっしゃいましたが、どれくらい違っているのでしょうか？」

冬彦が訊く。

「ええっとだな……」

村山管理官が手帳をめくる。

「秋芳町が一二年前、土佐山田町が八年前、丹生川町が三年前、岩泉町が去年だ。沖縄が一〇年前」

「土佐山田町の事件から丹生川町の事件まで、五年の空白がありますね」

「いや、そういうわけではない」

村山管理官が首を振る。

「群馬の上野村でも五年前に、山梨の鳴沢村でも二年前に事件が起こっている」

「群馬と山梨……どこかで聞いたような」

寅三が首を捻る。

「どちらも有名な洞窟がある場所ですよ。上野村には不二洞が、鳴沢村には鳴沢氷穴があります」

冬彦が言う。

「そうか。洞窟が手がかりなのか。洞窟の中で死体が見付かったわけじゃないから気が付かなかった」

火野理事官がうなずく。

「それで全部ですか？」

「今のところは、これだけだ」

寅三が訊く。

村山管理官が手帳を閉じる。

「すべての現場に『R』の血文字が残っていたわけですか？」

「そうだ」

「一二年前から去年までに七件、八人が殺されているわけですか」

　寅三が呆然とする。

「実際には、もっと多いかもしれませんよ。いや、多いでしょう。最初の犯行から『R』の血文字を残したかどうかわかりませんからね。ただの自殺、あるいは、犯人不明の未解決事件として処理されている事件もあるかもしれません。それに犯行の後、例えば、雨が降って、血文字が消えてしまったという場合もあるかもしれませんから」

　冬彦が言う。

「想像したくもないですね」

「わからないことを、あれこれ言っても仕方ありませんが、とりあえず、わかっている事件だけを考えても、犯人は去年まで三年続けて事件を起こしています。これが、たまたまなのかどうか……」

　冬彦が首を捻る。

「犯行がエスカレートしているということですか？」

　寅三が眉を顰める。

「その可能性はあります。シリアルキラーには、よく見られるパターンですからね。犯行を重ねるうちに自分を制御できなくなって、犯行が加速していくのです」

「まずいじゃないですか。そう遠くないうちに、またやるということでしょう？　それどころか、すでに何かしているのかも……。容疑者の絞(しぼ)り込みは行われているのですか？」

寅三が訊く。

「そこまで捜査は進んでいない。犯人に関する具体的な手がかりが何もないからな」

村山管理官が首を振る。

「ええっとですね……」

今度は冬彦が手帳を取り出して、ページをめくる。

「この犯人ですが……」

身長は一八〇センチくらい、スマートな体型で足が長く、人目を引くような彫りの深い顔立ちをしている……と西園寺正勝から聞いた特徴を説明する。

「但(ただ)し、これは一〇年前の特徴です。今では体型が変わっているかもしれませんし、当時は髪も黒く、量も多かったようですが、今はどうなっているかわかりません」

「……」

火野理事官と村山管理官が顔を見合わせる。

「なぜ、そんなことがわかる？」

火野理事官が訊く。

「一〇年前、犯人は、白鳥さんと西園寺の葬儀に出席しているのです」

「何だと？」

「西園寺の父親が犯人を覚えていました。厳密に言えば、葬儀に現れた見知らぬ男を覚えていたということなのですが」

「犯人が葬儀に現れたってのか？　なぜ、そんなことをしたんだ？」

火野理事官が訊く。

「それは、わかりません。犯人にとって何か意味のあることなのか。それとも、ただの悪ふざけなのか……。二人の葬儀にやって来たとき、犯人は会葬者名簿に『佐鳥公夫』という名前を書き記しています」

冬彦は「佐鳥公夫」という名前が、西園寺公麻呂と白鳥玲佳の名前を組み合わせたものだと説明する。

「気味の悪いことをする奴だな」

火野理事官が顔を顰める。

「沖縄以外の六件に関して、被害者の葬儀の会葬者名簿を調べてはいかがですか？　犯人が参列しているかもしれません。当然、偽名だと思いますが、『佐鳥公夫』のように、名前も住所もでたらめだという人間が見付かるかもしれません」

寅三が言う。

「筆跡鑑定という手もあるな」

「そうですね」

火野理事官の言葉に村山管理官がうなずく。

「去年とか一昨年(おととし)の葬儀であれば、西園寺正勝さんのように、犯人について何かを覚えている参列者がいるかもしれませんね」

冬彦が言う。

「ああ、そうだな。早速(さっそく)、調べることにする」

村山、手配しろ、と火野理事官が言う。

「了解です」

村山管理官が席を立ち、応接室から出て行く。

「よし、よくやった。誉(ほ)めてやろう」

「これで、ぼくたちも正式に捜査に加えていただけますよね？」

「人手は十分に足りている。さっきの手がかりを元に、あとは人海戦術で犯人を炙(あぶ)り出す。おまえたちは本来の仕事に戻れ」

「そんなあ……」

寅三が膨(ふく)れっ面(つら)になる。

最初は、この事件の捜査に乗り気ではなかったが、ここまで捜査が進み、もう少しで犯人の後ろ姿が見えそうだというときに手を引けと言われれば、さすがに勝手な言い草に腹が立つのであろう。

「これは過去の事件じゃない。現在進行形の事件だ。特命捜査対策室ではなく、大部屋が対処する。おまえたちに意地悪しているわけじゃない」

「それは、わかりますが……」

「せめて出張の許可をいただけませんか？」

尚も抗弁しようとする寅三を制して、冬彦が身を乗り出す。

「出張？　どこに行くんだ？」

「犯行現場のうち、ぼくたちは沖縄にしか行ってません。他の犯行現場も見たいのです」

「見てどうする？」

「何か役に立つことがわかるかもしれません」

「そうですよ。警部殿が沖縄や九州に出張したことで、今までわからなかったことがたくさんわかったんですから」

寅三も後押しする。

「ふうむ……」

火野理事官が思案する。

「まあ、いいだろう。但し、何かわかったら、今まで通り、必ず村山に報告しろ。自分たちで何とかしようなんてことは絶対に考えるな」

「はい、もちろんです」

「よし」

火野理事官が腰を上げようとする。

「もうひとつ、お願いがあります」

「まだあるのか。何だ?」

「沖縄以外の六つの事件に関するすべての捜査資料を見せて下さい」

「……」

火野理事官が渋い顔になる。

「警部殿の推理は役に立ちますよ。理事官もおわかりのはずです」

寅三が口を出す。

「わかった。手配しておく」

ちっ、と舌打ちして、火野理事官が応接室から出て行く。

「やった」

冬彦が嬉しそうにガッツポーズをする。

五

六月二〇日(日曜日)

木曜日から、冬彦と寅三は全国を飛び回っている。火野理事官の許可をもらったので、大手を振って出張しているのだ。

最初に行ったのは山口県の秋芳洞である。一二年前、今現在わかっている中で最も古い事件が起こった場所だ。

その次に行ったのが八年前に事件の起こった高知県の龍河洞、三箇所目に三年前に事件が起こった岐阜の飛騨大鍾乳洞に足を運んだ。移動に時間がかかったので、木曜日と金曜日の二日間で三つしか回ることができなかった。

金曜日の夜に一度東京に戻った。

土曜日は二人とも休日出勤して、群馬県の不二洞と山梨県の鳴沢氷穴に行った。

今日は岩手県の龍泉洞に行くことにした。

早朝、東京駅で待ち合わせて新幹線に乗ったが、普段、何かと饒舌な冬彦が珍しく黙りこくって、真剣な表情で手帳を睨んでいる。大量の捜査資料に目を通し、必要なことを手帳にメモしてあるのだ。実際にいくつかの現場に足を運び、そこで気が付いたこともメモしてある。それらのメモを読み直しながら物思いに耽っているのである。

そのおかげで、寅三は盛岡までゆっくり眠ることができた。

盛岡に着くと、

「お腹、大丈夫ですか？　まだ昼ごはんを食べるには早いと思いますが」

冬彦が訊く。

「熟睡したので、まだ頭がぼーっとしてます。そのせいか、あまりお腹は空いてません」

「途中で食べてもいいし、向こうに着いてから食べてもいいですよね」

「おいしそうなものがたくさんあるみたいですからね。岩魚のお寿司があるみたいなんですよ。どんなお寿司なんだろう。楽しみだわ」

寅三の目がキラキラ輝く。

「何を食べるかは、お任せします。じゃあ、行きましょう」

二人が向かうのはレンタカーショップである。

龍泉洞のある岩泉町までは、盛岡からバスでも行けるが、二時間近くかかる。岩泉町に着いてからの移動も考慮し、盛岡駅前でレンタカーを借りることにした。その手配は、すでに冬彦が済ませている。

車を借りる手続きが済むと、当然のような顔で冬彦が助手席に乗り込む。

運転席に坐り、車を発進させると、

「警部殿は、完全なペーパードライバーなんですか？」

寅三が訊く。

「その通りです」

「最後に運転したのは、いつですか？」

「杉並中央署に配属された直後、高虎さんに命じられて一度だけ運転しました」

「で？」

「駐車場で事故を起こしました」

「マジですか」

「マジです。それ以来、高虎さんが運転するようになったんです」

「あの怠け者が自分で運転するなんて……。よっぽど怖かったんだろうなあ」

「ぼくも運転した方がいいですか？　長いドライブになりそうですから、もしも疲れるようなら……」

「あ、大丈夫です。わたしが運転しますので、ご心配なく。出張先で怪我なんかしたくないですからね。ただ、ずっとペーパーというのはまずいから、少しは練習した方がいいですよ」

「寅三先輩が指導して下さるんですか？」

「それは、お断りします。誰か他の人に頼んで下さい」

「シビアですね」

ははは っ、と冬彦が笑う。

盛岡から岩泉町までは、国道四五五線をひたすら走り続けることになる。

市街地を抜けると、

「新幹線では熱心に考え事をなさっていたようですが、何か気になることでもあるんですか？」

　寅三が訊く。

「気になることはたくさんあるし、調べたいことも山ほどあります。ただ……」

「何ですか？」

「ぼくがやるまでもなく、すでに多くの捜査員がやっていますから」

「ああ、そうですよね」

　すでにこの事件は過去の未解決事件という扱いではなく、現在進行形の事件と位置付けられているから、大部屋の捜査員たちが、各地の県警と協力して捜査に当たっている。全国各地の犯行現場に出張しているのは冬彦と寅三だけではないのだ。

　正直に言えば、

（もうわたしたちの出番はないな）

と、寅三は思っているし、木曜日からの出張もあまり意味はないのではないか、と感じてもいる。

　しかし、冬彦の気持ちを慮（おもんぱか）って、そんなことは口にせず、相棒として出張に付き合っている。

　白鳥玲佳と西園寺公麻呂を殺害した犯人が、それ以外にも殺人事件を引き起こしていることは、火野理事官や村山管理官も確信して捜査を進めていたものの、犯人像はまったくつかめておらず、「R」という血文字以外には、犯人の手がかりすらなかった。

冬彦のおかげで、一〇年前のものとはいえ、犯人の身体的な特徴もわかったし、会葬者名簿の洗い出しという有効手段も手に入れた。

しかも、去年、龍泉洞で起こった事件に関しては、被害者の葬儀を行ったセレモニーホールの防犯カメラ映像が消去されずに残っていた。一年間は保存するという社内規定のおかげである。幸運と言うしかない。さすがに二年前や三年前に行われた葬儀の映像はなかった。それ以前に行われた葬儀の映像も残っていない。会葬者名簿の洗い出しで不審な人物が葬儀に参列していたことがわかれば、犯人に当てはまりそうな身体的特徴を備えた人物を防犯カメラの映像から捜せばいいわけである。そしてそれらを正勝や葬儀の参列者に見せる。時間と人手を惜しまなければ、確実に犯人に迫ることができるはずだ。

「捜査が大きく進展したのは警部殿のおかげですからね。ご自分で犯人を逮捕したかったでしょう」

慰めるように寅三が言う。

「誰が犯人を捕まえても構わないんです。大切なのは次の犯行を防ぐことですから」

「ふふふっ……」

寅三が笑う。

「何かおかしいですか？」

「いいえ、別に」

口では誰が犯人を捕まえてもいいと言いながら、これまでに訪ねた場所、すなわち、秋芳洞、龍河洞、飛驒大鍾乳洞、不二洞、鳴沢氷穴では、そこの従業員たちに熱心に聞き込みをし、

「何か思い出したら、どんな些細なことでも結構ですから連絡をお願いします」

と大量の名刺をばらまいていた。

やる気満々なのである。

それを思い出して、寅三は笑ったのだ。

六

竜崎誠一郎の独白。

平成二二年（二〇一〇）六月二〇日（日曜日）

世の中には運のいい人もいれば、運の悪い人もいる。人の力では運を左右できないから、やはり、持って生まれたものと言うしかないだろう。

たぶん、わたしは運のいい人間である。

今でも自由に好きなことができているのが、その証である。母を「解放」してやったのは、四〇年以上も昔のことになる。妻を「解放」してやってからでも三〇年くらいは経っているだろう。

その後、母や妻のように苦しんでいる人たち、もちろん、苦しんでいる理由は様々だったが、そういう人たちを「解放」してやった。苦しみに満ちた人生の軛から解き放って楽にしてやったのだ。

日本の法律では、わたしのやったことは罪に問われる。私利私欲のためではなく、自分では人助けのつもりだが、警察に捕まれば、恐らく、死刑になるだろう。理不尽だと思うが、そもそも法律は理不尽なものだから、それについて、とやかく言うつもりはない。

肝心なのは、これまで、わたしが捕まらなかったということだ。

それが幸運なのである。

後になって振り返ると、随分と手際の悪いやり方をしたこともあるし、危うく警察に通報されそうになったこともある。もう駄目かと観念しかかったことも一度や二度ではない。一〇年前に沖縄で白鳥玲佳を「解放」してやったときが、そうだった。

白鳥玲佳は、わたしを信じ切っていて、わたしの言いなりだったから、特に心配することもなかったが、西園寺公麻呂という不細工なデブが白鳥玲佳につきまとい、わたしに嫉妬して、わたしの名前や住所、勤務先まで調べ上げた揚げ句、これまでにも悪いことをしているはずだから、玲佳さんと別れなければ、警察に行く、と脅迫してきたのだ。

まずい事態だった。

法律に触れることをしている証拠を握られていたわけではなかったが、警察が捜査を始めれば、どうなっていたかわからない。見落としていた証拠を見付けられてしまったかもしれない。

たとえ西園寺の言いなりになって白鳥玲佳と別れたとしても、西園寺がいる限り、不安を感じ続けなければならなかったはずである。

それ故、西園寺を排除することにした。

綿密に計画を練り、白鳥玲佳と西園寺を同じ日に殺害し、西園寺が白鳥玲佳を殺害した後に、西園寺が自殺したように偽装した。

それがうまくいった。

白鳥玲佳に一方的に好意を寄せた西園寺が無理心中を図った揚げ句に自殺した……そう解釈され、事件はあっさり幕引きとなった。

二人の死に警察が疑いを抱いて詳しく調べれば、西園寺はどこかにわたしに関する情報を残していただろうから、警察がわたしのところに来たはずである。いかに綿密な計画を立てたとしても、所詮、わたしなど素人に過ぎないから、警察が本腰を入れて捜査すれば、わたしが二人を殺したという証拠を見付けたに違いない。

しかし、そうはならなかった。

警察は何もしなかったのだ。

まさしく、わたしは運のいい人間なのである。

不運であれば、一〇年前に捕まっている。

それから現在に至るまで、何人もの哀れな女たちを「解放」してやったが、取り立てて危機感を抱くような深刻な事態に陥ったことはない。

気の緩みを自戒し、どんなときにも油断しないように心懸けてはいるが、それだけで、すべてがスムーズに成功するとは限らない。

予想外のアクシデントは常に起こり得るからだ。

窮地に陥ったときに、うまく逃げおおせられるかどうかは、結局のところ、自分が持っている運で決まるのではないかと思う。

今日もまた自分が幸運に恵まれていると痛感させられることがあった。

昨日から、わたしは岩手に来ている。

目的は龍泉洞見学である。

一人ではない。連れがいる。

菊川美奈という三二歳の美しい女性である。

今年の初めに知り合ったばかりの不幸な女性だ。

山梨の鳴沢氷穴で出会った。

その出会いについて、くどくど言うまい。

ここ数年、若く美しく、それでいて、心の奥底に深刻な悩みを抱えている女性たちが、ごく自然に、当たり前のように、わたしに寄ってくるのである。

言うなれば、蜜蜂(みつばち)が花に引き寄せられるように、蛾(が)や羽虫が明るい光に群がるように。

自分ではわからないが、何かしらのオーラがわたしから出ていて、そのオーラに引き寄せられるのではないかと考えたくなるほどだ。

実際、ふとした偶然で菊川美奈と知り合って、すぐに親しくなり、今では二人で旅行するほどの仲になっている。親しくなるのに、あまり時間がかからないのも、ここ数年の顕(けん)著(ちょ)な傾向である。自慢ではない。ただの事実である。

美奈は、ごく普通の会社員で、杉並区で祖母と二人暮らしをしている。

祖母と住むようになったのは中学生の頃で、それまでは両親と町田(まちだ)で暮らしていた。両親と離れたのは、父親から性被害を受けていたからである。小学生低学年の頃から始まり、数年間、続いた。

美奈の心身は深刻なダメージを受けた。極度の男性不信に陥り、一種の恋愛恐怖症になってしまった。

そのせいで、三二歳になるまで男性経験がない。なぜ、父親が最後の一線を越えなかったのかわからないが、とにかく、肉体的に美奈は処女なのである。

一緒に旅行するほど親しいが、美奈と肉体関係はない。そんなことを、わたしは望んでいないから、何の不満もない。美奈のことがかわいそうで仕方がないだけである。

（遠からず「解放」してやらなければなるまい）

そう考えている。

話が逸れた。

なぜ、今日もまた、わたしが幸運なのかという話に戻そう。

龍泉洞をざっと見学し、木陰にあるベンチで休憩していた。

美奈はトイレに行った。

しばらくすると、両手にソフトクリームを持って戻ってきた。

「どうぞ」

「ありがとう」

並んでベンチに腰掛けると、

「知っている人に会ったわ」

美奈がソフトクリームを嘗めながら言った。

「知り合い？　友達かい」

「ううん、そうじゃないの。こっちが知っているだけで、向こうは知らない。というか、覚えていないと思う」

「気になるね」

「警察の人なの」

「え」

「わたし、杉並に住んでるでしょう。杉並中央署の生活安全課に『何でも相談室』というのがあるの」

「『何でも相談室』だって？　そんなものが警察にあるのか」

「半年くらい前なんだけど、おばあちゃんが、公民館の集まりの帰り、お友達と公園を散歩していたの。小川に魚だったか亀だったか、何かいたらしくて、よく見ようとして、首を伸ばした拍子に池に眼鏡を落としてしまったの。割と深い池だったみたいで、眼鏡を拾い上げることができなかった。眼鏡がないと困るから、どうしよう、どうしようって慌てちゃったのね。そうしたら、お友達が『何でも相談室』に電話してみたらいいわよと勧めてくれたの。池に落とした眼鏡を警察が探してくれるはずがないと思ったらしいけど、他に名案もないから、半信半疑で電話したらしいの。そうしたら、すぐに『何でも相談室』の人たちが来てくれて、小太りのおまわりさんが池に入って眼鏡を探してくれたのよ」

「で、眼鏡は見付かったの？」

「ええ、見付かったわ。おばあちゃん、すごく喜んで、何日かしてから、お菓子を持って、杉並中央署にお礼に行ったんだけど、そのとき、わたしも付き添ったの」

「ほう……」

「ほんの数人しかいない小さな部署だった。これからも何か困ったことがあったら、遠慮なく相談して下さいって、そう元気に言ってくれたおまわりさん、小早川さんというんだけど、その人が売店にいたわ。一緒にいた女の刑事さんは見たことのない人だったけど」

「すごいね、名前まで覚えてるの？」

「だって、売店で偶然話してるのが聞こえたのよ。こんにちは、警視庁の小早川です、って。その名前を聞いて、あのときのおまわりさんだって思い出したの。だって、他に警察の人なんか知らないし」

「警視庁？　杉並中央署と言わなかった」

「よくわからないけど、確かに警視庁と言ってたわよ」

「異動したのかな」

「そうかもしれないわね」

「話をしたの？」

「いいえ。だって、不審死事件について話していたから、気軽に挨拶できる感じでもなかったし」

「不審死事件だって？」

「この近くで、去年、若い女性が亡くなったんだって。全然知らなかった。怖いわね」

「その事件を調べているのかい、その小早川という人は？」

「そうみたい。ちらっと聞こえたけど、背が高く、彫りの深い顔立ちの中年男性に思い当たることはないかって……。あら、それなら、先生にも当てはまりそうね」

「もう六〇近いから、わたしは中年とは言えないよ。ただの年寄りさ」

「その事件、先生は知ってた？」

「知らないね。去年も龍泉洞には来たけど、その事件が起こる前だったんじゃないかな。事件の後であれば、何か耳にしたかもしれない」

「そうね」

　美奈は何の疑いも持っていないようで、すぐに話題を変えた。

　適当に相槌を打ちながら、わたしは小早川という警察官について考えた。

　警察には管轄があり、その管轄外で勝手に捜査することは許されないことを、映画で観たか、小説で読んだかした覚えがある。

　去年の事件について、岩手の警察が調べているのならわかるが、なぜ、警視庁の警察官が龍泉洞にやって来るのか、それがわからない。

　しかも、小早川は闇雲に犯人を捜しているわけではなく、犯人の特徴を正確に把握している。

美奈が言ったように、わたしに当てはまるのだ。

それは、どういうことなのだろう？

去年、ここで「解放」してやった女性の葬儀に参列したが、そのときに何かヘマをしたのだろうか？

誰かに疑われたのだろうか？

何だか、あの男は怪しいと思われたのだろうか？

葬儀場の防犯カメラ映像を調べれば、わたしの姿が映っているだろうから、小早川はわたしの写真も持っているのかもしれない。

もちろん、会葬者名簿には偽名で記帳したし、住所もでたらめだから、そこから、わたしの身元がばれる心配はないはずだが、日本の警察は優秀だから、いずれ突き止められてしまうかもしれない。

誰かを「解放」してやったときには、その現場に「R」の血文字を残すようにしている。悪ふざけでも何でもない。画家が完成した自分の作品にサインするように、マーキングしただけのことだ。

自分にとって不利な材料になることは承知しているが、そうせずにはいられなかったのだ。

美奈の話を聞いただけではわからないことばかりである。いくら想像したところで、確かな事実を知ることができないのでは時間の無駄というものだ。

　わたしには運がある。

　そうではないだろうか？

　トイレに行って売店で買い物をしたのが美奈ではなくわたしだったら、小早川と鉢合わせしていたかもしれない。自分が捜しているのとよく似た風貌の男が目の前に現れたら、小早川も職務質問くらいはするだろう。

　そうなれば、一巻の終わりではないか。

　しかし、そうはならなかった。

　美奈のおかげで、窮地に陥らずに済んだ。

　休憩したら、もう一度じっくり見学しようと話していたが、急遽、予定を変更した。疲れたから、早めに盛岡に帰ろうと提案すると、大丈夫？　見学はしないにしても、もう少し休んでから帰る方がいいんじゃない？　と美奈は親身に心配してくれた。

　歩き回る元気はないが、車の運転は平気だから、と美奈を納得させて、レンタカーで盛岡に戻った。

　夕方の新幹線を予約してあったが、もっと早い時間の新幹線に変更し、東京に帰ることにした。

　美奈はわたしの身を案じて、あれこれ世話を焼こうとするが、それがかえって鬱陶しかった。

「少し眠ることにするよ」

「それがいいわ」

グリーン車のシートを倒し、目を瞑った。

眠りたいわけではなかった。

美奈との会話を中断して、静かに考え事をしたかったのだ。警察に尻尾をつかまれたとすれば、これから先のことをじっくり考える必要がある。

そのつもりで目を瞑ったのはいいが、実際、わたしは疲れていたらしく、いつの間にか眠ってしまい、目が覚めたときには、那須塩原を過ぎたあたりだった。


東京駅で美奈と別れ、一人で帰宅した。

タクシーを利用した。

親の代から住んでいる家で、かなり古びているものの、折に触れて、リフォームをしてきたから、特に住みにくいことはない。

一人で住むには広すぎるのが、難点と言えば難点である。

自分で掃除ができる広さではないから、定期的にハウスクリーニングを頼んでいる。業者が出入りするのは一階と二階だけで、地下室への出入りは禁じてある。

もっとも、地下室に下りるには重い扉を開けなければならず、この扉には頑丈な鍵をつけてあるので、わざわざ禁じるまでもなく、業者が勝手に地下室に立ち入ることはできない。

シャワーを浴びると、さっぱりした。

すぐに休むつもりだったが、新幹線で眠ったせいか、あまり眠気を感じない。

それで地下室に下りた。

地下室は、ふた部屋に区切ってある。

ひと部屋は、一二畳のオーディオルームだ。防音設備を施してあるので、大音量で好きな音楽を聴くことができる。壁に大画面の液晶テレビを設置してあり、映画を鑑賞することもできる。音楽と映画を誰にも邪魔されずに楽しむための娯楽室である。

もうひと部屋は、絶対に誰にも立ち入ってほしくない、わたしにとって、極めて個人的な場所である。地下室への立ち入りを厳重にしてあるのも、そのためだ。

その部屋のドアにも鍵がある。電子ロック式で、パスワードで解錠する仕組みだ。

地下室に入るのはもちろんだが、この部屋に入るのも大変だ。たとえ空き巣が入ったとしても手も足も出ないだろう。重機でも使わなければ、どうにもならないほどの頑丈さなのだ。

それほどの秘密が、この部屋には存在しているということなのである。

部屋に入って、明かりのスイッチを入れる。

ひんやりしている。一年中、室温を二四℃に保つように空調設定してあるせいだ。

われながら殺風景な部屋だと思う。

八畳の広さしかないのに、それほど狭く感じないのは、ものが少ないせいだ。

部屋の中央に木製のテーブルとリクライニングチェア。部屋の隅に冷蔵庫。その横にアルコール類を入れてあるキャビネット。

他に目に付くのは、壁に掛けているいくつもの額だけだ。

それだけなのである。

リクライニングチェアに腰を下ろす。

壁に目を向ける。

額は、どれも同じ大きさで、縦が三〇センチ、横が二五センチほどである。取り立てて高価な額ではなく、どこにでも売っているありふれたものだ。

額には新聞の切り抜きと写真が入っている。

新聞の切り抜きは、わたしが「解放」してやった者たちが発見されたことを報じる記事である。切り抜きが入っていない額もある。自殺として処理された場合には、全国紙はおろか、地方紙にも記事が出ないことがあるからだ。

他方、殺人事件と見做されたときは、記事の大きさに違いはあるものの、ほぼ確実に全国紙でも取り上げられる。

最も大きな記事は、一〇年前、沖縄で「解放」してやった白鳥玲佳のもので、西園寺公麻呂が無理心中を図り、白鳥玲佳を殺した後に自殺したという内容が大きく取り上げられている。それだけ、この事件にはインパクトがあったのであろう。

写真は二枚入れてある。

一枚は、現場に残した「R」の血文字と遺体を写したもので、わたしの個人的な記念である。言うなれば、サインである。血文字は必ず遺体のそばに残すように心懸けているから、一枚の写真に収まるのである。本来なら、「S・R」とするべきかもしれないが、さすがに、それほど大胆ではない。

もう一枚は、「解放」してやった者たちの顔写真だ。誰もが笑顔である。一緒に洞窟へ行き、その近くで撮影したものだ。その笑顔の奥に隠された苦悩を知るのは、わたしだけである。

彼らの笑顔を目にするたびに、わたしは胸が痛む。

西園寺公麻呂の写真はない。

「解放」してやったわけではないし、白鳥玲佳の美しい笑顔と並べるには、あまりにも西園寺が不細工すぎたからだ。

数えてみると、額は一八個ある。

母と妻の額はないから、二人を含めると二〇人の女性たちを「解放」してやったことになる。

腰を上げ、キャビネットに歩み寄り、グラスにブランデーを注ぐ。

ブランデーを口に含み、改めて壁に目を向け、額のひとつひとつに目を凝らす。

素晴らしい記念品である。

記念品は、これだけではない。

他にもある。

冷蔵庫を開ける。

ガラスの小瓶が並んでいる。

ラベルには、「解放」してやった女性たちの名前と日付を記してある。小瓶には彼女たちの血液が入っている。いつもふたつの小瓶を用意しておき、ひとつは現場で血文字を書くのに使い、もうひとつは記念品として持ち帰るようにしているのだ。

グラスを手にして、リクライニングチェアに戻る。

捜査の手が迫っているのを感じる。

焦(あせ)りも驚きもない。いつかは、そんなときが来るだろうと覚悟していた。そのときが来ただけのことである。

わたしは何も間違ったことをしていない。

正しいことをしてきただけである。罪に問われるとしたら、法律がおかしいのだ。

それ故、警察も法律も怖れないし、自分のしてきたことをまったく後悔していない。

だからといって、おとなしく逮捕されようとも思っていない。さらしものにされるのは、ごめんである。

（小早川か……）

わたしを捜して東京から岩手までやって来た刑事を、美奈が知っているのは面白い。

すごい偶然ではないか。

ふと思いついたことがあり、グラスを手にして部屋を出る。きちんと鍵をかける。

地下室から、二階に上がる。

パソコンを起動する。

「小早川、杉並中央署、何でも相談室」という三つの項目を打ち込んで、ネットで検索してみる。

「ほう……」

驚いた。

たくさんの記事が出てくる。なかなかの腕利きらしく、いくつもの事件を解決している。新聞で取り上げられるくらいだから、決して小さな事件ばかりではないだろう。

「小早川冬彦か……」

もっと調べてみよう。

七

六月二一日（月曜日）

朝礼が終わると、

「好き放題に、あっちに行ったり、こっちに行ったり……。まったく、のんきなもんだわよねえ。領収書とか出張の申請書、そうだ、仮払伝票も急いで回してちょうだい。ああ、大変だ、忙しい」

靖子が嫌味たっぷりに言う。

「棘（とげ）のある言い方ですね。ちゃんと理事官の許可を得た出張なんですよ」

寅三が口を尖（とが）らせる。

「あんたたちが行く必要のない出張だっていうことは、お見通しなのよ。ドラえもん君のことだから、どうせ理事官の弱味でも握って、出張をゴリ押ししたんでしょうよ」

ふんっ、と靖子が鼻で嗤（わら）う。

「いいなあ、公費を使って観光ですか」

樋村が羨ましがる。

「人聞きの悪いことを言わないでよ。仕事なんだからね。観光じゃないわよ」

寅三が腹を立てる。

「おいしいものを食べませんでしたか？」

「食べたけど」

「洞窟も見学しましたよね？」

「だって、この事件の鍵は、洞窟なんだから」

「洞窟周辺の観光地も見学しましたよね？」

「まあ、少しは……。だって、目に入るじゃない」

「話を聞くと、捜査というより、観光みたいな気がするんだよなあ」

樋村が首を振る。

「何か手がかりはつかめたんですか？」

理沙子が訊く。

「特にないわねえ」

「犯人の逮捕は時間の問題です」

冬彦が明るく言う。

「え？　なぜ、そんなことが言えるんですか？」

寅三が驚く。この一週間、あちこちに出張したものの、何の手応えもなかったからだ。

「刑事としての勘です」

「はあ……」

寅三ががっくりする。

「今週も出張なんですか？」

樋村が訊く。

「そのつもりだよ」

冬彦がうなずく。

「それも結構ですけど、出張に行く前にやることがありますよ」

寅三が言う。

「何ですか？」

「今では、自分たちが追っているのは、恐ろしい連続殺人犯だと確信しています」

「ええ」

「警部殿の優れた推理力をもってすれば、いずれ犯人の正体を突き止めることができるかもしれません」

「そんなに誉めないで下さいよ。照れるじゃないですか」

「たとえ正体を突き止めたとしても、犯人に遭遇した場合、警部殿のように弱っちい人は返り討ちにされてしまいかねません。恐らく、確実に、そうなるでしょう。警部殿も犠牲者の一人になるわけです」

「そのときは、寅三先輩が……」

「いつも一緒だとは限りませんよ」

「そうですね。ぼくに何をさせるつもりですか？」

「ご心配なく。もうメニューを用意してあります」

「メニュー？」

「警部殿を殉職（じゅんしょく）させないためのメニューですよ」

寅三がにこりと微笑む。

八

冬彦、寅三、理沙子、樋村の四人は警視庁の実弾射撃練習場にいる。

「大袈裟だなあ。本当にこんなことが必要ですか？」

冬彦が寅三に訊く。

「必要ですよ」

「そもそも、拳銃を携行（けいこう）することなんかないし」

「今までは、連続殺人犯を追ったこともなかったでしょう。でも、今はこれまでとは違います。いつ拳銃を携行することになるかわからないし、たとえ拳銃を持っていても、正確に扱うことができなければ、何の役にも立ちません」

はい、どうぞ、と寅三が耳当てを差し出す。

「そうかなあ」

首を捻りながら、耳当てをつける。台の上に置かれている拳銃を手にして、正面を向く。二五メートル先に、人の形をした標的がケーブルでぶら下がっている。

「じゃあ、撃ちますよ」

冬彦が腰を沈め、両手で拳銃を構える。

カチッ、カチッ、という音がする。

「はあ……」

寅三が大袈裟に溜息をつく。

「安全装置を外さないと弾は出ませんよ」

「あ、そうか」

ははは、と笑いながら、冬彦は安全装置を外す。

「笑い事じゃないわよ」

「今度こそ撃ちますよ」

ふーっと大きく息を吸うと、冬彦が拳銃を発射する。五発撃った。肩の力を抜くと、拳銃を台の上に戻す。

寅三がボタンを押すと、ケーブルが動いて、標的が近付いてくる。

「え」

「嘘」

樋村と理沙子が両目を大きく見開く。

「……」

寅三は息を止めている。唖然としているのだ。

標的には、地図の等高線のように細かい線が引かれており、急所からどれくらい外れたか簡単にわかるようになっている。

ところが、冬彦が撃った標的には弾痕がひとつもない。すべて外れたということだ。

「信じられないくらいに射撃が下手なんですね」

樋村が言う。悪気はない。本音である。

「最近、ほとんど練習してなかったからなあ」

「そういうレベルじゃないでしょう」

「だから、ぼくは拳銃には頼らない」

「負け惜しみを言って」

「次、樋村」

「ぼくこそ必要ないと思うんですけどね」

ぶつくさ言いながら、耳当てをつけて、拳銃を手に取る。

樋村も下手だった。五発のうち、二発は標的を外れ、あとの三発は命中したものの、急所から大きく離れている。せいぜい、相手にかすり傷を負わせた程度であろう。

続いて、理沙子もやる。

さすがに樋村よりは、ましである。五発とも標的に命中し、そのうちの一発は急所の近くに当たっている。

「さあ、真打ちの登場ですね。ずば抜けて腕力が強いのは知っていますが、射撃の腕は、どうなんでしょうか」

冬彦が言う。

「茶化さないで下さい」

寅三が顔を顰める。

耳当てをつけると、拳銃を手に取り、構えるや否や立て続けに五発撃つ。わずか一〇秒くらいだ。

「どんな結果なんでしょう。楽しみですね」

冬彦がボタンを押して、標的を呼び寄せる。

「あ、すごい」

「本当だ、急所に当たってる」

頭部と心臓部分に弾痕がふたつずつある。

「さすがですね。しかし、一発外したのは、ご愛敬なんでしょうか」

冬彦が言うと、

「違いますよ、警部殿、よく見て下さい」

理沙子が心臓部分の弾痕を指差す。ふたつのうちのひとつの弾痕がもうひとつの弾痕よりも大きい。

「え、まさか」

冬彦が驚く。同じ場所に二発命中していたのである。

「すごいなあ、寺田さん、ＳＰになれるじゃないですか」

樋村が感心する。

ＳＰになる資格要件のひとつは「二五メートル先にある直径一〇センチの的に一〇秒以内に五発命中させる」程度の射撃技術だが、寅三の射撃技術は、それ以上であろう。

「誰にでも取り柄があるんだなあ」

「憎まれ口が警部殿の最大の取り柄かもしれませんね」

にこりともせずに、寅三が言う。

九

冬彦たち四人は射撃練習場から道場に移動する。

「まだ、やるんですか？」

冬彦は気乗りしない様子である。

「射撃が駄目なんだから、他の部分を鍛えないと。もっとも、こうなることは、ある程度、予想していたので、ちゃんとメニューを組んであります」

「いつもは仕事に対してあまりやる気がないのに、どうして、こんなことには熱心なんですか？」

「それはですね……」

寅三が冬彦に顔を向けて、にやりと笑う。

「警部殿が弱っちいからですよ。そういう男を見ると、わたし、苛々してお尻を蹴飛ばしてやりたくなるんです」

「サディスティックですね」

「ふんっ、何とでも言えばいいでしょう」

「警部殿、あまり寺田さんを怒らせない方がいいですよ。次は柔道ですからね。投げ飛ばされますよ」

樋村が耳打ちする。

「少しは寅三先輩も手加減してくれるさ」

冬彦は楽観的である。

一〇

道場。

四人は白い柔道着に着替えている。

柔軟体操で体をほぐすと、

「さあ、警部殿、遠慮なくかかってきて下さい」

寅三が冬彦に声をかける。

「お手柔らかにお願いします。体を使うことが苦手でして……」

冬彦と寅三が組み合った瞬間、寅三の技がかかり、冬彦の体が宙に浮く。あっという間に畳の上に大の字にひっくり返っている。

「痛っ……」

「ぼんやりしていては駄目ですよ。はい、立ち上がって」

「まだ、やるんですか？」

「寝ぼけたことを言わないで下さい。始めたばかりじゃないですか」

「はあ……」

冬彦が立ち上がる。

当然、また投げられる。

その繰り返しである。

冬彦は肩で息をしながら、

「もういいんじゃないでしょうか？」

畳にひっくり返って、泣き言を言う。

「駄目です」

「いくらやったところで、ぼくが寅三先輩を投げるのは不可能です」

「そんなことはわかってます。警部殿が誰かを投げるなんてあり得ません。非力だし、何の技術もありませんからね。そうではなく、警部殿が誰かに投げられたとき、大怪我をしないように、きちんと受け身を取ってほしいのです」

「そんなことを言われても……」

「早く立って！　もう一度いきますよ」

「……」

腰をさすりながら、冬彦が立ち上がる。

一五分ほど続けて、

「ちょっと休んでいて下さい。その間に、この二人と稽古(けいこ)をしますから」

寅三が言う。

「はい」

負け惜しみや嫌味を言う元気もなくなり、冬彦は道場の隅にへたり込む。投げられていただけなのに、それでもかなり汗をかいているし、呼吸も荒くなっている。

寅三は樋村と理沙子を相手に乱取りをしている。

冬彦と同じように、二人とも寅三に投げ飛ばされている。

二

シャワーを浴び、私服に着替えると、四人は道場の外に集まる。

「射撃練習に柔道か……。今日は疲れたなあ。このまま倒れてしまいそうだ」

冬彦がつぶやく。

「普段、頭ばかり使って、体を動かしてないからへばるんですよ。ぼくも人のことは言えませんが」

樋村が言う。

「さあ、こっちよ」

寅三が、エレベーターホールと反対の方に歩いて行く。

「え、第五係に戻るんじゃないんですか？」

冬彦が驚く。

「まだです。射撃も柔道も駄目だとわかったからには、最後の手段です」

「え～っ、まだあるんですか？」

「警部殿を殉職させないためですから」

「完全なサディストじゃないですか」

「何とでも言って下さい」

一二

道場。

さっきの道場には畳が敷き詰めてあったが、ここは板敷きである。主に剣道の練習をするための道場なのだ。

「今度は剣道ですか？　ぼく、剣道もあまり得意では……」

「ご心配なく。剣道ではありません」

「じゃあ、何を……？」

「これを使ってみましょうか」

「え、特殊警棒ですか？」

寅三が差し出したものを、冬彦が手に取る。

ずっしりと重い。

約四〇センチほどの鉄の棒だが、伸縮させることができ、伸ばせば六五センチくらいになる。

「これなら一撃で相手を倒すことができます。難しい技は必要ありません」

「無理です」

冬彦が樋村に特殊警棒を渡す。

「なぜですか？」

「だって、重いじゃないですか。こんなものを持ち歩くことなんかできませんよ」

「確かに重いですよね」

重さを確かめるように、樋村が両手で特殊警棒を上げ下げする。

「わがままばかり言うなあ。じゃあ、これ」

「次から次へと、いろいろ出てきますね」

　冬彦が笑う。

「誰のせいですか」

　寅三がムッとする。

「これは……？」

「痴漢対策用の唐辛子スプレーですよ」

「痴漢対策ですか」

「非力な女性が屈強な男に襲われたら身動きが取れなくなって、とても抵抗なんかできません。そんなときに役に立ちます。相手を倒すのではなく、相手が怯んだ隙に逃げるための道具です」

「話を聞いていると、どんな場合でも、ぼくが犯人にかなわないという前提になってませんか？」

「だって、その通りじゃないですか。変に格好つけると、やられてしまいますよ」

「犯人は、ぼくよりずっと年上みたいですよ。少なくとも五〇代以上で、もしかすると、七〇代かもしれません」

「それでも勝てませんね。本当に警部殿は弱っちいんですから。その点を、きちんと自覚して下さい。どんなやり方をしても勝てないんですから、とにかく逃げることだけを考えましょう」

「はっきり言うんですね」

「正直なだけです」

「逃げられないときは、どうするんですか？」

「余計なことを考えずに、とにかく逃げるんです」

「例えばですが、人質を取られて、逃げたら人質を殺すぞ、なんて脅（おど）されたら、ぼく一人だけが逃げることなんてできませんよ」

「なるほど、そういう場合もあるか……」

寅三が思案する。

「いざというときの、とっておきの反撃方法を伝授しましょう」

「あ、わかった。相手の急所を攻撃するんですね」

「違います」

寅三が首を振る。

「急所攻撃というのは、口で言うほど簡単ではないんです。よほど動作が機敏で、格闘術に慣れていれば別ですけど、たとえ膝蹴（ひざ）りをくらわせても、警部殿のスローモーな動きだと、相手にあっさりかわされるだけです。逆に警部殿が急所を攻撃されてしまいますよ」

「寅三先輩の得意分野に踏み込むと、ぼくはまるっきりのダメ人間になってしまうのか」

冬彦が溜息をつく。

「肝心なのは間合いを崩すことです」

「間合い？」

「自分にとって都合のいい距離感とでも言えばいいんですかね。背の高さとか腕の長さとか、人によって違いますが、相手と組み合おうとするとき、自分にとってやりやすい距離感があります。それが間合いです」

「なるほど」

「敵が迫ってくれば、普通、逃げようとしますよね。そのとき、逃げるのではなく、逆に相手の懐に飛び込むと、敵との間合いを崩すことができます。ほんの一瞬ですが、敵は戸惑います。間合いをはかれなくなってしまうからです」

「それがとっておきの反撃方法なんですか？　相手との間合いを崩すことが」

「そうではなく、それを利用した攻撃方法です。いいですか……」

寅三の説明は、こうである。

相手がつかみかかろうとしてきたとき、逃げるのではなく、逆に相手の懐に飛び込む。間合いを崩されて棒立ちになった相手の目の前でしゃがみ込む。しゃがんだら、次は勢いよく伸び上がり、相手の顎に頭突きをする。

「しゃがんで伸び上がるわけですか。何だか、カエル跳びみたいですね」

「そうです。カエル跳びです。大切なのは手加減しないことです。しくじれば自分の命がなくなる……そんなつもりで必死にやることです」

「だけど、いきなり顎に頭突きなんかしたら、相手に怪我をさせてしまいそうですね」

「自分が殺されるかもしれないときに、相手の怪我を心配する余裕なんかないはずです」

「はい」

「これは最後の手段です。一番いいのは逃げることですからね。唐辛子スプレーで相手を怯ませて、その隙に逃げるんです」

「ぼくは弱っちいですからね」

冬彦が自嘲気味に笑う。

「ええ、弱っちいですから」

寅三が真顔でうなずく。

一三

冬彦が寅三にしごかれている頃、杉並中央署の受付に、背の高い、年配の男性が現れた。竜崎誠一郎だ。

「こちらに『何でも相談室』という部署はありますか?」

「はい、あります。何か、ご用でしょうか?」

受付の女性警察官が訊く。

「そこに小早川さんという方はいらっしゃるでしょうか？　以前、うちの家族がお世話になりまして、ひと言、お礼を申し上げたいと思って来たのですが」

「ああ、小早川ですか。実は小早川は……」

異動して、ここにはおりません、と言うつもりだったが、たまたま、そこに寺田高虎が通りかかる。

高虎は、今も「何でも相談室」に所属し、約三ヶ月前まで、冬彦とペアを組んでいた。

「寺田さん」

女性警察官が声をかける。

「こちらの方なんですが、以前、ご家族が小早川警部にお世話になって、そのお礼にいらしたそうなんですが」

「へえ、警部殿に？」

高虎が竜崎に顔を向ける。

「菊川と申します」

竜崎が丁寧(ていねい)に頭を下げる。

高虎は竜崎を受付の奥にある応接室に案内する。

ソファに坐ると、

「菊川さんとおっしゃいましたね。で、小早川とは、どういう……？」

「半年ほど前なのですが、わたしの妻が公園の池に眼鏡を落としてしまったことがありまして……」

竜崎は、菊川美奈から聞いた話を、適当に脚色して話し始める。

「公園の池に落ちた眼鏡を小早川が拾い上げたわけですか？」

「実際に池に入ったのは小太りのおまわりさんだったようなのですが」

「ああ、樋村ですね。なるほど」

高虎が小首を傾げながらうなずく。菊川という名前には何となく聞き覚えがあるし、そんなことがあったような気もするが、記憶が曖昧である。同じようなことを、よく頼まれるからだ。

「そのとき親切にされたことが、とても嬉しかったようで、生前よく話していました」

「奥さんは、お亡くなりに？」

「はい、先日、亡くなりました。気持ちの整理をつけたいという意味もありまして、妻が生前、お世話になった方たちにお礼して歩いております。それで小早川さんのところにも伺った次第です」

「そうだったんですか。ご愁傷様です」

「ありがとうございます」

「せっかく来ていただいたのですが、生憎、小早川は、もうここにはいないんですよ」

「え、そうなんですか」

「この春の異動で本庁に移りましてね。本庁というのは、霞が関にある警視庁ですが」

「異動なさったんですか。全然知らなくて……」

もちろん、竜崎は冬彦が警視庁に異動し、杉並中央署にいないことを知った上で、ここを訪ねてきたのである。何食わぬ顔で、冬彦の話を聞き出そうというのだ。

「ええっとですね、今は『特命捜査対策室』という部署にいます」

「特命捜査対策室……聞き慣れない部署ですね」

「割と新しくできた部署でしてね。過去の未解決事件を再捜査するのが仕事です」

「ほう、過去の未解決事件をですか。確か、アメリカのテレビドラマに『コールドケース』というのがありますが、似たようなことをするのでしょうか」

「そうです。わたしは、そのドラマを観たことはありませんが、人気があるらしいですね。もっとも、現実には、テレビ番組のように格好良く解決できることは少ないみたいですけどね」

「じゃあ、小早川さんは、お忙しいのでしょうね」

「ここにいたときは、杉並の中で起きた事件だけを扱えばよかったわけですが、向こうでは全国各地で起こった過去の事件を手がけるわけですからね。今月も沖縄や鹿児島に行ったらしいですよ。福岡にも行ったんだったかな」

「沖縄や鹿児島で起こった未解決事件の捜査のためですか？」

「そのようです」

高虎がうなずく。何の警戒心も抱かず、のんきに話を続ける。

（なるほど、そういうことか）

竜崎は、ピンとくる。一〇年前の白鳥玲佳と西園寺公麻呂の事件を再捜査をしたことで、小早川冬彦は何かに気が付いたのであろう。

だから、岩手の龍泉洞に現れたのだ。白鳥玲佳を殺したのは西園寺公麻呂ではなく、他に真犯人がいるという前提で捜査を進めれば、洞窟や「R」の血文字が手がかりになる。すでに身体的な特徴まで押さえているとなれば、小早川が竜崎の尻尾をつかまえるのは時間の問題に違いない。

「小早川に電話してみましょうか？」

高虎が携帯電話を取り出そうとする。

「いいえ、それには及びません。今日は警視庁に行く時間がありませんので、ご挨拶に伺える日に、事前にわたしの方から連絡したいと思います。『特命捜査対策室』の小早川さんでよろしいんですよね？」

「ええ、その通りです」

高虎がにこやかにうなずく。

一四

杉並中央署を出ると、竜崎は銀座に向かう。

高虎の話を聞いて、ますます冬彦に興味を持ったのだ。

こういう展開になることも予想し、前もって、ネットで評判のいい興信所を見付けておいた。他の興信所に比べると、調査料金はかなり高額だが、迅速対応、秘密厳守というのが気に入った。口コミの評判もよかった。

南阿佐ケ谷から丸ノ内線に乗れば、三〇分弱で銀座に着く。電車に乗る前に電話しておいたので、すぐに対応してもらうことができた。古江という五〇代半ばくらいの猫背の中年男だ。

警視庁の特命捜査対策室にいる小早川冬彦について調べてほしいと口にすると、古江はちょっと警戒するような顔になる。何のために警察官の身辺調査を依頼するのかと訝っているのだ。

竜崎は、もっともらしい理由を考えておいた。

「先日、小早川君から、結婚を前提にうちの娘とお付き合いさせてほしいと挨拶されました。感じのいい青年だし、安定した立派な仕事をしていますから、こちらとしても異存はないのです。ただ、娘と小早川君は知り合ってから日が浅く、彼のご家庭やご家族などについて詳しいことを何も知りません。結婚話が進んでから、何か支障が出ては困るので、少しばかり内密に調べたいと思った次第です」

「どういうことを、ご心配なさっておられるわけですか?」

古江が訊く。結婚に関する調査だとわかって、いくらか警戒心が薄らいだようである。

「例えば、小早川君に高齢のご家族がいれば、将来的に娘が介護することになるかもしれません。病気のご家族がいれば、そのお世話が必要になるでしょう。結婚してから、都内で二人で暮らすのか、それとも、親御さんとの同居を考えているのか、そういうこともわかりません。そもそも同居できるような大きな家なのかどうかも知りませんし」

「なるほど、了解しました。相手のご家庭について詳しくお知りになりたいわけですね」

「はい。ただ、こんな調査をしたことがばれたら、小早川君も嫌な気持ちになると思うのですが……」

「ご心配には及びません。相手の方に知られることはありませんよ。わたしどももプロですから」

「そう難しい調査ではないのですか?」

「難しくないとは言いませんが、そう珍しい依頼ではありませんね。どこまで詳しく調べるかによって難しさも違ってきます。ごく一般的な調査でよろしいのですか？」

「それで結構です」

「調査依頼書にご記入をお願いします」

「はい」

差し出された用紙を受け取る。

「勤務先は先程申し上げた通りですが、小早川君の現住所はわからないのですが」

「ああ、大丈夫です。勤務先がわかれば十分です。あとは、こちらで調べますので」

古江は自信ありげにうなずく。本人が言うように、そう珍しい調査ではないということであろう。

一五

六月二七日（日曜日）
竜崎が古江と向かい合って坐っている。
冬彦の身辺調査が終わったという連絡を受けてやって来たのである。
「もっと時間がかかるのかと思ってました」

竜崎が言う。

「調査する内容によるのです。報告書をお読みいただいて、それでよいということであれば、これで調査終了です。もっと調べてほしいということであれば、調査を続けることもできます。その分、費用がかさみますが……。これが報告書です」

古江が書類封筒を差し出す。

「量は多いのですか？」

「いいえ、報告書はそれほど長くありません。なかなか腕利きの刑事さんのようで、扱った事件が新聞で取り上げられたりもしていたので、その新聞記事のコピーも入れておきました。何なら、ざっとご説明しましょうか？」

「そうですね。お願いします」

「では……」

古江が、書類封筒から報告書や新聞記事のコピーを取り出す。それに視線を落としながら、

「現在のお住まいは日野市です。お母さまと二人暮らしをしていて……」

両親は冬彦が一五歳のときに離婚し、父の賢治は妹の千里を連れて家を出たので、それ以来、冬彦は母の渋沢喜代江と二人暮らしである。冬彦は父方の姓を名乗っているのだ。

離婚から二年後、賢治は年下の部下と再婚し、現在二人の子供がいる。

冬彦は中学生の頃から不登校になり、高校にも通っていない。大検に合格して、東大に入学した。

国家公務員試験のⅠ種に合格し、大学卒業後、警察庁に採用された。いわゆる、キャリアである。

「ふうむ、変わった経歴の持ち主ですね」

「高校に通わずに、いきなり東大ですから、優秀なのは間違いないと思いますよ。実際、警察官としてもかなり優秀のようですし」

古江が新聞記事のコピーをテーブルの上に並べる。

「キャリアですし、順調に出世の階段を上っていくでしょう。結婚相手としては文句なしじゃないんですかね」

「それを聞いて安心しました」

竜崎がうなずく。

「日野の実家は一戸建てですから、結婚後、そこで暮らすことも可能だと思います。お母さまは、まだ五〇代なので、すぐに介護が必要になることもないでしょう。ただ……」

「何ですか？」

「ちょっと変わった方のようです」

「と言うと？」

「近所付き合いをほとんどせず、家から出ることもあまりないようです」

「病気ですか？」

「まったく外出しないのではなく、たまに買い物に行くこともあるようなので、病気ではなさそうです。少なくとも、肉体的な事情ではないようです」

「肉体的な事情ではないというと、心の病とか……？」

「その点に関しては、あまり深く調べておりません。これまでの通院歴であるとか、今も通院しているとすれば、どんな病院で、どんな治療を受けているのか……。それは別料金になりますし、ちょっと時間がかかるかもしれません。病院関係の個人情報を入手するのは、なかなか難しいのです。どうなさいますか？」

　古江が探るような目で、じっと竜崎を見つめる。

「うちに帰って、娘と相談してみます。その上で、必要だということになれば、更に調査をお願いするということで構いませんか？」

「もちろんです」

　古江がうなずく。

　竜崎は報告書を受け取り、これまでの調査費用を支払って事務所を後にする。

（心の病を抱えた母親か……）

　竜崎の母親も心を病んでいたから、冬彦の苦労が他人事とは思えない。

しかも、冬彦自身、かなり変わった経歴の持ち主である。

傍から見れば、東大出のキャリアで、順風満帆の人生を歩んでいるように見えるが、実際は、そうではないのだな、多くの挫折を乗り越え、今もまだ母親のことで悩んでいるに違いない……竜崎は冬彦に親近感を覚える。

一六

六月二八日（月曜日）

昼休みが終わって、冬彦が報告書の作成を始めようとすると、

「大部屋では、だいぶ容疑者の絞り込みが進んでいるようですね」

寅三が話しかける。

「え、そうなんですか？　理事官も管理官も何も教えてくれないから、ぼくにはわかりませんが」

「黙っていたら何も教えてもらえませんよ」

「こっちにも情報を流してくれるという約束でしたから」

「そんなところだけ妙に初なんですね。必要な情報は、こっちから取りに行かないと駄目ですよ。みんな、そんなに親切じゃないんですから」

「情報を取ってきたんですか?」

「ええ」

寅三が澄まし顔でうなずく。

「さすがですね」

冬彦が感心する。

「もう犯人逮捕は間近ということですか?」

「さすがに、そこまではいってないみたいです。一〇〇人以上いた怪しい人間を、二〇人くらいまで絞り込んだという程度のようです」

「それでも、すごいですね」

「ほんの少し前までは、何の犯人像も描けていなかったわけですから」

寅三がうなずく。

「ここまで来れば、もう時間の問題でしょう」

「だからこそ、逆に、今まで以上に慎重に捜査を進めることになるんでしょうね。捜査陣がはっきり手応えを感じている証拠だと思いますよ」

「ああ、よかったなあ」

冬彦が嬉しそうに笑う。

その顔を不思議そうに眺めながら、

「いくらか悔しいという気持ちはないんですか？」

と、寅三が訊く。

「え、なぜですか？」

「だって、ここまで漕ぎ着けたのは警部殿の力あってのことじゃないですか。もちろん、いつかは犯人が捕まったかもしれませんけど、もっと時間がかかったはずです。それなのに、最後の最後で除け者にされちゃって……」

「逮捕に手間取っている間に、犯人が新たな犯行を起こしたら、どうするんですか？　また被害者が増えるかもしれません。新たな犯行を未然に防ぐことが一番大切だと思います。誰が犯人を逮捕しようと、そんなことはどうでもいいんですよ」

「それが強がりでないところが、ある意味、すごいとは思いますが」

「早く捕まってほしいですね。朗報が届くのが待ち遠しいです」

冬彦が機嫌よささそうな顔で報告書の作成を始める。

一七

地下にある八畳の部屋で、竜崎誠一郎は、リクライニングチェアにもたれて、ブランデーを飲んでいる。

その視線は壁に向けられている。壁にはいくつもの額が掛かっており、新聞の切り抜きと写真が入っている。「解放」した者たちの記録だ。それを眺めると、竜崎は誇らしい気持ちになる。

だが、新たな額が増えることは、もうないであろう。

岩手の龍泉洞で、小早川冬彦が聞き込み捜査をしていることを菊川美奈から知らされて、捜査の手が迫ってきたのを、竜崎は感じた。

それが現実のものとなった。

今日の午後、竜崎が勤務する大学に二人の刑事がやって来た。逮捕されるのかと身構えたが、そうではなかった。話を聞きに来ただけだった。

刑事たちはいろいろな質問をしたが、最もしつこく訊かれたのは、この一〇年くらいの竜崎の旅行歴である。岩手、山梨、群馬、岐阜、高知、山口、沖縄……つまり、竜崎が不幸な女性たちを「解放」してやった場所だ。そこに行ったことがあるかどうかを質問し、さりげなく洞窟に興味はあるか、ということも訊かれた。

それらの質問に対して、竜崎はすべて正直に答えたわけではないし、すべて嘘をついたわけでもない。半分が本当で、半分が嘘……そんな答え方をした。

山口の秋芳洞や沖縄の玉泉洞などは全国的にも有名な観光名所だから、洞窟に興味がない人間が行っても不思議はないが、群馬の不二洞や高知の龍河洞にまで足を運ぶのは、かなり洞窟に興味がある人間であろう。

だから、秋芳洞や玉泉洞には行ったことがあるが、不二洞や龍河洞には行ったことがないと答えた。岩手の龍泉洞には、ごく最近、行ったばかりだが、それは親しくしている女性、つまり、菊川美奈の要望に応えたのだと説明した。

それ以外の洞窟についても訊かれたが、行ったことはない、と竜崎は答えた。

その返答に納得したかどうかわからないが、刑事たちは一時間ほどで帰った。

しかし、もう逃げ切ることはできない、逮捕されるのは時間の問題だな、と覚悟した。

「とうとう尻尾をつかまれてしまったかな」

ブランデーを口に含み、ふーっと大きく息を吐く。

テーブルから興信所の報告書を取り上げる。

（小早川も大変だな。心を病んだ母親と二人暮らしか……）

改めて、じっくり報告書を読み直す。

一八

六月二十九日（火曜日）
竜崎が家を出る。

駅に向かって歩き出す。

しばらく歩いて、ふと振り返ると、家の前に車が横付けされている。門の前に立ち、インターホンを押しているのは、昨日、大学にやって来た二人の刑事たちである。

「昨日は職場で、今日は自宅か。しかも、こんなに朝早くからやって来るとは……」

竜崎がつぶやく。

あの刑事たちは、わたしを逮捕しに来たのだろうか。普通は、もっと警察官がたくさんやって来て、逮捕すると同時に家宅捜索したりするのではないのかな……と警察物のテレビや映画で観た場面を思い起こして首を捻る。

留守だとわかれば、大学に先回りされて、着いた途端に逮捕されるのかもしれない……

そんなことを考えながら、竜崎は駅に向かう。足取りはいつもと変わらない。

一九

「寅三ちゃん、電話よ。高虎から」

靖子が寅三に声をかける。

「何だよ、あいつ、こんな朝っぱらから」

ぶつくさ言いながら、寅三が保留を解除して電話に出る。

「もしもし、わたしだけど……」

高虎の用件は、法事に関する連絡だった。

親戚同士の他愛のない会話である。

しばらく雑談が続いたが、不意に寅三が、

「え、ちょっと待ってよ」

と大きな声を出す。

寅三は受話器を手で押さえると、

「警部殿、菊川さんという方を覚えてますか？　半年くらい前に警部殿にお世話になったらしいのですが……」

「菊川さん？」

「池に落ちた眼鏡を拾ってもらったとか」

「思い出しました。あのおばあさんだ。まあ、池に入って眼鏡を探したのは、ぼくではなく、樋村君ですけどね。覚えてるだろう？」

冬彦が樋村に顔を向ける。

「ええ、よく覚えてます。自分は汚れ仕事専門でしたから」

樋村が渋い顔でうなずく。

「あの後、お孫さんと一緒に、わざわざ、お礼に来てくれたんだよな」

「そうでした。ものすごくおいしい和菓子をお土産(みやげ)に持ってきてくれましたね。あれは、おいしかったなあ」

「そのおばあさんのご主人が、先週の月曜日に杉並中央署に来たらしいんですよ」

「ご主人が?」

「おばあさんが亡くなったので、ご挨拶に来たという話なんですけどね」

「なぜ、先週の話が今なんですか?」

理沙子が怪訝な顔で訊く。

「高虎が警部殿に連絡しようとしたら、自分で連絡して本庁に伺いますと言ったらしいんだけど、来てませんよね、電話なんか?」

寅三が靖子に訊く。

「そんな電話があったら、きちんと報告するわよ」

靖子が首を振る。

「おかしいな……」

冬彦がつぶやく。

「何がですか?」

寅三が訊く。

「菊川さん、ご主人はだいぶ前に亡くなって、ずっとお孫さんと二人暮らしだと話していた気がします」

「ちょっと待って下さい。スピーカーモードにしますから」

寅三が電話機を操作して、スピーカーモードにする。

「高虎、聞こえる？」

「何だよ、こんなに待たせて」

「高虎さん、小早川です」

「警部殿ですか、おはようございます」

「菊川さんですが、確かにご主人だったのでしょうか？」

「どういう意味ですか？　自分でそう言ってましたよ」

「半年ほど前に池で眼鏡を拾ってあげたのは間違いありませんが、菊川さんは独り者だと聞いた覚えがあるんですよ。ずっとお孫さんと二人暮らしをしている、と」

「そう言われてもねえ、向こうが妻のお礼に来ましたなんて言ったもんだから」

「どんな人でしたか？」

「ええっとですね……」

高虎が、その男の特徴を説明する。年齢や見かけなどである。それを聞くうちに、冬彦の顔色が変わる。寅三も驚いている。犯人の特徴にぴったりとあてはまるからだ。

高虎の話を、冬彦は途中で遮（さえぎ）ると、

「これから、そっちに行きます。出かけないで待っていてもらえますか?」

「いいですよ。特に急ぎの用事もありませんから」

電話を切ると、

「寅三先輩、杉並中央署に行きましょう」

「はい」

寅三もすぐに立ち上がる。真剣な表情だ。

二〇

車ではなく、電車で行くことにする。

その方が早いからだ。

駅に向かって歩きながら、

「だけど、そんなことがあるんでしょうか? 犯人が警部殿を訪ねてくるなんて」

寅三が訊く。

「何かの間違いではないか、とぼくも思います。でも、聞き捨てにはできませんからね。きちんと確かめないと」

「自分が殺した被害者の葬儀に平然と現れるような人間ですから、自分を追っている警察官を訪ねてきても不思議はありませんけどね」

　寅三がうなずく。

「そうか」

　冬彦が足を止める。

「どうしました？」

「犯人は、ぼくがいないことを知った上で、杉並中央署を訪ねたんですよ。きっと、そうです」

「どうして、警部殿が異動したことが犯人にわかるんですか？」

「犯行が起こった洞窟を訪ね歩いて、名刺をたくさん配ったじゃないですか」

「そこに犯人がいたということですか？」

「たぶん、どこかでニアミスをしたんですよ。ぼくたちは、犯人のすぐそばを通り過ぎていたのかもしれません」

「何だか、怖いですね」

「それだけ捜査の手が犯人に迫っているということですよ。ぼくたちのやり方は、間違っていなかったということです」

　自分に言い聞かせるように、冬彦が言う。

二一

杉並中央署。

冬彦と寅三が「何でも相談室」に入っていくと、

「おおっ、警部殿じゃありませんか。お懐かしい」

藤崎慎司巡査部長が椅子から跳び上がる。何事も大袈裟な男なのである。

「ご無沙汰しています」

隣の席にいた中島敦夫巡査部長は、ゆっくり立ち上がって丁寧に一礼する。ちゃらおとあだ名される藤崎と違って、生真面目な男なのだ。

古河祐介主任も立ち上がって挨拶する。

どっしりと坐り込んで動かないのは、寺田高虎だけである。

冬彦、樋村、理沙子の三人が四月に本庁に異動したので、藤崎は生活安全課保安係から、古河と中島は刑事課強行犯捜査係から「何でも相談室」に異動した。

寅三も古河たちに挨拶する。

二ヶ月ほど前に冬彦と一緒にここに来たことがあるので、初対面ではない。

奈良で起きた未解決事件で、殺害された日比野茂夫の母校が高虎の母校と同じだったことから、二人で訪ねたのだ。

「今は四人だけなんですか？」

冬彦が訊く。

「嫌だなあ、もう。この、この、この」

藤崎が冬彦の脇腹を肘でつつく。

「警部殿が亀山係長と三浦主任を本庁にヘッドハンティングしちゃったからでしょうが」

「え、まだ後任はいないの？」

「いませんよ〜」

「たぶん、秋の異動までは、この四人体制だと思います」

古河主任が言う。

「そんなに忙しくもないから四人で十分なんですよ。相談されたことに対応するだけですからね。警部殿のように、相談もされないのに自分から首を突っ込んでいくような、やる気満々の人間はいないので」

高虎がにやりと口許を歪める。

「相変わらずキレのない嫌味ですね。寅三先輩にそっくりです」

冬彦が笑う。

「好きなように言って下さい。どうせ口では警部殿にかなわないんですから」

高虎が肩をすくめる。

「じゃあ、本題に入りましょうか。さっきの電話での話ですが、改めて詳しく聞かせてもらえますか？」

冬彦の表情が真剣になる。

二二

竜崎誠一郎が日野駅から出てくる。駅を出て、立ち止まって、ゆっくりと物珍しそうに周囲を見回す。この駅で降りるのは初めてなのである。

メモを取り出して、冬彦の自宅の住所を確認する。

周辺の地図が描かれたボードが駅前に設置されている。それを参考にし、漠然とあっちの方だろうと見当をつけて歩き出す。

ところが、一五分ほど歩いて、どうも違うようだと違和感を覚える。通りかかった主婦に確認すると、まるで方向が違っていた。

昔から、方向音痴（おんち）なのである。

仕方がないから、また駅に戻る。

これで三〇分くらい無駄にしたものの、別に竜崎は気にしない。もう時間に縛（しば）られる必要などないからだ。

恐らく、職場にも自宅にも刑事が張り込んでいるであろう。いきなり逮捕するのではなく、まずは任意の事情聴取を求めてくるはずだ。

任意といっても、実際には強制のようなもので、それを拒否することは、ほぼ不可能だ。事情聴取されているうちに、何か不用意なひと言を洩らしたら、そこで逮捕という流れになるに違いない。

だから、急ぐ必要など何もない。自分に残された最後の自由時間を納得のいくように使えばいい、と竜崎は考える。

気を取り直して歩き出すと、洋菓子店が目に入る。洒落た店だなと気を引かれ、何の気なしに店に入ると、おいしそうな洋菓子が並んでいる。

「お決まりですか？」

と店員に声をかけられ、シュークリームやプリン、チョコレートケーキやショートケーキなど、自分が食べたいと思うものを注文する。

紙袋を手にして、店を出る。

商店街に、カブトムシやクワガタを売っている店がある。店先に虫の入ったプラスチックケースが並べてある。

店に入り、標本を作るセットを買う。

注射器や幼虫を入れる小瓶も入っている。

しばらく歩くと、今度は金物屋と雑貨店がある。

金物屋で刺身包丁を一本、雑貨店で結束バンドをいくつか買う。

左手にケーキの入った袋、右手に標本を作るセットと刺身包丁、結束バンドの入った袋を持って竜崎が歩いて行く。

（ここか）

冬彦の家を見付ける。

表札がふたつ出ている。ひとつが「小早川」、もうひとつが「渋沢」である。

竜崎がインターホンを押す。

応答がない。

何度も、しつこく押す。

やはり、応答がない。

（留守なのか？）

冬彦は留守だろうが、母親の渋沢喜代江は在宅していると決めつけていた。近所付き合いがなく、ほとんど外出もしないと興信所のレポートに書かれていたからだ。

出直すべきだろうか……竜崎が迷っていると、ほんの少しだけドアが開き、

「あんた、誰？」

渋沢喜代江が訊く。

「小早川さんに大変お世話になった者です」

「小早川？　冬彦のこと？」

「はい」

「いない。仕事だから」

喜代江がドアを閉めようとする。

「あ、お待ち下さい」

竜崎が慌てる。咄嗟に両手を上げる。

「あら」

喜代江がケーキの入った袋に目を留める。店のロゴとイラストがデザインされている。

「そこのケーキ、おいしいのよね」

「お好きですか？　それならどうぞ」

竜崎が袋を差し出す。

「……」

ちょっと迷うが、喜代江が袋を受け取る。

「せっかくだから、お茶でも飲んでいく？」

「ありがとうございます」

竜崎がにこりと微笑む。

二三

喜代江が台所でコーヒーと紅茶を淹れている。

竜崎はリビングのソファに坐っている。

テーブルに昆虫の標本セットから取り出した注射器や小瓶、刺身包丁などをきちんと並べている。

その横にケーキの入った箱が置いてある。

コーヒーと紅茶、ケーキを取り分ける皿やフォークをお盆に載せて、喜代江が運んでくる。竜崎にコーヒー、自分には紅茶だ。

皿とフォークも置き、

「あなた、何にする?」

と訊く。

「お好きなものをご自由にお召し上がり下さい」

「そう。悪いわね。じゃあ、遠慮なく」

チョコレートケーキを自分の皿に載せる。

竜崎がテーブルの上に並べているものが目に入らないはずはないのに、まったく無関心である。

いただきます、と両手を合わせて軽く頭を下げ、喜代江がチョコレートケーキを食べ始める。

普通なら、冬彦と竜崎がどういう関係か質問するのだろうが、そういうこともないし、そもそも、竜崎の名前すら訊いてこない。ケーキのこと以外は、どうでもいいらしい。

「小早川さんは……冬彦さんは、優秀なお子さんなのですね。この春に杉並中央署から霞が関の本庁に異動なさったと聞きました」

「ええ」

喜代江は食べることに夢中である。

チョコレートケーキを食べ終えると、今度はショートケーキに手を伸ばす。

「昔は苦労なさったとも聞きました。確か、不登校だったとか……」

「そうよ」

喜代江が上目遣(うわめづか)いに竜崎を見上げる。

「子供の頃から、すごく頭はよかった。頭だけは、ね。勉強はできるけど、運動音痴だし、他の子供たちや先生ともうまくやれない子だったわね。今も大して変わってないんじゃないかしら」

「ほう、そうなんですか……」

興信所の報告書に書かれていたことをなぞるように次々に質問すると、何の警戒心も表さず、まるで他人事のように喜代江は答える。

話を聞いているうちに、

(冬彦の不登校が原因で離婚し、家庭が崩壊している。小早川を庇(かば)った母親は、普通の状態ではなくなっている……)

竜崎は冬彦に対して同情心を抱く。

不意に、

(母親だけでは駄目だ。母親を「解放」すれば、後に残された小早川は苦しむことになる。母親を「解放」するのなら、小早川も一緒に「解放」してやらなければ……)

と思いつき、その発想に興奮する。

そんな竜崎の様子には何の関心も示さず、喜代江はシュークリームを食べ始めている。

二四

冬彦が杉並中央署の「何でも相談室」で、高虎や古河たちと話している最中に、冬彦の携帯が鳴る。

液晶画面には日野の自宅の電話番号が表示されている。今まで、冬彦の仕事中に喜代江から電話がかかってきたことなど数えるほどしかない。何かあったのではないか、と冬彦の表情が強張(こわば)る。

「ちょっと失礼します」

冬彦が「何でも相談室」から出る。廊下の端の方に歩きながら、

「どうしたの、何かあったのかい?」

相手は喜代江だと思って、冬彦が話しかける。

「初めまして」

「あなた、誰ですか? どうしてうちの電話から……」

「『佐鳥公夫』と言えば、わたしが誰だかわかっていただけますか?」

「え、佐鳥……」

「公夫です。白鳥さんや西園寺さんのことを熱心に調べたようですから、思い当たることがあるでしょう?」

「なぜ、うちの電話を使っているんだ?」

冬彦の口調が厳しくなる。

「簡単な話です。小早川さんの家にいるからですよ」

「母は……母は、どうしている?」

「かわいそうな方ですね。小早川さんのことで悩んで苦しんで離婚までして、今も立ち直ることができないでいる。とてもかわいそうだと思います」

「何をするつもりなんだ？」

「『解放』してあげるつもりです」

「何だ、『解放』って？」

「この世にいても苦しむだけじゃないですか。軛から解き放って、あの世に逝く方が幸せだと思いませんか？」

「殺したのか？」

「まだ生きてますよ。小早川さんが帰ってくるまでは生かしておくつもりです。しかし、他の誰かがやって来たら、即座に死ぬことになります」

「すぐに行くから、手を出すな」

携帯を切ると、冬彦がエレベーターに向かって走り出す。慌てたせいで、足がもつれて転ぶ。床に顔をぶつけて鼻血が出る。

「警部殿、どうなさったんですか？　あ、鼻血が出てますよ」

物音に気付いて廊下に顔を出した寅三が声をかける。

「今日は早退します」

鼻を押さえて、冬彦が走って行く。

「何かあったのかな？」

高虎も顔を出す。

「滅多に慌てない人なんだけど、何だか、ものすごく慌ててたわね」

「行ってやれ。相棒なんだからよ」

高虎が寅三の肩をぽんぽんと軽く叩く。

二五

ホームに駆け上がった寅三は、電車が速度を上げつつ駅から離れていくのを見送る。ほんの少しの差で、冬彦に追いつくことができず、電車に乗り損なったのである。

「普段どんくさいのに、今日に限って、別人みたいな猛ダッシュだったもんなあ」

寅三も走るのは得意ではないが、それでも冬彦より足が速いし、持久力もある。にもかかわらず、冬彦に追いつくことができなかった。

寅三は携帯を取り出すと、高虎に電話をかける。

「ああ……」

駄目だった、追いつけなかったよ、と報告すると、どっち行きの電車に乗ったと訊かれ、下り電車だけど、と答える。

「家に帰ったんじゃないかな。きっと何かあったんだぜ。そうでなければ、あの警部殿が、そんなに大慌てで電車に乗るはずがない」

「家は、どこ?」

「日野だよ。行ってこいよ」

「え」

「警部殿がいないんじゃ、どうせ今日は仕事にならないだろう。何があったか知らないが、手を貸せることがないか確かめてこいよ。できることが何もなければ、帰ってくればいい」

「そうだなあ」

「無理にとは言わないが」

二人が話しているうちに、次の電車の到着を告げるアナウンスが響く。

「わかった。行ってくる。警部殿の家の住所、教えてよ」

寅三は決めた。

二六

喜代江が湯船に体を沈めている。

目を閉じ、口からは小さな寝息が洩れている。

喜代江の紅茶に入れた睡眠導入剤が効いて眠っているのだ。その薬は、不眠症の竜崎が処方してもらったもので、いつも一回分を持ち歩くようにしている。

喜代江の肩からわずかに血が流れている。

竜崎が注射器で血液を採取した跡である。

すでにふたつの小瓶は喜代江の血で満たされている。

「やはり、駄目か……」

今まで「R」の血文字は、できるだけ遺体のすぐ近くに残すように心懸けてきたから、浴室内に書き残そうと試みているが、どうにもうまくいかない。壁面の素材のせいだろうが、すぐに血が流れ落ちてしまうのである。

浴室内に書き残すことを諦め、竜崎は浴室を出る。

そこは洗面所になっており、洗面台の上に大きな鏡がある。

「ここにするか」

鏡の横に「R」の血文字を書くことにする。

小瓶の血をすべて使って、丁寧に、しっかりと大きく書く。これが最後になるだろうとわかっているので、心を込めて書いた。

「うん、いいな」

その出来映えに満足して、竜崎が微笑む。

二七

電車のドアが開くと、冬彦はホームに飛び出す。改札も小走りに通り抜け、駅を出て、自宅に急ぐ。

駅から自宅まで走り続ける。

かなりスピードは落ちているし、息も上がっている。本人は必死に走っているつもりだが、歩くよりは速いという程度である。今にも足が攣りそうだし、体力も限界に近付いている。

家の前に立ち、鍵を取り出そうとする。念のためにドアノブを捻ると、鍵がかかっていない。鍵をしまって、玄関に入る。

「お母さん、大丈夫か」

と声をかけながら、リビングに入る。

次の瞬間。目の前が真っ暗になり、何もわからなくなってしまう。待ち伏せていた竜崎にフライパンで殴られたのだ。

二八

「うっ……ううっ……」

冬彦が目を開ける。

「気が付いたかね」

正面に竜崎がいる。

冬彦は飛びかかろうと思うが、無様に床の上で身をよじっただけである。結束バンドで後ろ手に、両足も足首のところを縛られているのだ。完全に動きを封じられている。

冬彦の顔には血がこびりついている。殴られたときに、傷を負ったのであろう。

「母は……母は、どうした？」

何とか体を起こし立ち上がりながら、冬彦が訊く。

「お風呂に入っているよ」

「何だと……」

「ふざけているわけじゃない。本当だ。もっとも、薬で眠っているがね。そう眠っている、まだ生きているよ。それを心配しているんだよね？」

湯船で溺れていいなければいいが、と竜崎が笑う。

「な、なぜ、こんなことを……？」

「母上を『解放』するのは簡単だが、そうはしなかった。母上から聞かされた話に心を動かされたんだよ。大変だったんだなあ。わたしには子供がいないからわからないが、親の愛情はすごいと思う。子供のために自分の人生を投げ出してしまうんだからね。もちろん、君も苦労しただろう。中学時代に不登校になり、高校に通うこともできず、それでも東大に進学したというんだから、並大抵の苦労ではなかったはずだよ。しかし、母上の支えがなかったら、いくら君自身が努力してもうまくいかなかったはずだよ。違うかね？」

「……」

「君は立ち直り、今ではエリート警察官として順風満帆の人生を歩んでいる。しかし、母上はどうだ、立ち直ったかね？　立ち直ってはいないよな。心を病んで、普通に暮らすことさえ難しくなっている。まだ五〇代半ばだというのに、お先真っ暗の人生じゃないか。かわいそうで仕方ないから、わたしが母上を『解放』してあげることにした。だが、母上だけを『解放』すれば、後に残された君もまた苦しむことになる。だから、二人一緒に『解放』してやろうと考えた。まず最初に君だ。次に母上だな。この順番は大切だよ。どっちが先でもいいわけではない。母上は眠っているから、まったく苦しむことなく旅立つことができるだろうし、君にもできるだけ苦痛を与えないと約束しよう」

「逃げられないぞ」

「逃げる？　そんなつもりはない。神聖な使命を果たしているだけなのに、なぜ、こそこそ逃げ回る必要があるのかね？」

竜崎が立ち上がる。手には刺身包丁を握っている。

「これが最後の使命になる」

「勝手なことばかり言うな。そんなでたらめな理屈で、白鳥さんや西園寺さんも殺したのか？」

「ん？　殺したのではない。『解放』したのだ」

竜崎がぴたりと動きを止め、何かを懐かしむような遠い目になる。

「玲佳を『解放』することには、何のためらいも迷いもなかった。かわいそうな女性だったからね。君の母上と同じように心を病んでいた。西園寺は……何と言えばいいか、できることなら死なせたくはなかったが、そうもいかなかった。それに玲佳と共に死ぬことができて、西園寺も本望だったはずだ」

「自分勝手な理屈じゃないか。本人の気持ちをまるで無視している。二人とも死にたいなんて思っていなかったはずだ。白鳥さんは不幸な人生を送っていたかもしれないが、そこから抜け出して立ち直ろうとしていたんだ。そのために必死に努力していた。それを、おまえが踏みにじった」

「考え方は、人それぞれだよ」

竜崎は肩をすくめ、両手両足の動きを封じられて、ただ立っていることしかできない冬彦に近付く。

冬彦の正面に立ち、

「何か言い残すことはあるかね？」

と訊く。

その瞬間、冬彦はぐっと深くしゃがみ込む。次いで勢いよく竜崎に向かって跳ねるように伸び上がり、竜崎の顎に頭突きをお見舞いする。以前、寅三に教えてもらったカエル跳びである。手加減しては駄目だという寅三の教えを守り、思い切り力を込めた。

うわっ、と叫んで竜崎が仰（の）け反（ぞ）って、後退（あとずさ）る。倒れなかったのは、きちんと頭突きが命中しなかったせいだ。

「おのれ」

竜崎が怒りの形相（ぎょうそう）で冬彦に襲いかかる。

そこに寅三が飛び込んでくる。

玄関先でリビングの物音を聞きつけ、勝手に家に入ってきたのである。

「逮捕する！」

そう叫びながら、寅三は竜崎に回し蹴りを食らわせる。竜崎がよろめくと、横っ面（つら）に強烈なパンチをお見舞いする。

竜崎が、がくっと膝から崩れる。すかさず手錠をかける。

「警部殿、大丈夫で……」

寅三が、あっ、と叫ぶ。

冬彦の腹に刺身包丁が刺さっている。

「ぼ、ぼくは平気です。母を……浴室にいるので、母をお願いします」

「わかりました。警部殿もお母さまも助けます。すぐに救急車と応援を呼びますから」

「風呂場は、あっちです」

冬彦が青い顔で指差す。

寅三が浴室に行く。

喜代江は湯船に浸かって眠っている。幸い、溺れてはいない。栓を引っ張り、浴槽からお湯を抜く。こうすれば、目を離しても溺れる心配はない。

寅三は携帯を取り出すと、まず一一九番に電話して救急車を、次いで、村山管理官に連絡して応援を要請する。

リビングに戻ると、竜崎と冬彦が意識を失って倒れている。

「警部殿、しっかりして下さい！」

寅三が冬彦の傍らに坐り込んで声をかける。

冬彦は返事をしない。

エピローグ

　七月三日（土曜日）

病室は賑やかだ。ゼロ係のメンバーたちが、揃って冬彦の見舞いにやって来たのだ。

竜崎に腹を刺されたが、幸い、命に関わるほど深刻な怪我ではなかった。

しかし、軽傷というわけでもなく、あと数日は入院する予定になっている。

「ゆうべ、変な夢を見ちゃった。お葬式の夢なの」

靖子が言う。

「誰の葬式ですか？」

樋村が訊く。

「あんたの」

「え」

「嘘よ。それがね、寅三ちゃんのお葬式なの」

「嫌だ、やめて下さいよ。縁起でもない」

寅三が顔を顰める。

「ドラえもん君がこんなことになったから、おかしな夢を見たのかしらねえ」

「警部殿の葬式の夢ならわかりますが」

　樋村が言う。

「わかってないなあ、みんなは」

　冬彦が笑う。

「何がですか？」

　寅三が訊く。

「三浦主任は、ぼくに死んでほしくないんですよ。ぼくが死ぬくらいだったら、寅三先輩に死んでもらう方がいい……そういう身代わり願望が夢に表れてしまったわけですよ」

「なるほど。そうだったのか」

　靖子がうなずく。

「あの、その解釈、ものすごく気分が悪いんですけど……」

　寅三が冬彦を睨む。

「小早川君もね、寺田さんのおかげで助かったわけだからね、あまりふざけるのはどうかねえ……」

　ふふふっ、と亀山係長が薄く笑う。

「お母さまの容態は、いかがなんですか？」

　気を利かせて、理沙子が話題を変える。

「母はかすり傷程度の怪我しかしてないし、お医者さんは退院しても構わないと言ってくれたんだけど、実家でずっと一人でいるのはぼくが不安だから、二人一緒に退院させてもらえるようにお願いした。せっかくの機会だから、人間ドックに入ったつもりで、いろいろ調べてもらえばいいかなと思ってね」

冬彦が答える。

「それにしても、竜崎というのは恐ろしい奴ですよね。まさか警察官の家族を狙うなんて……。これまでに何人も殺しているし、当然、死刑になるんですよね？」

樋村が訊く。

「それは、どうかしらね。犯罪の内容が常軌を逸しているから、精神鑑定されて、場合によっては不起訴なんていうことも考えられるわよ」

寅三が言う。

「まさか、無罪放免ですか」

「無罪放免ではなく、精神科病院に入院することになるんでしょうけど、たとえそうなったとしても、ずっと閉じ込めておくのは無理だから、いつかは退院するでしょうね」

「あり得ないなあ。現役の大学教授だったんだから、どこもおかしいところなんてなさそうなのに」

樋村が首を振る。

「杉並中央署では区民の苦情処理係だったのに、本庁に異動した途端、殺人鬼と対決することになるんだから、本庁というのは恐ろしいわ」

靖子が溜息をつく。

「それが、ぼくらの仕事ですから」

冬彦が言う。


西園寺公麻呂の独白。

平成一二年（二〇〇〇）一二月二四日（日曜日）

何が起こったか、わからなかった。

首に痛みを感じたら、次の瞬間には真っ赤な血が噴き出していた。膝の力が抜け、仰向けに倒れた。

息ができなくて苦しい。

「よかったな。もうすぐ彼女に会えるぞ。この世では相手にされなかったが、あの世では仲良くできるかもしれないな」

竜崎の声が聞こえる。

そうか、竜崎に殺されるのだ。

刺されたんだ。

竜崎が何かしているのが、目の端に映る。

木の幹にRの字を書いている。書き終わると、急いで着替え、何度も鏡を見ている。

ぼくの方をちらりと見て、歩き去っていく。

ぼくは独りぼっちだ。

もう体を動かせないし、ほとんど息もできなくなっている。

寒い。

ものすごく寒い。

体の内側が凍っていくような感じだ。

これが、死ぬ、ということなのだろうか?

玲佳さんは、どうしただろう。

無事でいるだろうか。

そんなはずはない。

もう殺されてしまったのか。

どんなことをしてでも玲佳さんを守るつもりだったのに、ぼくは何もできなかった。

ごめんなさい、玲佳さん。

ぼくは情けない男です。

誰よりもあなたを愛し、あなたのためなら、どんなことでもするつもりだったのに、肝(かん)

心なときに、あなたの役に立つことができなかった。
本当に、ごめんなさい。
違う世界で、また出会うことができたら、今度こそ、あなたのために尽くします。
何があろうと、あなたを守ります。
また会う日まで。
さようなら。

本書は、『小説NON』（小社刊）二〇二二年二月号から二〇二三年一月号に連載され、著者が刊行に際し加筆・修正したものです。またこの作品はフィクションであり、登場する人物、および団体名は、実在するものといっさい関係ありません。

警視庁ゼロ係　小早川冬彦Ⅱ　スカイフライヤーズ

一〇〇字書評

切・り・取・り・線

購買動機（新聞、雑誌名を記入するか、あるいは○をつけてください）	
□（　　　　　　　　　　）の広告を見て	
□（　　　　　　　　　　）の書評を見て	
□ 知人のすすめで	□ タイトルに惹かれて
□ カバーが良かったから	□ 内容が面白そうだから
□ 好きな作家だから	□ 好きな分野の本だから

・最近、最も感銘を受けた作品名をお書き下さい

・あなたのお好きな作家名をお書き下さい

・その他、ご要望がありましたらお書き下さい

住所	〒				
氏名		職業		年齢	
Eメール	※携帯には配信できません		新刊情報等のメール配信を 希望する・しない		

この本の感想を、編集部までお寄せいただけたらありがたく存じます。今後の企画の参考にさせていただきます。Eメールでも結構です。

いただいた「一〇〇字書評」は、新聞・雑誌等に紹介させていただくことがあります。その場合はお礼として特製図書カードを差し上げます。

前ページの原稿用紙に書評をお書きの上、切り取り、左記までお送り下さい。宛先の住所は不要です。

なお、ご記入いただいたお名前、ご住所等は、書評紹介の事前了解、謝礼のお届けのためだけに利用し、そのほかの目的のために利用することはありません。

〒一〇一－八七〇一
祥伝社文庫編集長　清水寿明
電話　〇三（三二六五）二〇八〇

祥伝社ホームページの「ブックレビュー」からも、書き込めます。
www.shodensha.co.jp/bookreview

祥伝社文庫

警視庁ゼロ係　小早川冬彦Ⅱ　スカイフライヤーズ

令和 5 年 5 月20日　初版第 1 刷発行

著　者　富樫倫太郎

発行者　辻　浩明

発行所　祥伝社

東京都千代田区神田神保町 3-3
〒101-8701
電話　03（3265）2081（販売部）
電話　03（3265）2080（編集部）
電話　03（3265）3622（業務部）
www.shodensha.co.jp

印刷所　堀内印刷
製本所　積信堂
カバーフォーマットデザイン　芥 陽子

Printed in Japan ©2023, Rintaro Togashi　ISBN978-4-396-34886-1 C0193

祥伝社文庫の好評既刊

小杉健治　死者の威嚇（いかく）

身元不明の白骨死体は、関東大震災で起きた惨劇の爪痕なのか？　それとも――歴史ミステリーの傑作！

小杉健治　もうひとつの評決

その判決は、ほんとうに正しかったのか？　母娘殺害事件を巡り、6人の裁判員は究極の選択を迫られる。

笹沢左保　取調室　静かなる死闘

完全犯罪を狙う犯人と、「証拠」と「自供」からそれを崩そうとする刑事。取調室の中で繰り広げられる心理戦！

笹沢左保　取調室2　死体遺棄現場

事件解決の鍵は「犯人との会話」にある。〝落としの達人〟はいかにして証拠を導き出すか⁉

大門剛明　この歌をあなたへ

家族が人殺しでも、僕を愛してくれますか？　加害者家族の苦悩と救いを描いた感動の物語。

中山七里　ヒポクラテスの憂鬱（ゆううつ）

全ての死に解剖を――普通死と処理された遺体に事件性が？　大好評法医学ミステリーシリーズ第二弾！